Kerstin Hensel

HALLIMASCH

Erzählungen

Mitteldeutscher Verlag
Halle · Leipzig

ISBN 3-354-00581-5

Lizenz-Nr. 444-300/27/89 · 7001
Printed in the German Democratic Republic
Illustrationen: Karl-Georg Hirsch
Einband und Typografie: Günter Jacobi
Gesamtherstellung: Karl-Marx-Werk Pößneck V 15/30
Best.-Nr. 639 527 1

00950

1987, wir essen Pizza

In einer Sommerwiese, umgeben von weißen und rostroten Lilien, von Margeriten, Strohblumen und Schachtelkraut, liegen H., A. und ich. Über uns ein Himmel zum Vergehen schön. Wir essen Pizza. Gepfeffertes Fleisch mit Tomate, Pilzen und Zwiebeln, Thymian, dazwischen Basilikum, Käse, gezündet mit Paprika. Ah, sagt A., Italien! H., der ein Mann ist, kugelt sich, lacht. Italien, bestätige ich und esse, ebenfalls lachend, das Fleisch. Die Lilien rollen sich gegen Mittag auf. H. lacht noch immer. A. folgt ihm mit einer gesalzenen Olive. Auch ich stecke ihm einen Ring Zwiebel zwischen die Zähne. Italien! H. nimmt aus unseren Fingern, indem er dieselben sanft anbeißt. Wir lachen. Kugeln uns. Legen H. dazwischen. Streichen über sein Haar, lassen uns die Kleider heben, lachen – Lilien, Strohblumen, Orchideen, Italien. Wir haben die feurige Pizza gegessen. In einer Sommerwiese, die gegen Mittag sich aufrollt. Im Park von Leipzig. Einer Versammlung entflohen. Über uns Himmel. Wir haben die Pizza gegessen. Gleich wird sie hochgehen, sagt H. Und lacht.

Da ward gutes Essen aufgetragen,

Milch und Pfannekuchen mit Zucker, Äpfel und Nüsse. Hernach wurden zwei schöne Bettlein weiß gedeckt, und Hänsel und Gretel legten sich hinein und meinten, sie wären im Himmel ...

und sie rührten mit ihren kleinen dünnen Fingern an die Gitterstäbe des Stalles, in den sie von der Alten gesteckt wurden, und sie taten es voller Neugier und Lachen, denn das war ein seltsames Spiel, das sie nicht kannten, und die Alte kicherte und brachte ihnen die berühmte Speise, die fett machen sollte, und die Kinder aßen sie des Abends und des Morgens, und des Mittags schliefen sie darüber ein in blütenweißen Betten hinter kunterbunten Stäben, von denen sie bald wußten, wozu sie gut waren, und die sie hernach vergaßen, denn die Alte, welche ein Gesicht hatte wie ein Apfel und Augen wie Nüsse, schob ihnen die Teller zu, und sie rührten abschätzend in der Speise, so daß die Alte dazugab, was die Kinder verlangten, Zucker oder Fleisch, und die Kinder steckten ihre Finger durch die Stäbe, Tag für Tag, wie es die Alte befahl, und die Alte befahl sich selbst, weiterzuwarten, denn nichts sei schon fett genug, als daß es nicht besser werden könnte, und im Vorgeschmack ihres kommenden Genusses schob sie den Kindern weiter das Essen durch die Stäbe, die so bunt und vertraut waren, und die Kinder taten sich gütlich, und kein Gedanke kam mehr in ihnen auf, etwa ein solcher, wie ihn Gretel am Anfang ihrer Zeit hatte (die Alte müsse verbrannt werden), aber das war wie gesagt lange her, und die Jahre vergingen, und die Alte wurde blind und schwach, so schwach, bis sie das Messer nicht mehr halten konnte, und das Messer brauchte sie doch zum

Schlachten der Hühnchen und zum Schneiden des Kuchens und vor allem für den Tag, an dem sie die Kinder herausholen würde, und sie merkte es nicht, daß sie kein Messer mehr hielt, denn die Jahre lassen vergessen, und das Essen wurde schlechter und fad, und da standen die Kinder aus ihren Betten im Ställchen auf, und da weinten sie und riefen hinaus, daß das Essen schlecht wär, und die Alte hörte nichts mehr und vergaß sie, und eines Tages vergaß sie aufzustehen aus ihrem Stuhl, und die Kinder riefen einen Tag und eine Nacht lang, bis sie den Stall öffneten mit einem leichten Druck gegen die Tür, und da standen sie auf ihrer Straße, von der sie gekommen waren, irgendwann vor Jahren, und sie erkannten die Straße auch wieder, und da fragten sie sich, wohin sie jetzt gehen sollen, *nach Haus* sprach der Junge, und da sah ihn das Mädchen zum ersten Mal an, zum ersten Mal nach den Jahren, und sagte *wie fett du geworden bist Hans,* und da sah es auch Hans und sprach *wie dumm du geworden bist Margarete,* und da gingen sie und wußten nicht, wohin

Veilchen im Knopfloch

Die Fenster halten die Krähen ab, die zusammen mit Regen, Ruß und Wind draußen an ihr vorbeiziehen. Im Zug wird es erst nach Geithain warm. Sie bibbert bis dahin. Es ist immer Sonntag, wenn sie sich auf Reisen macht, und erst ab Geithain wird es warm. Dann knöpft sie ihren Mantel auf, reibt mit dem Handrücken ein Guckloch in die beschlagenen Scheiben und guckt hinaus. In diesem Winter hocken die Krähen zu Tausenden auf den Feldern. Fett und schwarz. Immer im Winter fragt sie sich, wo die vielen Krähen im Sommer sein mögen. Nach Geithain wird das Schienennetz schlechter, und der Zug beginnt zu rattern. Das Rattern wärmt zusätzlich. Sie läßt sich durchschütteln. Guckt zum Fenster hinaus und treibt den Zug an: Na fahr schon, schneller, ratata ratata, das geht mir zu langsam, na fahr schon! – Der Zug kennt sie und rattert gehorsam. Sie sitzt, guckt und erwartet. Sie hat Appetit auf Kuchen oder Bonbons, aber sie weiß: herunterbekommen würde sie nichts. Jeden Sonntag unternimmt sie diese Fahrt. Von K. nach B., 165 Kilometer. Sie trägt ein Reisetäschchen mit Zahnbürste und Waschlappen und mit einem Buch, das sie nie anrührt. Sie kann während der Fahrt nicht lesen, weil sie erwartet. 165 Kilometer lang erwartet sie das Ende ihrer Reise, den Anfang ihres geliebten Sonntags, dem sich der Zug viel zu langsam nähert. Immer ist sie es, die fährt.

Er wohnt im Hochhaus auf dem Rathausplatz. Im elften Stockwerk, von dem aus man die halbe Stadt überblicken kann.

Wenn Sonntag ist, hängt er sein buntes Hemd zum Fenster heraus. Es lappt und flattert am Giebel des Hauses; und wenn Leute zufällig nach oben schauen, rufen sie: Da wird Frieden geschlossen, seht mal, was für ein komischer Frieden! – Und die Leute gehen weiter und vergessen das Hemd oder erinnern sich erst wieder daran, wenn die Blumenstände an den Kreuzungen der Alleen öffnen und ihre Ware preisen: Kaufen Sie! Machen Sie Ihrem Nächsten eine Freude!

Sie klemmt ihr Reisetäschchen unter den Arm und läuft los. Sie weiß den kürzesten Weg aus dem Bahnhof. Wenn sie zu scharf die Kurve in die Unterführung nimmt, stolpert sie und prallt gegen die gekachelte Wand. Dann geht ihr das Herz vor Schrecken durch, und sie zittert und freut sich, daß ihr nichts Schlimmeres geschehen ist. Das Hemd sieht sie schon von weitem. Im Moment, da sie es erkennt, macht sie sich Luft, sie jauchzt beinahe, um gleich darauf loszurennen. Allem Sonntag entgegen. Immer ist sie es, die läuft. Aus dem Bahnhof, durch die Unterführung, die Allee entlang, das bunte Hemd knallt im Wind. Sie betritt ganz außer Atem das Haus und läßt sich vom Fahrstuhl nach oben bringen.

Er bewohnt einen Raum, in dem er, wenn sie sonntags kommt, ein weißes quadratisches Laken verbreitet. Noch bevor sie klingelt, steigt sie aus ihren Schuhen. Dann öffnet er und läßt sie eintreten. Das Laken liegt glatt, sie gehen behutsam darüber hinweg. Er hatte gerade gelesen und Blätter beschrieben und Musik – aber jetzt holt er das Hemd ein und zieht es sich über. Sie setzt sich auf die Kante eines Stuhles und spielt mit dem Henkel der Tasche. Das ist ja gut, daß du da bist, sagt er. Das tut er immer als erstes. Dann zündet er eine Zigarette an und raucht. Auf das Laken fällt ein wenig Asche. Draußen rappelt sich die Stadt. Von unten rufen die Blumenverkäufer aus: Kaufen Sie! Dem Nächsten eine Freude! – Später landet etwas auf dem Fensterbrett: eine gelbe Blüte, eine Aster von irgendwoher.

Es wird Mittag. Lodwig redet von Hunger, der ist immer bärisch bei ihm. Sie lächelt. Wie sie ihn kennt! Jeden Sonntag überkommt ihn dieser bärische Hunger. Das heißt: Schuhe an, Mantel übergeworfen. Auf dem Rathausplatz wimmelt es von teuren Restaurants. Sie gehen gemeinsam essen. Er schlingt viel in sich hinein, sie kann nichts herunterbekommen. Immer hat sonntags ihr Magen einen Kurzschluß. Sie sieht zu, wie es Lodwig schafft. Sie betrachtet ihn lange beim Essen, so von der Seite, und sie rückt etwas näher zu ihm heran. Er ist schwer satt zu kriegen, meistens bestellt er drei Gänge. Wenn es Nachmittag wird, lehnt er sich im Restaurantstuhl zurück. Er hat ein Veilchen im Knopfloch. Sie beißt sich vor Lachen auf die Lippen, als sie das entdeckt hat. Das Veilchen macht ihn verliebt. Sie hofft es sehr. Nach dem Essen spazieren sie noch durch die Stadt. An jeder Kreuzung stehen die Blumenstände. Sie wundert sich, ihr ist noch immer zum Lachen zumute, irgendwie, sie weiß nicht, woher das diesmal kommt. Dabei vergeht der Sonntag so schnell.

Der Mann faßt sie unter und macht eine Bewegung: Siehst du? Sie sieht nur ihn. Die Stadt ist ihr mit ihrer Ankunft gleichgültig geworden. Jemand bietet halbgeöffnete rostrote Chrysanthemen an. Sie wundert sich über die vielen Blumen, es ist doch erst Ende Februar. Siehst du? – Lodwig zieht sie mit. Sie will nicht weiter sehen. Er ist so gut zu ihr. An seinem Arm ist Sonntag. Hinter dem Rathausplatz muß Lodwig kaufen. Drei Stengel Chrysanthemen. Der Verkäufer nimmt ihm das Geld aus dem Mantel. Lodwig hält die Blumen in der

Hand, ohne es bemerkt zu haben. Wieder muß sie lachen. Sie schluckt und schnauft im Halsinneren. Sie hat das Veilchen im Blick, das macht ihn doch so – Er wird sie für albern halten. Lodwig überreicht ihr die Chrysanthemen, sie nimmt die schmierigen Stengel und hakt sich wieder bei ihm ein. Die Rathausuhr schlägt fünf. Im Hochhaus, denkt sie, ist das Laken. Und ein paar Minuten vor Mitternacht fährt ihr Zug zurück. Sie zieht Lodwig und will ihn über die Straße. Nun komm, schneller, ratata ratata fährt die Zeit. Er macht ja nie diese Reise, er ist ja immer so viel beschäftigt und sagt: Im nächsten Jahr dann, wenn ichs hinter mir hab. Blätter, Bücher und Musik, sagt er, so viel noch. Und nichts habe er von all dem getan.

Dann rutscht sie aus. Auf einem Blumenkopf. Mitten auf dem Gehweg ist er gewachsen, ganz ohne Wurzel. Sie hievt sich hoch, reibt sich den Hintern und schämt sich. Jetzt lacht Lodwig: Hättste mal was gegessen! – Dort, wo die Chrysanthemen hinfallen, wachsen neue. Lodwig steckt sich eine Zigarette an. Die Stadt blüht. Er will einen Umweg über die Südallee nehmen, denn dort, wo der kürzeste Weg entlangführt, sind Blumenstände errichtet. An denen kommen sie nicht vorbei. Sie hakt sich fester bei Lodwig ein, dem das Veilchen aus dem Knopfloch wächst. Sie trippelt ein bißchen neben ihm, denn er tut große, ausladende Schritte. Doch dann hält sie mit. Der Umweg ist lang. Es duftet in der Stadt. Lodwig weiß die Pfützen zu umgehen, in denen Chrysanthemen liegen – herausgerissen, von den Ständen ausgesondert oder von den Dächern gefallen. Er will frische kaufen. Sie freut sich doch immer so über Blumen, er greift zu, lädt sich die Arme voll, kaum, daß es ihn etwas kostet. Schneller, flüstert sie an Lodwigs Arm, mir wird schwindlig. Es ist die große Stadt, die so schwindlig macht. Einmal hören sie von ferne die Feuerwehr in eine Allee fahren. In den Pfützen schimmert es wie Benzin.

Es dämmert, als sie sich von hinten wieder dem Rathausplatz nähern. In den Seitenstraßen nehmen die Stände ab. Die Rabatten stehen voll, man könnte, wollte man dem Nächsten eine Freude ... Da trifft sie es. Das Geschoß fällt ihr in den Rücken: ein matschiger Blumenkopf, so groß wie der Schädel eines Kindes. Sie schreit auf, und Lodwig läßt verärgert ihren Arm los. Sie will die Blumen nicht, zickt heute, machts ihm schwer. Jetzt steht sie frei und getroffen.

Sie will ins Haus, ins Zimmer, in dem Lodwig das Laken verbreitet hat. Es ist doch Sonntag, 165 Kilometer von K. entfernt, und Lodwig sieht gut aus mit seinem Veilchen. Sie klemmt ihr Reisetäschchen fester unter den linken Arm und versucht, die rechte Hand in Lodwigs Manteltasche zu stecken. Doch er nimmt die Hand heraus. Er kann nicht so zusammen, löst sich, will nur noch schnell ein paar Blumen kaufen, die sie doch so liebt und –

Das Haus ist nur noch ein paar Meter entfernt. Und plötzlich ist wieder diese Freude: Es sind ja noch drei Stunden Zeit, bis der Zug fährt, rechnet sie. Lodwig sagt nichts. Er sieht so gut aus, er geht so sicher, er kennt alles und mehr ... Sie gibt sich Mühe, nicht zu trippeln. Sie erreichen das Haus, nachdem sie die Blumen von ihren Schuhen gerissen haben. Sie fühlt sich erschöpft und glücklich. Jetzt ist Sonntag, sie braucht ihn doch so. *Es ist doch immer gut,* wenn sie hier ist. Das hat auch Lodwig jeden Sonntag gesagt und das bunte Hemd geflaggt, jenes verrückte, untrügbare Zeichen. Lodwig hält vor der Haustür und dreht sich um. Sie steht ihm gegenüber. Das erste Mal an diesem Tag, während derart die Stadt blüht allen zur Freude. Sie steht und traut sich nicht, ihn gleich hier, mitten auf der Allee, zu sich zu ziehen.

Oder ihm ein wenig in den Mantel zu kriechen. Er lächelt. Er guckt irgendwohin. Er ist größer als sie, er kann die halbe Stadt überblicken.

Er geht um das Laken herum. Gleich wird er ihr das Veilchen ... sie streckt die Hand aus ... Lodwig sucht im Schrank nach Zigaretten. Die Rathausuhr schlägt elf.

Wo sind eigentlich im Sommer die Krähen? – Da hebt er den Kopf, ihre Frage macht ihn munter, froh, das wird er ihr doch sagen können, trotz allem, was er zu tun hat, was ihm die Zeit raubt – *Das* wird er können! Er nimmt ein Buch aus dem Schrank, breitet es auf dem Laken aus, schlägt nach.

Sie besteigt den Zug, legt ihr Reisetäschchen neben sich auf die Bank und öffnet das Fenster. Der Zug fährt an. Sie dreht das Fenster bis zum Anschlag. Der Zug rast durchs Land. Sie läßt alles hereinkommen: Regen und Ruß. Und die Krähen, von denen sie jetzt weiß, wo sie sich aufhalten im Sommer.

1987

Der Wasserwalzer

Eine szenarische Beleuchtung

Personage

Bettina
Ein Mädchen von vier Jahren
Ein Mädchen von dreizehn Jahren

Professor der Evolution
Weißer dicker Mann/Direktor
Weiße dicke Frau/Tanzstundenlehrerin
Weißer dicker Sohn

Muck/Doktor
Evi/Schwester

Peter/Prinz

Ein steinerner Fischer
Lehrer
Bettinas Mutter
Schüler, Kinder

Ein Neger
Ein Hummer
Ein Gummifisch
Eine Möwe

und viele Dinge, die etwas bedeuten

1

Das gesamte Bild übertönt das bekannte Lied *La Paloma*. Nahaufnahme: das Auge einer Taube. Langsam geht die Kamera zurück, bis die Taube als Taube sichtbar wird. Die Taube hat ein kaputtes Bein und sitzt in der Stadt an einem Straßenrand. Von der Seite kommt ein Stöckchen ins Bild, dann das kleine, etwa vierjährige Mädchen, das das Stöckchen bedient. Es scheucht die Taube davon. Diese stürzt und fliegt. Das Lied kommt zum Ende.

Mädchen: (schlägt mit dem Stöckchen ihm hinterher) Du sollst nicht immer so feige sein!
Du tust bloß so, ich weiß das, los, los du Vieh, ich weiß doch, daß du bloß so tust!

2

Im Kinderzimmer. Das Mädchen liegt im Bett. Ihre Mutter, eine übermüdete Frau, sitzt am Bettrand und liest nach hartem Arbeitstag aus einem Märchenbuch vor.

Mutter: ... nun wirst du Ruhe haben, du garstiger Frosch! Als er aber herabfiel, war er kein Frosch, sondern ein Königssohn mit schönen, freundlichen Augen ... (gähnt)
Mädchen: Warum denn?
Mutter: Na weil es eben so war.
Mädchen: Und warum?
Mutter: Das ist im Märchen so, was du versprochen hast, mußt du halten, das weißt du doch schon, du bist doch ein großes Mädel, nicht wahr, nun schlaf!
Mädchen: Und warum soll ich schlafen?
Mutter: (nervös) Weil das Märchen zu Ende ist.
Mädchen: Und warum ist das Märchen zu Ende?

Mutter: (heftig) Weil der Frosch ein Prinz geworden ist, und weiter kann er nichts werden.
Mädchen: Und warum nicht?
Mutter: Ich hab gesagt, du sollst jetzt schlafen.
Mädchen: Ich möchte aber wissen, wies weitergeht.
Mutter: Das erzähl ich dir morgen.
Mädchen: Aber das Märchen ist doch zu Ende, hast du gesagt.

Verzweifelt macht die Mutter das Licht aus, schließt die Tür. Aus dem Dunkeln die Stimme des Mädchens.

Mädchen: Ich weiß aber, daß es noch nicht zu Ende ist, ich weiß es ganz genau.

3

Zeitsprung. Eine Schulklasse (etwa 6. Klasse) beim Heimatkundeunterricht.

Lehrer: Woher willst du das wissen. Du hast doch dein Heft nicht.
Mädchen: Aber ich habs gehört. Von meinem Vater. Und gelesen hab ichs. Und es steht doch hier.
Lehrer: Du hast deine Hausaufgabe nicht erfüllt – wie willst du etwas wissen.
Thomas, erklär der Bettina, was zu tun gewesen war.
Thomas: (schnoddrig arrogant) Die wichtigsten politischen Ereignisse der Woche ausschneiden und ins »aktuelle Heft« kleben.
Bettina: Warum denn kleben?

Gelangweiltes Murmeln in der Klasse.

Lehrer: Du hältst uns vom Unterricht ab, Bettina. Ich werde deiner Mutter eine Mitteilung machen.

Bettina: Aber ich habs doch gewußt!

Lehrer: (bestimmt) Es wurde gesagt, wir legen uns ein Heft an. Das gilt auch für Bettina.

Bettina: Ja.

Pausenklingeln. Bettina nimmt sich vom Banknachbar die Schere und zerschneidet auf der Schulbank liegende Zeitungen. Nahaufnahme.

4

Siehe voriges Bild. Bettina hat eine Zeitungsseite von unten nach oben längs mit der Schere bis fast zum Ende geteilt. Sie hält das Blatt vor ihr Gesicht, spreizt es dann langsam darüber auseinander, die Augen bleiben bedeckt, ihre Lippen zucken abwechselnd von verhaltenem Lachen und Weinen. Schrille Pausenklingel. Johlen. Bettina reißt das Papier von den Augen. Eine plötzliche grellrote Abblende über dem gesamten Bild.

5

Zeitsprung. Am Strand. Aus dem Grellrot wird eine Sonne sichtbar, eine untergehende Sonne über dem Meer. Das Bild darf nicht schön und nicht kitschig sein, es hat von der Aggressivität, die einem abgestochenen Fleisch ähnelt. Alles glüht heftig entzündet. Nur Rot. Darüber eine Stimme.

Stimme: Hier ist der Endpunkt des Himmels, es gibt ihn tatsächlich, wie im Märchen alles tatsächlich wahr war.

Immer noch das rote Bild. Wenn die Sonne untergegangen ist, sieht man die Gestalt einer jungen Frau aus der Ferne heraus an den Strand laufen. Fernaufnahme: Sie wirft sich in den Sand, wälzt sich, versucht, den Kopf in den Sand zu stecken. Meeresrauschen schwillt an. Kamera rückt näher. Kopf der Frau. Sie prustet, schüttelt Sand aus dem Haar, wischt sich die Augen, dreht sich um.

Stimme: Die Mutter hat nie gelogen vorm Schlafengehen, bis alles starb und entstand wieder im Märchenlosen.

Die Rotblende verschwindet. Normale, blasse Farben, der Rest eines kitschigen Sonnenuntergangs.

6

Anschluß an Bild 5. Der Rest des Sonnenuntergangs. Gegenlicht. Man sieht von hinten die Strandgäste gegen die Sonne gucken.

Man sieht keine Gesichter, nur schwarze Umrisse.

Eine dicke Frau: Ah!
Muck: Oh!
Evi: Wie Blut!
Muck: Wie Feuer!
Dicke weiße Frau: Wunderschön!
Herr Anrath: Romantisch!
Ein dicker weißer Junge: Jetzt versinkt sie!
Evi: Jetzt!
Alle: AaaaaH!
Professor der Evolution: Primitiv!
Dicker Sohn: Weg! Mama, Papa, weg!
Evi: So schnell!
Dicke weiße Frau: Hast du geglaubt, Heinz, daß das so schnell geht?

Dicker weißer Mann: Ph!

7

Am Strand. Es ist früh am Abend. Ein weißer, kreidiger Weg, der in den Sand mündet, ins Meer verfließt. Bettina (die Frau) läuft auf ihn zu, zögert davor, setzt einen Fuß drauf, nimmt ihn wieder herunter. Sie zweifelt mit sich, ob sie diesen vorgegebenen Weg gehen soll oder nicht. Sie läuft probeweise in verschiedene Richtungen. Sie hat sich freigenommen, sie hat Urlaub.

8

Am nächsten Tag. Langsam bevölkert sich der Strand mit Menschen. Strandkörbe werden aufgebaut, Burgen und Gräben entstehen. Decken werden ausgebreitet, mit Sonnenschutztüchern abgesteckt. Eine Urlaubssonne über dem gesamten Bild. Musik auf verschiedenen Kofferradios. Kinder spielen.

1. Kind: Meine Burg hat ein' Schwimmingpuul.
2. Kind: Na und, meine 'nen Flugplatz.
3. Kind: Darf ich auch mal.
1. Kind: Ich geb Party mit Quallensuppe.
2. Kind: So macht meine Mama die Schnitzel.
3. Kind: Iiiih.
1. Kind: Hau doch ab, du!
2. Kind: Ich hab keine Lust mehr.
3. Kind: Kommt, wir spielen was anderes.
1. Kind: Was denn?
3. Kind: Alles, was Flügel hat!
2. Kind: Ja, los!
3. Kind: Alles, was Flügel hat, fliegt hoch in die Luft!
Spatzen fliegen! Enten fliegen!
Flugzeuge fliegen! Bomben fliegen!

Alle Kinder heben die Hände und lassen fliegen.

Fallschirme fliegen! Tauben fliegen!

Bei dem Wort *Tauben* lassen einige zögernd, unsicher die Hände unten. Bettina kommt ins Bild. Sie trägt ein Handtuch über dem Arm und sucht eine Stelle für sich. Sie geht von Platz zu Platz. Ab und zu sagt sie: Guten Tag. Bettina sucht die Strandkörbe ab. Sie öffnet als erstes einen blauweißgestreiften. Sie erblickt dort zwei große, sehr weiße Körper, die sich gegenseitig mit Nußöl einreiben.

Bettina: Verzeihung, ich habe mich geirrt.

Die weiße Frau kreischt, der weiße Mann lacht obszön. Der dicke halbwüchsige Sohn erscheint auf der Bildfläche.

Sohn: Papa, Mama, das Öl!

Bettina geht zum nächsten Strandkorb: Ein Pärchen liegt darin, sie sonnen sich.

Bettina: Muck! Evi! Was für eine Überraschung.
Muck: Jetzt nicht!
Bettina: Ich komme noch einmal ...
Evi: (mißmutig) Wir haben Urlaub, Bettina, bitte.
Bettina: (zögernd) Ja, dann tschüß.
Beide: Tschüß.

Bettina trifft auf einen Mann, der ihrem ehemaligen Lehrer ähnlich sieht.

Bettina: Hallo, ich glaube, Sie sind Herr Anrath.

Herr Anrath: Woher wollen Sie das wissen?
Prof. d. Evolution: Soll ich Sie aufklären?
Bettina: Ich kann mich irren.
Herr Anrath: Weil Sie nicht zugehört haben, weil Sie sich nichts angelegt haben.
Bettina: Ein Heft? Wozu?
Herr Anrath: Ein Heft? Ich weiß nicht, was Sie meinen.
Prof. d. Evolution: Das Vergessen als eine höhere Stufe des Überlebens ...
Herr Anrath: Mischen Sie sich nicht ein.
Prof. d. Evolution (zu Bettina): Fräulein, warum lassen Sie sich nicht nieder?
Bettina: Es ist ja gar kein Platz mehr. So viel freier Strand und kein Platz mehr. Alles, was Flügel hat, fliegt hoch in die Luft.

Bettina läuft sehr schnell quer über den Strand, an kleinen bunten Behausungen vorbei, stolpert, läuft im Erschrecken darüber, daß sie verkennt und verkannt wird. Sie läuft, als ob sie fliegen wollte.

9

Bettina an einen Stein am Strand gelehnt, die Füße knapp im Wasser. Sie schreibt Tagebuch.

Bettina: Wir befinden uns auf einer Insel. Gelegentlich fährt ein Motorschiff mit Passagieren aufs Festland und bringt sie zu uns herüber. Die Insel ist uns zugeteilt worden, ein Fleckchen reinen, hellen Sandes mit allen erdenklichen Behausungen, die uns beherbergen. Selten ertrinkt ein Mensch beim Baden, selten kommt Sturm auf. Selten sagt jemand: es hat mir nicht gefallen. Und niemals will sich jemand mir anschließen.

Ich kenne sie, sie sind meine Kollegen. Sie geben dem Spruch nach – und sosehr ich sie um Hilfe bitte – sie fürchten meine Augen. Selten sagt einer: es wird so schön nicht bleiben.

Sie steht auf, steigt aus dem Wasser, das Tagebuch unter dem Arm. Ganz allmählich geht über das Bild eine purpurrote Abblende.

Das Purpurviolett verstärkt sich. Es ist die Farbe des Wahnsinns. Bettina am Strand. Große Ruhe über dem Bild, beinahe Lautlosigkeit. Selbst das Meer rauscht nicht. Es ist Wellengang.

Bettina: So sieht der Endpunkt des Himmels aus, ich kanns nicht glauben. Wer hat mir bloß diesen Punkt gesetzt! Punkt.

10

Rückblende um etwa 5 Jahre.

Beim Augenarzt. Der Arzt untersucht eingehend die auf der Pritsche liegende Bettina.

Arzt: Massive quartalsmäßig auftretende Iritis, Entzündung des gesamten Sehfeldes mit nachfolgender Farbverschiebung – Spektralneurose – begrenzte Wahrnehmungsfähigkeit, schreiben Sie, Schwester – paraneuropathologischer Zustand.

Bettina: Aber ich sehe doch alles.

Arzt: Mein liebes Kind, sehen ist nicht erkennen, wie wir Ärzte sagen. Du siehst die Dinge nicht, du siehst in sie hinein, hindurch – und somit falsch. Falsch.

Schwester: Glasblick, wie der Volksmund sagt.

Mutter: Woher sie das bloß hat.
Arzt: Zufall, purer Zufall.
Schwester: Der dritte heute ... (lacht), diese Zufälle!
Bettina: Ich möchte aufstehen.
Arzt: Schwester, schreiben Sie: Therapie: kühlende Kompressen. Bei Bedarf Vorstellung beim Neurologen.
Mutter: Aber –
Arzt: Bei Bedarf, gute Frau. Ihre Tochter wird nichts Schlimmes bewirken können, ihr täte Erholung gut, man sollte sie einen ruhigen Beruf lernen lassen, und Erholung, viel Erholung.

Bettina und ihre Mutter verlassen das Sprechzimmer. Auf dem reinweißen Gang der Klinik.

Bettina: Sieh doch, sieh doch mal.
Mutter: Purer Zufall, wie der Arzt sagt.

11

Wieder 5 Jahre später. Am Strand. Ein heller Abend. Minutiöse Aufnahme von Strandutensilien: Wasser, Sand, Krüppelkiefern, Buhnen, Dünen, Vogelspuren, Tang, gestrandete Quallen, Fische, Unrat, angeschwemmte ausländische Plasteflasche usf.

Schließlich kommt Bettina ins Bild. Sie geht gemächlich, hebt ab und zu etwas auf, um es näher zu besehen, legt es wieder nieder. Sie bezeichnet laut die Dinge:

Wasser, Sand, Krüppelkiefern ...

Dann hebt sie die Hände:

Was sonst noch? Was mehr.

Bettina beginnt zu suchen. Sie bohrt mit den Zehen im Sand, nimmt Unrat beiseite, sieht hinter die Kiefern, ins Wasser usf. Sie sagt etwas dozierend künstlich:

Nichts, nichts – immer nichts. Wenn ich nur wüßte, was ich hier suche. Irgendwie ist es schon alles da, und es fehlt mir etwas, wie aus der Kindheit gerissen. Was? Hier nichts, dort nichts, den langen Strand entlang nichts. Und ich finde so viele Worte für das, was in diesem Fehlenden lebt, ich bin krank, sagt der Arzt, ich habe Augen, die ganz nah sehen.

Sie atmet eine ruhige klare Luft ein.

12

Bettina breitet ihre Tagebücher in den Sand, blättert sie durch, zählt. Immer, wenn sie einen glücklichen Tag findet, zieht sie mit einem Stöckchen einen Strich in den Sand.

Bettina: Ein glücklicher Tag. Ich hab etwas gesehen, das mir niemand vorausgesagt hat … eine Glasfabrik. Durch die Sand läuft, Tonnen einfachen Sandes …

Sie blättert lange weiter.

Da! Zwanzigster September: Martin und ich, für drei Stunden ganz allein und ganz mit uns. Glück … nichts, nein, so lange nichts dazwischen. Blödes Zeug nur, aufstehen, essen, arbeiten, schlafen, aufstehen, warten – Stefan, Klaus, der Hochzeitstag meiner Eltern, belanglose Lieben … tränenlos alles …

Sie klappt das letzte Buch zu, zählt die Striche im Sand.

27 von 365, das sind 7,39% glückliche Tage, das ist fast nichts.

Aufnahme: der Wind fegt über die Striche, der Flugsand verdeckt sie.

Stimme des Professors: Das ist fast nichts, aber es waren mehr, und es folgen mehr glückliche Tage, denn die Insel ist noch nicht voll erschlossen.

13

Rückblende etwa 15 Jahre.

Bettina steht auf dem Tisch der elterlichen Küche. Die Mutter mißt ihr ein Kleid an. Man sieht, daß es ein unbequemes, aber der Mode entsprechendes Kleid sein soll. Während die Mutter absteckt und den Stoff in die richtige Lage zieht:

Mutter: Sing, Bettina.
Bettina: Ich will nicht.
Mutter: Aber du mußt singen.
Bettina: Nein.
Mutter: Alle singen sie in der Schule.
Bettina: Ich kann nicht.
Mutter: Du willst nicht.
Bettina: Ja.
Mutter: Sing! Sing, Bettina!
Bettina: Nein!
Mutter: Ich stech dich, wenn du nicht singst.
Bettina: Ja.
Mutter: Kleine weiße Friedenstaube, Bettina, du mußt das doch können. Das können doch alle, das hat doch der Lehrer gesagt.

Bettina: (plötzlich weinend) Kleine ... weiße ... Friedenstaube ...

Die Mutter fällt aufmunternd synchron mit ein:

... fliege übers Land, bring den Menschen Glück und Friede, bist uns wohlbekannt!

Bettina heult maßlos, die Mutter schneidet den letzten Faden ab.

14

Wieder 15 Jahre später. Am Strand:

Bettina, auf den Buhnen stehend, ein leichter, nützlicher Wahn. Die Grenze zwischen Traum und Wirklichkeit.

Bettina: Mantje mantje timpete Buttje Buttje vorm Tribunal der Röcke – ich bin allhier!

Bildüberlagerungen: Über das Strandbild: in einem Glasbehälter schwimmend der aufgeblasene Gummifisch. (1) Eine Menschenmenge. (2)

Stimme Fisch: Und allen bleiben alle Wünsche verschlossen.

Eine tötende Musik ertönt, bis Bettina einen Stein aufhebt und ihn in das Bild wirft. Lautes Klirren von Glas.

Der Gummifisch liegt ohne Luft am Strand.

15

Bettina schläft in den Dünen. Meeresgeräusche.

Plötzlich krabbelt ein Hummer heran. Bettina erwacht

und richtet sich auf: der Hummer muß der Hotelküche entlaufen sein, denn er ist rot und dampft und trägt eine Zitronenschale mit sich herum. Bettina ist erst erschrokken, dann belustigt, sie schluckt voller Appetit. Der Hummer klappt aufgeregt mit den Scheren.

Nahaufnahme: die Augen des Hummers (s. 1. Bild). Sie sind blind und schwarz.

Stimme Bettinas: Hummer, warum hast du so blinde Augen?

Hummer: Damit du mich besser fressen kannst.

Bettina steht auf und trägt den Hummer zum Wasser. Der Hummer versinkt darin. Die Zitronenschale hinterläßt er am Strand. Blutrote, kurze heftige Abblende.

16

Mitternächtlicher Strand. Große, an Traum und Wahn grenzende Farben, Strand und Meer gehen ineinander über. Steine werden zu Sand, die Wellen schlagen unablässig. Plötzlich kommt ein alter Fischer ins Bild. Er hockt auf einem Stein mitten im Wasser und läßt die Wellen an sich abprallen.

Schwenk: Bettina, die ihr Tagebuch schreibt:

Bettina: Gesonnt, gefaulenzt, und immer allein. Der Hummer, ja, eine kleine Notiz am Rande: freundliche Begegnung mit einer anderen Art.

Bettina klappt das Buch zu, läuft auf der Insel entlang, bis zu der Stelle, wo der Draht beginnt.

17

Ständiger Bildwechsel.

Die Herberge. Aufnahme: ein kleines Hotelzimmer. Muck und Evi, das junge Paar, probieren die Betten aus, untersuchen die Bettwäsche, kurbeln am Radio.

Am Strand. Das Meer kräuselt sich und flirrt. Reusenpfähle ragen auf und teilen den Himmel.

Herberge: Speisesaal. Kameraschwenk über die Tische, an denen verschiedene Sorten Fisch gegessen werden auf verschiedene Art. Für eine viertel Sekunde liegt auf einem Teller auch mal der Gummibutt.

Fernaufnahme: Die Insel in der Vogelperspektive.

Herberge: Im Hotelzimmer: das weiße Paar verschließt fest die Fenster gegen den Sturm. Der dicke, halbwüchsige Sohn kontrolliert es. Er zeigt deutlich Angst vor irgendeiner Gefahr. Die weiße Mutter zieht den Sohn vom Fenster weg. Der weiße Vater hat eine Flasche Bier geöffnet und läßt den Sohn die Schaumspitze lecken. Der Sohn strahlt glücklich.

Fernaufnahme Vogelperspektive (Insel): Das Bild trudelt, kreist wie aus einem herabstürzenden Flugzeug. Schnitt.

18

Klares, ruhiges Wasser. Über dem Bild, das nichts als jenes Wasser zeigt, eine scheppernde Radiostimme.

Radiostimme: ... nun auch dieser Fall geklärt. Es handelt sich um eine zufällig eingetretene Unreinheit. Der Grund, der sich scheinbar zur Oberfläche gekehrt hatte und die Vermutung nahelegte, der bisherige Grund wäre die Oberfläche, das Meer gekippt ... (Kurbeln am Radiogerät).

In der Wasserfläche wird der Schatten eines Menschen sichtbar, der ein Kofferradio trägt. Es könnte der dicke, halbwüchsige Sohn sein.

Radiostimme: ... geklärt. Das Meer, liebe Zuhörer, ist geklärt. Und nun senden wir die mitternächtliche Wunschparade ...

Schlagermusik. Schwenk: der dicke Sohn rennt mit dem Radio in Richtung Herberge.

Schwenk. Wieder das Wasser. Bettina (nicht sichtbar) pfeift eine Melodie. Plötzlich tauchen zwei rote Hummerfühler aus der Wasseroberfläche auf und blitzen in der Abendsonne.

Bettina: (überrascht) Ahoi!
Hummer: Du bist langweilig! Warum brauchst du meine Hilfe nicht.
Bettina: Aber ich bin doch gar nicht in Not. Ich will dich nicht unnütz in Anspruch nehmen.
Hummer: Dummes Weib!

Aufnahme 1 sc. Auge des Hummers grün und glasig. Dann verschwindet der Hummer wieder im Wasser. Es kräuselt sich.

19

Nahaufnahme: Bettinas Arme, die gegen den Draht, der die Insel umzäunt hält, drücken. Es geht auf Morgen zu. Die Sonne steht langsam und gelb auf, sie rückt immer größer ins Bild. Die Sonne geht nach und nach über in einen Teller Grießbrei mit Butter, den der dicke Sohn in der Herberge löffelt, hastig und genußlos.

20

Am morgendlichen Strand. Im Bild sieht man nur Füße in Turnschuhen laufen. Turnschuhe, nur Turnschuhe. Sie federn unter den sportlichen Schritten ihrer Träger, der Sand gibt unter ihnen nach. Die Sonne gleißt, das Licht kringelt sich. Die Erregung der Frühsportler wird spürbar. Sie laufen am Strand und an den Dünen, die Steilküste hoch in Richtung Herberge.

Bettina synchron das gesamte Bild über:

Ich war also die ganze Nacht am Strand gegangen von Süden nach Norden, die kleine schmale Insel entlang. Die Augen schmerzfrei seit dieser Stunde. Ich war also nicht mit ins Quartier gelaufen, war der Gruppe abtrünnig geworden – ich überhob mich und wollte doch nichts von all dem Irrsinn sehen, den ich sah. Ich hatte mir freigenommen. Oder was wollte ich wirklich? Ich muß den Hummer fragen, aber der Hummer ist blind.

1. Läufer: Da bist du ja. (vorbei)
2. Läufer: Im Hotel gibts Kaffee! (vorbei)
3. Läufer: Und Semmeln, goldene! (vorbei)

Ein seltsames Kichern erklingt, ähnlich einem gläsernen Klirren. Bettina beschließt, baden zu gehen. Sie entkleidet sich, legt die Kleider in den Sand.

21

Rückblende von ca. 10 Jahren
Bettina in der Wanne im elterlichen Bad. Die Mutter wischt ihr den Rücken.

Mutter: Wenn man Haare unterm Arm bekommt, fängt man auch zu stinken an. Tante Karin hat dir ein Deodorant aus Stuttgart geschickt. Da stinkt man nicht mehr, wenn man schon Haare unterm Arm hat, dafür hast du jetzt aus Stuttgart den Deodorant!

Bettina steigt dünn und unreif aus der Wanne.

22

Wieder 10 Jahre später. Am Strand. Bettina steigt frisch durchblutet aus dem Meer. Sie sucht ihre Kleider.

Bettina: Meine Kleider, wo hab ich sie nur. Ich hatte sie in den Sand gelegt, hier an diese Stelle.

Auf besagter Stelle befinden sich aber nur die Zitronenschale und eine Möwenfeder. Bettina wirft wütend die Zitrone ins Meer.

Bettina: Dummes Tier!

Schwenk. Nahaufnahme. Im Sand liegen apfelgroße, feuchtglänzende Kugeln. Bettina versucht, sie zu greifen. Sie rollen unter ihren Fingern davon, verbergen sich in den Dünen. Wieder dieses Kichern, das von den Kugeln kommen könnte. Bettina zittert. Sie ist diesen Kugeln ausgesetzt, die sich auf sie richten wie Augen.

Schwenk: Ein Fahnenmast am Strand. Ganz oben weht Bettinas Kleid, als würde es Sturm geben.

23

Aufgeregtes Krähen einer Möwe. Das Kleid fällt vom Fahnenmast herab auf die Kamera, danach in den Sand genau neben die wieder angeschwemmte Zitronenschale. Man sieht braune Algen, Fliegen, alle Zeichen einer fauligen Wärme.

Am Strand liegen jetzt auch die Urlauber in der Sonne, nebeneinander, sehr dicht. Bettina liegt etwas abseits, jedoch noch zwischen ihnen. Ab und an greift sie neben sich in das Leere, in den Sand.

Schwenk: der Professor der Evolution doziert dem dicken weißen Sohn.

Professor: ... Stein wird Sand, der Sand saugt das Meer auf, woraus es entstanden ist.

Der Sohn lacht auf, als hätte er soeben einen Witz gehört. Prüfend schaut der weiße Vater von der Decke zu ihm herüber. Der Professor ist verunsichert und steht auf. Sein Blick fällt auf Bettina. Er beginnt zu schwitzen.

24

Sehr warmes Licht. Es ist heiß. Die Glut dörrt alles aus. Man sieht den Professor und Bettina am Strand spazieren.

Bettina: Und die Dünen?

Professor: Die Dünen sind dazu da, daß der Ort nicht versandet.

Bettina: Sie lassen tatsächlich wenig Sand davonrollen.

Professor: Nur manchmal, wenn der Sturm kommt vom Inneren der Insel.

Bettina: Da haben die Dünen keine Macht?

Professor: Ja, es gibt glücklichen und unglücklichen Sand. Unglücklicher Sand rollt in die Heide. Das ist fremder Boden, aber der unglückliche Sand lagert sich ab und vermischt sich mit der Erde und bleibt unglücklich. Er ist eine Gefahr, die die Flora der Insel zerstört.

Sie laufen noch ein Stück weiter.

Bettina: Hier ist der Strand schön.
Professor: (anderssinnig) Was haben Sie für Augen!

Bettina lacht, legt sich auf den Bauch. Makroaufnahme der Kamera: Sand, riesige Sandkörner, gläsern, durchsichtig. Bildüberlagerung, Assoziation *Glas*: Bierflaschen, Murmeln, Obstgläser ... Aufnahme wieder normal, Bettina und der Professor graben kleine Löcher in den Sand/Glas. Dann sieht man Bettina schlafen, der Professor stiehlt sich davon.

25

Das Gesicht der schlafenden Bettina. Plötzlich sitzt vor ihr der Hummer und japst nach Luft. Er ist blasser geworden, das Rot geht ins Gelbliche. Bettina öffnet langsam die Augen. Das Tier kriecht mit drahtigen Beinen näher an sie heran, bis zum Gesicht. Seine Augen sind glasgrün.

Bettina versucht, den Hummer zu berühren, schreckt zurück, tut es aber noch einmal. Dann küssen sie sich.

Über dem Bild eine leise, schöne Musik.

Bettina (synchron):

Ich hatte den Wunsch, das Tier zu berühren, und erschrak davor. Wann hatte ich jemals Sehnsucht nach solch einer lächerlichen Begegnung gehabt. Aber in mir begann etwas aufzusteigen, was nicht mehr zu halten war: eine Ewigkeitssehnsucht nach dem Wesen, das mich auf sich zugehen ließ und das ich begehren würde *und nur es*, das ich aus uns herausholen könnte, *und nur aus uns*!

Ein großes leidenschaftliches Liebesspiel, eine Umarmung ohnegleichen, eine Musik zum Vergehen schön. Plötzlich löst sich alles im Taumel auf – ein märchenhafter Bruch:

26

Ein Prinz steht mit blutrotem Anzug am Strand. Er hat hellblondes Haar. Bettina und der Prinz träufeln sich, gefangen in ihrem Glück, Sand auf ihren Körper, auf ihre Köpfe, wie Asche, und sie lachen und schäkern herum.

Prinz:	Vergiß, daß wir aus der Not kommen, denn Not ist die längste Zeit vor dem Leben.
Bettina:	Wir haben es immer gewußt.
Prinz:	Wir haben ums Vergessen gesucht.
Bettina:	Ums Vergessen.

Auch Bettina hat jetzt einen blutroten Anzug an, und sie steigen beide in das Meer oder in den Sand. Es ist nicht mehr auszumachen, was das eine ist und was das andere. Der Gummibutt trudelt auf der Wasseroberfläche.

27

Rückblende ca. 10 Jahre. Eine Tanzstunde. Zwischen schon erwachsen scheinenden Paaren, die im vorgegebenen Rhythmus tanzen, dreht sich ein sehr hilfloses Paar: Bettina und Peter. Beide haben die *Hülle* des Erwachsensein-Müssens an sich. Bettina mühsam onduliertes Haar, einen künstlichen, viel zu großen Büstenhalter, der fortwährend rutscht, Lippenstift, der sich verwischt. Peter: mit Salbe bedeckte Akne, Schlips, der die Luft nimmt, ein übermäßig die Schultern verbreiterndes Sakko. Sie geraten außer Takt, aber sie geben sich große Mühe. Die Tanzlehrerin sondert sie aus:

Tanzlehrerin: Es ist zwecklos, meine Lieben.
Sie haben kein Gefühl.
Einszweidrei – Drehung kurz – einszwei – Drehung lang – drei und Schluß! Sehen Sie? Haben Sie das gesehen?

Die Paare tanzen weiter. Bettina und Peter fliehen aus dem Salon. Auf der Straße regnet es in Strömen. Sie laufen sehr langsam und sehr froh durch den Regen. Bettina hält den Kopf unter eine plätschernde Dachrinne, die Ondulation löst sich auf, Schminke fließt ab. Sie fassen sich an und tanzen im Regen einen lautlosen langsamen Walzer.

28

Wieder 10 Jahre später. Am Strand.

Das Meer ist klein und flaschengrün, es wird immer kleiner, je höher die Sonne steigt. Der Strand wird weit und weiß, bald ist nur noch Strand zu sehen.

Synchron über das Bild.

Bettina: Dann verfielen wir unserer Sucht, es zu bestimmen, den ganzen Grund und Ursprung unserer Begegnung, und wir begannen sofort wieder zu fragen: Wo sind wir? Und wir umgingen den kreidigen Weg gemeinsam, der uns dahin nicht führen konnte.

Der Prinz und Bettina in Liebe am Strand. Sie entkleiden sich. Lust. Bettina schließt die Augen fest. Über dem Bild rote und grüne Ringe. Es ist unerträglich heiß. Der Schweiß rinnt in Strömen, Spannung liegt in der Luft. Lust wird Qual. Es ist, als ob der Sand die Körper schmelze. Plötzlich taucht hinter den Dünen der Professor auf.

Professor: (voyeristisch) Ich werde euch alles erklären. Die Dinge, die ihr seht, sind Gespinste aus Vakuum, in denen jeder Brocken schneller zu Fall kommt als in der gesättigten Luft des Strandes!

Bettina horcht auf. Sie will sich aus den Umarmungen des Prinzen befreien.

Bettina: Was? Was sagen Sie da?

Der Prinz aber holt sie zurück.

Professor: Sie schwitzen. Sie sind so einsam. Sie sind so schön.

Der Prinz wirft Sand nach dem Professor. Der Professor schüttelt wissend den Kopf.

Professor: Das Meer wird ein Molekül. Das Meer zieht sich immer weiter zusammen zu einem festen, kaum sichtbaren Punkt. Das Meer kocht die Luft, die es umgibt! Es wird schwarz, denn selbst das Licht kann nicht ausweichen und rast in es ...

Bettina: Ein Magnetfeld!

Totales Black. Detonation. Danach Rauschen des Meeres. Wieder normal: im Sand liegen Bettina und der Prinz. Bettina weint. Das Meer kommt wieder. Alles glättet sich.

Prinz: Dummes Weib! Es ist alles vorbei. Wir müssen es nur begreifen. Es war so und nur so.

Bettina: Du sagst es. Auch du. Ich habe es nicht gewußt.

Schwenk: Die Urlauber kriechen in ihre bunten Behausungen. Es beginnt ein sehr gewöhnlicher Tag.

29

Bettina und der Prinz in rotweißem Segeltuch. Bein an Bein, dösend.

Bettina: Ich bin froh, es nicht begriffen zu haben, woraus wir entstanden sind.
Prinz: Es ist so gewesen, nicht anders.
Bettina: Das sagt der Professor.
Prinz: Hast du es nicht so gewollt?
Bettina: Ja. Alles. Hier ist der Endpunkt des Himmels. Ich habe es so gewollt. Ein Irrsinn, etwas anderes zu denken, mein Prinz.

Der Prinz beginnt, Bettina mit Nußöl einzureiben. Sie sind unterschiedlos geworden zwischen den Urlaubern. Sie nehmen sich fest in die Arme. Ein leichtes Zittern überläuft Bettina.

30

Am Strand. Bettina und der Prinz wieder in ihren blutroten Anzügen. Bettina zieht den Prinzen aus dem Strandkorb. Sie versuchen, lautlos den Walzer des Glücks zu tanzen (Bild 28). Der unebene Strand hindert sie. Aber das Tanzpaar lacht. Es lacht sehr gezwungen. Es versucht, gut lachen zu können.

Prinz: Hast du noch Angst?
Bettina: Nein.
Prinz: Siehst du den weißen Weg noch?

Bettina: Nein, ich sehe ihn nicht.
Mörder sind wir, mein Prinz, herrliche Mörder!

Prinz: Bettina!

Bettina: Wir sind im Töten begriffen, merkst du?

Prinz: Im Tanzen!

Bettina: Nein, im Töten. Unser Ureigenes: die Angst!

Prinz: Die Verzweiflung.

Bettina: Wir würgen sie in uns ab.

Prinz: Das ist unser Recht.

Bettina: Es ist wie im Märchen.

31

Bettina auf dem Stein am Meer, auf dem der Fischer gesessen hatte. Sie schreibt Tagebuch.

Bettina: Verwunschen. Aus dem Wesen, dem seine Not im Hals steckenblieb und das sie nicht rufen konnte ins Meer, in den fischernen Rachen des Tieres, aus dem Wesen, das aus dem Kessel floh, abgebrüht, rot wie Blut rot wie Schnee mit der Allmacht, die ich verschmähte. Aus den Wesen, die aus den Scherben zu sich kamen, in Menschen, die gegen das Ufer liefen, das steil und kreidig ragte und ragte.

Bettina klappt das Buch zu, bückt sich, streut Sand auf ihre Handfläche, bläst diesen herunter.

32

Am Strand. Wiederum die purpurviolette Abblende. Sturm kommt auf. Die Strandgäste packen eilig ihre Sachen zusammen und laufen in die Herberge. Einzig Bettina und der Prinz zögern.

Muck und Evi: Kommt ihr mit?
Muck: Es sieht nach Sturm aus.
Bettina: Jaja!

Man flieht hastig.

Weißer Mann: Schnell, Kameraden, es gibt Sturm!
Weiße Frau: Lauf schon, Heinz!

Der dicke halbwüchsige Sohn rennt schwerfällig seinen Eltern hinterher. Er keucht vor Anstrengung, aber auch vor Lachen.

Lehrer: Kenn' wir uns nicht? Sie sollten mit uns gehen.
Professor: Kommt, es stürmt!
Es wird gefährlich werden hier draußen.
Bettina: Es ist noch keiner ertrunken.
Professor: Es gibt unglücklichen Sand.
Der rollt im Sturm davon in die Heide.
Bettina: Woher wollen Sie das wissen!
Professor: (der bald umgeweht wird): Ich weiß nicht, woher. Aber es gibt Sturm!!

Der Professor läuft davon. Bettina und der Prinz umfassen sich. Sie werden umgeweht und rollen in ihrer Umarmung über den Strand wie unglücklicher Sand durch die Dünen. Eine Möwe schreit gepeinigt. Schwenk: Der alte Fischer hockt auf seinem Stein und streicht mit seiner großen Hand beruhigend über das Gefieder der Möwe.

Fischer: Psst. Pssst. Na, so – so –

Schwenk: Bettina und der Prinz kommen mühsam auf die Beine. Immer wieder werden sie vom Sturm umgeworfen. Sie drehen sich zur Sonne, die über dem Meer aufsteigt. Sie gleicht einem Butt und sinkt ins Meer zurück, sehr rot, wie abgestochen.

Bettina: Hier ist kein Endpunkt des Himmels!
Prinz: Woher willst du das wissen!

33

Kurzer Zeitsprung. Nach dem Sturm. Die verwüstete Insel. Bettina vor dem zusammengestürzten Drahtverhau an der Inselspitze.

Bettina: Er ist auf das Festland gegangen. Er ist auf das Festland gegangen. Es hat Sturm gegeben, aber du bist auf das Festland gegangen, mein Prinz.

34

Heutige Schulklasse. Der Prinz ist der Lehrer.

Prinz: Ihr braucht kein Heft. Wir reden über die Ereignisse. Wer weiß, was passiert ist?

Schweigen in der Klasse. Langeweile. Abwesenheit.

Prinz: Also, wer weiß etwas.

Endlich meldet sich zögernd eine Schülerin und liest aus einem beliebigen ausgeschnittenen Zeitungsartikel vor.

Prinz: Ich habe doch gesagt, wir brauchen das nicht. Wir wollen doch sprechen darüber.
1. Schüler: Dann tun Sie's doch!

1. Schülerin: Eh, da reißt man sich ein Bein aus, und dann – püh!
Prinz: Aber ihr müßt euch doch Gedanken machen ...
2. Schüler: Warum?
Prinz: Weil ...

Die Klasse beginnt zu toben, auf den Bänken zu springen. Der Prinz ist verzweifelt.

Blende. Direktorenzimmer.

Direktor: Lieber Herr Prinz, wir haben da eine Meldung erhalten.
Prinz: So.
Direktor: Der Vater der Schülerin Evelin Jehrke aus Ihrer Klasse legt Beschwerde ein, daß Sie den Unterricht im Fach Staatsbürgerkunde nicht ordnungsgemäß organisieren.
Prinz: Mir scheint ...
Direktor: Mein lieber Kollege. Warum lassen Sie kein Heft anlegen? So ein Heft zwingt einen jeden Schüler, sich mit den tagespolitischen Ereignissen auseinanderzusetzen.
Prinz: Es zwingt.
Direktor: Wo kommen Sie bloß her?
Prinz: Was weiß ich.
Direktor: Ich sage Ihnen, lassen Sie ein Heft anlegen. Die Schüler brauchen ihre Aufgabe.

Der Prinz verläßt den Raum.

35

Man sieht nur einen Tisch voller Zeitungsblätter. Viele Schülerhände schneiden wahllos in den Zeitungen umher. Es ist ein wahres Zeitungsgemetzel. Sie basteln Papiertauben und Flieger. Sie grölen dabei das Paloma-Motiv.

36

Am Strand. Bettina räumt vorsichtig den Draht aus dem Wege. Dann steigt sie an der Inselspitze ins Wasser. Sie schwimmt. Über die Abgrenzung hinaus. Warnlichter tauchen auf. Bettina schwimmt, schluckt Wasser, schwimmt. Da taucht ein anderer Schwimmer auf: ein Neger.

Bettina: Hallo!
Neger: Hallo! Where do you come from.
Bettina: Von der Insel hier.
Neger: (lacht): I come from Black more.
Bettina: (lacht): Vom Schwarzen Meer?
Neger: You understand me.
Bettina: Wie heißt du.
Neger: Neger. And you?
Bettina: Prinzessin.
Neger: I must go back.
Bettina: Wohin.
Neger: To my country, over the borders of continents.
Bettina: Du bist verrückt!
Neger: You understand me, princess!
Bettina: Auf Wiedersehen!

Beide tauchen weg und schwimmen jeder in seine Richtung davon.

37

Am Strand. Bettina steigt aus dem Wasser. Der Professor der Evolution steigt aus den Dünen.

Professor: Halt! Was tun Sie hier.

Bettina: Hochzeit, Professor.
Professor: Diese Stelle ist verboten, Grenzgebiet.
Bettina: Nach Afrika, ich weiß.
Professor: Nichts wissen Sie.
Bettina: Ach, Professor.
Professor: Ich bin gekommen, um mich von Ihnen zu verabschieden. Mein Urlaub ist beendet. Die Universität erwartet mich.
Bettina: Und mich das Grenzenlose.
Professor: Sie haben Augen, die sind wie aus Glas. Komisch. Adieu, Bettina.
Bettina: (ruft ihm nach): Bei Bedarf, hat der Doktor gesagt, kann ich mich vorstellen! Aber wo, wo denn, Professor!

38

Eine leere Schulklasse. In der hintersten Bankreihe sitzt der Prinz. Am Pult der Professor der Evolution. Schnitt nach dem 37. Bild.

Professor: Hier! Hier bei mir.
Prinz: Garantieren Sie mir einen Abschluß?
Professor: Ich bin Professor der Abschlüsse.
Prinz: – der Evolution – ?
Professor: Eine Frage der Ansicht, mein lieber Prinz.
Prinz: Ich bin bereit.
Professor: Ihr Entschluß, sich uns anzuschließen, ist gut.
Prinz: Meine Frau wird sich besinnen.
Professor: Beginnen wir. In erster Linie müssen Sie den Ursprung kennen …

39

Am Strand. Der Strand ist unbehaust. Auf seinem Stein sitzt steinern der Fischer. Einzig Bettina lebt noch. Hoch oben am Fahnenmast steckt der Gummibutt fest.

Bettina geht abermals schwimmen. Sie trifft abermals auf den Neger. Beide tanzen im Meer zwischen den Warnbojen. Sie lieben sich und den Ort, an dem sie sich begegnet sind. Sie werden nie an den Strand kommen. Unter ihren Füßen befindet sich das Bodenlose.

40

Im Kinderzimmer des dicken halbwüchsigen Jungen. Der weiße Vater liest seinem Sohn das Märchen vor (2. Bild).

Vater: Nun wirst du Ruhe haben, du garstiger Frosch. Als er aber herabfiel, war er …

Vater/Sohn (zusammen): … kein Frosch mehr, sondern ein Königssohn mit schönen freundlichen Augen.

Der Sohn gähnt und schließt seine Augen. Das Märchen ist zu Ende. Der Prinz taucht im Bild auf und macht ein freundliches Gesicht. Er ist zu seinem Ursprung zurückgekehrt und wird in Kürze die Macht übernehmen. Er hat ein Heft anlegen lassen für tagespolitische Ereignisse. Alle haben ihre Aufgabe.

Blende. Der Neger steigt aus dem Meer und ruft:

Neger: It's horrible, dear, it's horrible!

Nahaufnahme: die Augen von Bettina. Darüber erscheint eine Hand mit einer Pipette. Ein Tropfen hängt daran und zittert.

Doktor: Du sollst nicht immer so feige sein, du tust doch bloß so, ich weiß das!

Das Paloma-Lied erklingt in voller Schönheit und Länge.

1986/88

Kotterba

Auch der erste Schritt gehört zum Wege. (A. S.)

Gösta Labuhn nannte sich nicht so. Er lag an seinem siebenten Geburtstag im Bett des Vaters, die Decke bis zum Kinn gezogen, und schlief. Er war in einem schlechten Jahr geboren. 1932, wußte die Mutter Mechthild Labuhn, war das Jahr, in dem sie Gott vergaß: Gott schickte Gösta, und Gösta zerriß ihr den Damm. Und als sie wieder zum Leben erwachte, fand sie Labuhn nicht mehr, den Mann, fand sie nur noch den winzigen Gösta, den Jungen, und sonst nichts mehr. Erinnerungen suchten sie heim, Fragen, zum Beispiel diese: warum hat dieser Kerl dann so oft seine Hände auf meinen dicken Bauch gelegt, seine dreckigen haarigen Hände auf meinen schönen glatten Bauch, unter dem der Gösta wuchs, *sein* Sohn! Der Mann kam wieder, viel später, kam nicht zum Bauch zurück, nicht zu Mechthild. Und er schlief am siebenten Geburtstag seines Sohnes in der Küche neben dem Herd.

Ich nenne mich Kotterba.

Nirgends ist es so warm wie in Vaters Bett. Ich bin wieder sieben Jahre alt und schlüpfe unter die angerauhte, nach Manneshaaren und Schweiß riechende Decke, ziehe sie bis zum Kinn und atme einfach diesen Duft ein. Mein Vater ist nicht stark, das Bett riecht nach einem kleinen Mann, der die Unterwäsche beim Schlafen nicht auszieht und schnarcht. Der Mann ist warm, wenn er schläft, er kann mit kleinen runden Händen

streicheln, kann sich an den schwarzen Brusthaaren zupfen oder mir oder Mama an den Po fassen. Das Bett ist die wärmste Stelle im ganzen Haus. Ich habe sie mir zum Geburtstag gewünscht. Vater hat geknurrt, aber sein Umzug in die Küche ersparte ihm das Taschenmesser, was ich als Ausgleich angemeldet hatte. Ich stecke die Nase mit unter die Decke, um die muffige Luft gleichsam einzusaugen.

Vater, ich sehe ihn vor mir. Es ist schön, wenn du so bei mir liegst. Mich kann von dir nichts wegbringen. Keine Piraten der Welt, keine Waldräuber oder Gendarmen. Mit dem Gefühl der Sicherheit schlafe ich ein. Den ganzen Tag über schwebe ich in der Wolke aus väterlichen Schlafdünsten, gebe mich einem schweren Halbschlaf hin, der mich in meine Welt schafft.

Wenn meine Mama mich zum Essen ruft: Gösta!, dann höre ich es nicht, oder ich vernehme meinen Namen aus der Ferne wie das Tuten des Nebelhorns.

Gösta wurde hochgerissen. Einen Tag nach seinem Geburtstag trieb ihn der Vater aus seinem Bett. In der Küche gab es zu essen. Schlechtezeitenbrei mit Fasern des Geburtstagsbratens: Hühnerfleischgrütze. Gösta aß träge, er war unausgeschlafen und hatte Kopfweh. Die Mutter stellte ihm die Schultasche hin. Los, ab! Der Tag begann wie alle Tage: scharf und voller Hast. Lothar Labuhn stutzte vor dem Spiegel seinen Bart, schnitt sich in die Lippe und brüllte. Gösta verließ die Wohnung. Mechthild Labuhn lachte kurz und grundlos auf.

Es wird kühl um mich herum. Endlich habe ich das Wasser erreicht. Es nimmt meine Beine ein, meinen Körper, mein Gesicht. Wenn ich die Augen öffne, ist es klar und blau. Dann sehe ich das Schiff wieder. Mein liebes großes Schiff, mit drei Segeln und zwölf Rudern. Es ist weiß und rot gestrichen, besitzt einen großen Frachtraum und Kajüten, ein Steuerrad und eine Harpune zum Fang von Haien. Es gehört mir, es ist mein Schiff, das mich davonbringt, wo immer ich hinwill. Ich gehöre zu ihm, über mich legt sich sein großer Schatten, es ist weich, und ich lächle, wie gut ich es führen kann! Jetzt geht es fort! Komm, Schiff, mach die Anker los. Ich bin das Meer. Ich trage mein Schiff mit mir fort. Es fährt auf mir. Mein Rumpf ist der Rumpf des Schiffes. Ich bin die Fahrrinne, rauschend blau und kühl, und nichts hält uns, alles ist ganz leicht, was für ein schönes großes Schiff, es schwebt, es läßt das Land hinter sich, ich habe Geburtstag heute, komm fort von hier, komm!

Das wird sich ändern, sagte Lothar Labuhn und klebte einen Fetzen Zeitungspapier auf seine wunde Lippe. Eine Schande. So müsse er nun ins Werk! Labuhn war Aufsichtsbeamter an der Hobelstrecke, kämpfte täglich um sein respektables Auftreten, wurde täglich feixend empfangen von Arbeitern und dem übergeordneten Chef, warum, das weiß der Deibel, so ein Papier jedenfalls wäre sein Verderben. Die Schuhe! Mechthild kramte in den Fächern des Schuhschrankes. Sie zog ein Paar rindslederne hervor. Müßten neue her! Wird alles neu hier, Gutste! Labuhn wollte ihr an den Hintern greifen, eine alte Gewohnheit, zog aber die Hand zurück und streckte sich. Er wurde nicht größer dadurch, aber es stärkte seinen Willen: gucke nicht so, Hilde, du siehst einen andern Mann vor dir. Da prustete die Mechthild los, schloß den Schuhschrank auf, steckte das Lachen mit hinein und blickte ernst ihren Mann an: du machst mich noch ganz und gar verrickt machst du mich!

Ich spüre wieder diesen weichen, aber schmerzhaften Schlag unter dem Kinn. Als ich vor Vaters Bett liegend endgültig aufwache, steht er ganz groß vor mir. So groß, daß ich sofort weiß, wo ich bin. Vorsichtshalber richte ich mich auf und taste noch einmal das Bettlaken ab. Es stimmt. Es ist ein warmer Fleck drauf. Der zweite Schlag trifft mich an die linke Brust. Du Wickelbalg! höre ich den Vater schreien, und meine Mama, die von hinten ins Zimmer tritt, fragt, was sie immer fragt: warst du das?

Ja, das war ich, das ist doch das Meer. Auch ich sage, was ich immer sage.

Er würde ihm schon zeigen, was ... Mechthild Labuhn überhörte den Entschluß ihres Mannes. Sie konnte nichts mehr hören, seit jenem Jahr 1932, also seit ihrem Weggang von Gott. Und seit dem Beginn jener Zeit, die ihr die Gier einpflanzte, überall hin zu gehen und zu sehen, was sich in der Stadt an schrecklichen Kuriositäten bot. Da erlebte sie das niegekannte Gefühl des Erschrekkens, das ihr von Mal zu Mal die Sinnlosigkeit ihres Daseins in dieser gottverlassenen Welt eingab. Denn noch konnte sie es nicht glauben, was sich mit ihr vollzogen hatte: sie konnte zu nichts und keinem mehr aufblicken, und stellte sich ihr Mann über sie (wenn sie schlief oder den Boden wischte), kam ihr von irgendwoher aus dem Körperinneren, aus einer unerklärlichen unauffindbaren Stelle, das Lachen. Jedweder Augenblick dieser Art endete in dem Krampf, das Lachen zu unterdrücken, und wenn Labuhn sich für sein neues Vorhaben fertig machte, schloß sie sich in der Küche ein, um ihn nicht ansehen, um ihn um Gottes willen nicht begreifen zu müssen.

Auf dem Weg zur Schule vergesse ich alles. Ich lasse den Tagesbeginn hinter mir, als wäre er nicht gewesen. Der Weg zur Schule ist lang und grün. Er führt durch einen Park und über zwei Kreuzungen hinweg. Die Schule heißt Schloßschule, aber ein Schloß habe ich nie sehen können. Ich kann den Weg zur Schule einfach so laufen, die Schultasche hinter mir her ziehen wie einen störrischen Hund. In dieses weite Grün hinein träume ich. Manchmal, wenn es besonders schön ist, nimmt mich mein nächtliches Schiff wieder auf. Manchmal lasse ich auch nur die Bäume und Sträucher an mir vorbeilaufen, die Litfaßsäule an der ersten Straßenkreuzung umrunde ich, lasse meinen Schultaschenhund an das lebensgroße Plakat eines Mannes pinkeln, der aussieht wie unser Schuldirektor oder wie ein Teil meines Vaters oder irgendeines Mannes, den ich schon immer gekannt haben muß ... Dann werden meine Schritte langsamer, und der Weg zur Schule wird grauer. Wenn ich das Schulgebäude betrete, fährt mein Schiff davon, und ich fröstele. Ich gehe in die zweite Klasse ins zweite Stockwerk. Ich lasse mich mit in die Klassenzimmertür hineinströmen. Ich weiß, was mich erwartet. Die Schüler toben auf den Bänken. Kusch, sage ich zu meinem Hund und nehme ihn unter den Arm. Dann trete ich ein, und wieder sage ich, was ich jeden Morgen sage: *Hei*! Und dann habe ich die Klasse über mir, empfange Prügel, Brüllen und Gelächter. Herr Müller, der Klassenlehrer, zerrt mich dann unter dem pulkenden Haufen hervor, stellt mich an die Wandtafel. Er schafft Ruhe. Dann faßt er mich um die Schultern, zieht mich zu sich heran, um an meinem Gesicht Spuren erkennen zu können. Es ist immer trocken. Aber aber, flüstert er (und er riecht aus dem Mund jeden Morgen nach irgendwelchen Blüten und Rauch), was ist los mit dir? Nichts, antworte ich – immer dasselbe. Und dann folgt das Spiel zum Begreifen: knickeknacke durch die Mühle ... Herr Müller drückt mir die Schultern, daß es kracht. *Hei*! so gehts dazu. Ich werds dir schon beibringen, mein Sohn. *Hei*! Die Klasse tobt. Der Lehrer kann an mir keine Spuren finden. Meine Schultasche fällt mir aus dem Arm. Aus Versehen tritt jemand darauf. Ist gut, mein Hund, wir habens gleich geschafft. Ich setze mich nach dem Spiel auf meinen Platz neben Wolfgang Kätzsch. Der Unterricht beginnt wie an jedem Tag.

Lothar Labuhn richtet sich den Keller her, das Loch, was als Schutzraum dient, in dem sich die Geschichte mit der Leiche abgespielt hatte. Jetzt aber schuf sich Labuhn seine Stelle. Unter der Decke befestigte er ein Stahlkreuz, an das er einen Strick band. An den Strick knüpfte er einen mittelgroßen leeren Mehlsack, welcher ihm bis zur Brust reichte. Er würde jetzt damit beginnen. Labuhn war nicht mehr der, der er war, nur ein bißchen klein und schwach geraten, gar nicht so, wie der neue Mann in der Regel aussah, aber er war es! Er wollte noch etliches dafür tun.

Mit Wolfgang laufe ich gerne nach Hause. Wir gehen nicht den Weg durch den Park, sondern die Straße entlang. Die Straße ist laut und interessant, aber Wolfgang mag es auch nicht leiden, weil es kein U-Boot ist, sondern ein rotweißes Segelschiff. Mit Wolfgang kann man über Schiffe reden und über Straßen. Er ist drei Jahre älter als ich, zurückgesetzt wegen Gedächtnisschwäche, aber ich finde nichts, was schwach an ihm sein sollte. Er ist ein guter Schüler, von dem Lehrer Müller sagt: Es hat sich gegeben. – Wolfgang nimmt mir meine Schultasche ab, weiß ein Hinterhaus, in dem man wäßriges Himbeereis verkauft, er kennt einen echten Marineoffizier namens Schröter und ist der furchtloseste Junge, dem ich überhaupt je begegnet bin. Ich laufe gern mit ihm nach Hause. Von Herrn Müller sagte er, er sei ein schöner Idiot und ich sei schön blöde, weil ich mir alles gefallen lasse, Wolfgang Kätzsch wohnt drei Häuser von uns entfernt. Wir besuchen uns auch nach der Schule oft und können stundenlang erzählen. Wir lassen das U-Boot und das Segelschiff auf Sand laufen, wenn mein Vater mich holen kommt, wenn alles zu spät ist.

Na kumm schon her. Lothar Labuhn hatte ein Wörtchen mit seinem Jungen zu reden. Er stand klein in der Küchentür und ließ die Hosenträger auf den etwas vorstehenden Männerbauch schnappen. Gösta war müde und hungrig, die Schule schaffte ihn, ohne daß er es bemerkte. Er schielte, ob Essen für ihn auf dem Tisch bereitstand, aber es stand nur in der Tür sein Vater. *Du mußt mir helfen*, sagte Labuhn. Gösta vergaß sofort seine Müdigkeit. Das hatte er noch nie gehört. Diese Bitte klang beinah zaghaft. Seitdem der Vater an sich übte, war er auf Hilfe nicht mehr angewiesen, und wer seinen neuangewöhnten Methoden unterlag, brauchte gar die Hilfe anderer. Was also war? Geh, sagte Labuhn und straffte sich, geh zur Hartmannsdorfer und hol Sand. – Gösta wußte nicht recht. Da stieß ihn der Vater zur Tür hinaus, warf zwei Blecheimer scheppernd die Treppe hinunter. Marsch! Und wenn du in einer halben Stunde nicht zurück bist, dann –

Da laufe ich, knurrenden Magens, die Blecheimer in den Händen, zur Hartmannsdorfer Straße. Ich bin so müde, daß mir schwindlig ist. Die Sonne sticht, es ist staubig und schwül. Auf der Hartmannsdorfer sind die größten Ruinen: ganze Häuserreihen in Schutt, es liegt dort Sand, viel Sand. Zwanzig Jahre alter Sand, eine vergessene Stelle, eine, die es nie wieder treffen wird, sagt man in der Stadt und hat sie deswegen so gelassen. Ich muß mich hinsetzen. In den Ruinen gibt es Geheimnisse, wenn Wolfgang mit wäre, könnten wir sie erkunden. Einmal haben wir hier ein ganzes Kästchen voll Silbertaler gefunden. Wolfgang, weil er der ältere war, hat mir drei Stück davon abgegeben. Meine Mutter hat sie eines Tages entdeckt und ganz fürchterlich darüber gelacht. Ich weiß nicht, wo sie sie hingetan hat, jedenfalls besitze ich keine mehr von ihnen. Aber ich werde mir ein anderes Geheimnis suchen, wenn ich geschlafen habe. Als mein Schiff weiß und leicht an mir vorbeigleitet, schlafe ich ein. Aber es kommt nicht zurück, meine Augendekkel geben nur grau und blau wieder, oder blau mit roten Punkten darin, es ist heiß. Ein Blecheimer fällt um. Ich erschrecke so, daß mir das Herz im ganzen Körper schlägt. Ich habe die Bitte meines Vaters vergessen! Der zärtliche Tonfall seiner Frage verfolgt mich, in diesem Augenblick wünsche ich mir stark wie noch nie die Situation her, in der wir, mein Vater und ich, Arm in Arm, in männlichem Einverständnis, eine Sache anpacken. Holzhäuschen oder Floßfahrt auf der Weißen Elster. Oder einfach zusammen ein Bier stemmen in »Küchels Garten«, und das wird mir schmecken. – Hastig schaufele ich mit den Händen groben Sand in den Eimer. Der trockene Staub beißt mir in die Augen, Splitt und Ziegelstücke zerschneiden mir die Hände. Ich schleppe die Eimer nach Hause. Auf der Schillerstraße beginnt es zu regnen. Erst tröpfchenweise, dann in Strömen. Todmüde setze ich die Eimer ab und lasse alles auf mich nieder kommen. Der Sand in den Eimern wird naß und noch schwerer. Er läßt sich nicht mehr bewegen. Meine Schultern schmerzen, es regnet wie aus Kannen, ich kann nicht weiter, ich kann nicht mehr. Unablässig steht schon mein Vater vor mir, er taucht aus dem Regen auf wie ein Wassergott und wird groß und größer. Ich höre ihn lachen und fühle, wie er mir über das Haar streicht: komm, mein Söhnchen, wir schaffen das schon! Mit dem Sand wollen wir uns doch ein Häuschen bauen, weißt du? Und du wirst mir dabei helfen. – Ich reiße die Eimer hoch und ziehe sie hinter mir her. Sie schleifen dumpf durch die Pfützen. Brocken fallen heraus und lösen sich auf. Es regnet aus dem Himmel und aus meinen Augen, der Weg schleppt sich hin. Ich weiß, was mich erwartet.

Labuhn benötigte erst das Material. Naß, wie der Sand war, füllte er ihn in den Mehlsack im Keller. Gösta bekam seinen Vater nicht zu Gesicht. Nachdem der Regen aus den Augen gelaufen war, sah der Junge die Schüssel auf dem Küchentisch: Apfelmus mit Kartoffelschlagsahne. Iß, mein Junge. Die Mutter gönnte es ihm. Was macht der Vater da unten im Keller? fragte Gösta sie und schlang das Apfelmus in sich hinein. Aber auch das kannte er schon: Mechthild Labuhn kreischte auf, schlug sich auf den küchenbeschürzten Schenkel, und gleichsam als Antwort schüttelte sich ihr Körper vor Lachen.

Mir schmeckt das Mus nicht, wenn Mama so lacht. Sie sieht dabei so häßlich aus, furchtbar rot und verzerrt, und die Tränen, sagt sie immer, seien Lachtränen. Es geht fast jeden Tag so. Ihr Lachen gellt mir in den Ohren. Besonders wenn wir in den Keller müssen, wo ich Vaters Sandsack wieder hängen sehe, lacht sie ohne aufzuhören. Das ist manchmal lauter als das Rumsen und Knallen in der Stadt. Ich habe Angst, wenn es so ist. Es schüttelt sie hin und her, und die anderen Leute stecken sich was in die Ohren. Mama schließt auch die Augen nicht, wenn der Keller zittert, sie würde sogar auf die Straße hinausgehen, hielten Vater und ich sie nicht zurück. Ich kann mir nichts in die Ohren stecken, ich muß sie immerfort hören, und manchmal lache ich auch mit, bis mein Vater dann herumbrüllt: Heul nicht! Heul nicht! – Ich versuche, Mama zu beruhigen, und zeige ihr die leergegessene Musschüssel. Da wischt sie sich die Tränen mit dem Schürzenzipfel ab, ein paarmal zuckt sie noch, dann ist sie ruhig. Brav, mein Junge, du warst heute sehr brav. Ich lächle, und sie streicht mir übers Haar.

Als Lothar Labuhn zum erstenmal gegen den Sandsack ausholte, klingelte es an der Wohnungstür. Frau Labuhn rief ihren Mann nach oben. Der Herr Lehrer wäre da. Oh, welche Überraschung. Was er denn wolle. Man müßte mal wieder … reden. Bitte. Herr Müller mußte sich ducken, um durch die niedrige Tür das Wohnzimmer betreten zu können. Ihm wurde ein Platz am Tisch zugewiesen. Seit der Lehrer in der Wohnung war, versuchte Mechthild Labuhn ein Lächeln zu unterdrücken. Geh, Gutste. Labuhn schickte sie hinaus. Aber es gehe doch sicher um ihren Sohn Gösta. Gewiß doch. Geh, Hilde! Prustend verließ Mechthild Labuhn das Zimmer. Er war etwas verwundert, der Herr Lehrer. Auch über den Aufzug von Göstas Vater, der einen schwarzen Turndreß anhatte und weiße Stützen an den Handgelenken. Sport fürs Vaterland? – So kann man es auch nennen, Herr Müller. Ja ja, die Begeisterung.

In Labuhn rührte der Zorn. Vermeinte er doch, einen verächtlichen Unterton aus Müllers Stimme erkannt zu haben. Was wollen Sie denn von mir?

Sprechen über Gösta. – Was ist mit ihm?

Auch der Herr Lehrer streckte sich etwas, so daß sein apoplektisch langer Körper zu wachsen schien. Wieder rührte in Labuhn der Zorn. Es ist eine Sache der Übung, hörte er den Lehrer daraufhin sagen. Labuhn durchzuckte sofort Hoffnung, gewiß, er steht ja erst am Anfang. Labuhn holte aus dem Wandschrank Holunderblütenwein, eine Kostbarkeit. Das würde ihm nicht zu teuer sein, wenn Müller ihm zu fortgeschrittener Stunde womöglich etwas preisgab, eine Methode, die zu jenem bestaunenswerten Ergebnis führen kann, was Müller an sich vorzuweisen hatte. Aber da war noch der Respekt und die Furcht, mit dieser simplen Höflichkeit Verachtung zu ernten.

Sprechen wir über Gösta!

So begann jener Abend, an dem der Lehrer Müller seinen Schüler Gösta Labuhn vor seinem Vater eine Schande nannte, während er süßlich duftenden Wein trank, die Gründe vortrug, seinen Verdacht auf Unverbesserlichkeit; und so begann auch jener Abend, an dem Lothar Labuhn, durch irgend etwas gleichfalls berauscht, sein Glas an des Lehrers Glas zum Klingen brachte und sich von Satz zu Satz klarer mit ihm wurde. Ein Abend war es, an dem man sich auf den Tisch stemmte, laut wurde und froh, in diesen großen Zeiten, die große Söhne hervorbrachte, wo der Zorn verschwindet, wenn man sich klar darüber wurde, wo der Zorn auf einen anderen Zorn übergeht, Zeiten, in denen im Keller ein Sack hing, der kaum merkbar am Stahlkreuz schwankte.

Ich höre durch die Küchentür, wie sich der Lehrer Müller mit meinem Vater unterhält. Es klingt, als trieben sie irgendein Spiel, das ich nicht kenne. Mama will mich überreden, in den Hof spielen zu gehen, der Regen wäre vorbei. Aber ich bin müde. Mein Kopf und meine Arme schmerzen. Worüber sie darin wohl reden mögen? Es wird über mich sein, über den Schüler Gösta Labuhn, aber der bin ich nicht. Sollen sie reden. Mir zittern die Hände vor Schmerzen oder was. Da geht die Tür auf. Mein Vater steht, einen hellen Wasserfleck auf der Brust, in der Tür und sagt: Komm rein, mein Sohn. Mama schaut mich kurz an und gräbt dann ihr Gesicht in die Schürze.

Gösta wurde zwischen den Lehrer und den Vater genommen. Ich darf vom Holunderblütenwein trinken.

Müller, einen Kopf größer als Labuhn, eröffnete das Vorhaben.

Der Wein schmeckt nach Waschpulver, finde ich.

Müller begann, den Jungen zu mustern, ihm die Wangen zu tätscheln: gutgut.

Mir schlägt sein Atem von oben herab ins Gesicht, daß mir schlecht wird.

Auch Vater Labuhn begann näher zu rücken und zu tätscheln.

Die Hand meines Vaters fühlte sich feucht und warm an.

Müller machte den Anfang über Gösta, er berichtete.

Mein Vater ist so nah an mir dran, daß ich vermeine, ich würde in seinem Bett liegen.

Müller nannte Gösta einen vorläufigen totalen Versager, und Labuhn bestätigte.

Ich verstehe das nicht, ich ziehe die Hand meines Vaters an meine Wange, möchte sie riechen und spüren, nein nein, aber ich will sie doch jetzt gar nicht, sie ist naß, wenn sie streichelt, nein!

Dann nahm sich Müller zurück und schlang seinen Arm um den Schüler und dessen Vater, der sich Labuhn nannte.

Mir wird warm, fast möchte ich umsinken zwischen den beiden Männern, von denen ich nicht weiß, wer sie sind, was sie von mir wollen.

Dein Bestes, sagte der Lehrer fest, und Labuhn wiederholte es: Er ist und bleibt mein Sohn, ich danke Ihnen – oder sagen wir du zueinander?

Dann entlassen sie mich, führen mich aus ihrer Geborgenheit hinaus in die Küche. Heraus aus diesen Händen, nach denen ich hungrig bin, die ich mir zu meinem siebenten Geburtstag gewünscht hatte, die mich nie loslassen, die ich nicht will.

Am nächsten Tag sollte es sich beweisen. Gösta war gemeinsam mit Wolfgang Kätzsch ins Klassenzimmer gekommen. Gösta sagte: *Hei*! Kätzsch brachte das Wort in Ordnung. An Kätzsch traute sich keiner ran, die tägliche Schlacht fiel aus.

Der Lehrer Müller kam pünktlich mit dem Klingeln in die Klasse, die Schüler rissen wie üblich die Hand hoch.

Göstas *Hei* ging im vollendeten Chor unter wie ein Papierschiff, heut war der Tag der Versuchung. Müller ließ ihn vortreten an die Wandtafel. Er war gutgelaunt, sehr groß und brünett, und seine hervorstehenden grünlichen Augen glänzten wäßrig. Er faßte den Schüler Gösta Labuhn wie üblich um die Schulter, knickeknacke, murmelte es schon in der Klasse, aber nichts dergleichen tat sich. Du wirst uns jetzt sagen, wie du heißt, sprach Müller.

Das war es. So nahm alles seinen Anfang.

Ich sage nichts. Nie und nimmer sage ich meinen Namen, bei dem man mich nennt. Ich weiß heute wieder, wie es dazu gekommen ist. Meine Mitschüler warten in den Sitzbänken auf Lehrer Müllers Spiel, Lehrer Müller wartet auf meinen Namen. Ich nenne mich nicht. Ich weiß nicht, was ihr wissen wollt. Ich sage nichts. Nichts!

Wer kann mir sagen, wie er heißt? fragte der Lehrer freundschaftlich in die Klasse. Aus mehreren Mündern klang es gleichzeitig: Labuhn! Gösta Labuhn heißt er! – Sehr gut, danke. Und so ging es weiter: Kätzsch, vor an die Tafel! Wolfgang ging nach vorn. Schreib an: Gösta Labuhn, du kannst doch schreiben? Kätzsch legte die Kreide hin, nee, schreiben, dazu bin ich zu doof. Die

Klasse lachte, der Lehrer Müller verlor an Freundlichkeit: schreib an! Kätzsch schmierte den Namen an die Tafel, Labuhn ohne h. Das bin ich nicht, widersprach Gösta leise, und fassungslos wies der Lehrer die beiden Freunde auf die Plätze.

In der Pause treffe ich meinen Lehrer in der Toilette. Er hängt über dem Ausguß des Waschbeckens und spuckt immerzu hinein. Er sieht traurig aus, wie eine ellenlange Puppe aus Stroh, ganz verwässert. Er will sich waschen, aber die Seife fällt ihm aus der Hand. Dann hebt er sein Gesicht zum Spiegel, ich höre genau, wie er sagt: Ich Idiot, ach, ich armer Idiot. – Er scheint Leibschmerzen zu haben, so krümmt er sich über dem Becken. Er bemerkt mich plötzlich und duckt sich. Dann winkt er mich in gebückter Haltung zu sich heran. Er sieht ganz irre im Gesicht aus, hat verweinte Augen und riecht säuerlich aus dem Mund wie Hefe. Labuhn, sagt er und starrt ganz seltsam, Labuhn, vergiß mir das nicht, hörst du, ich geh jetzt, mach mir die Tür auf, aber vergiß es mir nicht, hörst du. Ich höre und öffne ihm die Tür.

In jener Nacht, in der Lothar Labuhn zu seinem neuen Bekannten Karlheinz Müller gekommen war, kam er auch zu seiner Frau Mechthild. Sie schlief schon, als er sich ihr näherte. Im Schlaf waren ihre Gesichtsmuskeln entspannt, Labuhn war froh, daß sie ihn nicht bemerkte. Er streifte die Bettdecke zurück, legte vorsichtig ihre Schenkel auseinander und schob sich sofort hinein. Ihr Gesicht verfinsterte sich, sie stöhnte etwas im Schlaf, schluckte Speichel und versuchte, die Bettdecke wieder über ihre entblößten Beine zu ziehen. Labuhn deckte sie mit seinem Körper. Es dauerte nicht lange, der Wein in Labuhns Blut beschleunigte all seine Kraft, und der Stoß in die eigenmächtig auseinandergetriebene Öffnung seiner Mechthild war sein zweiter Stoß gegen den Sandsack. Labuhn schlief erleichtert darüber ein, der Morgen graute bereits. Als es hell wurde, wachte Mechthild auf, fühlte etwas Angetrocknetes an sich, wie sie es vor sieben Jahren gekannt hatte, und begann zu lachen und lachte, sie lachte eine Koloratur.

Warum schauen die alle so auf mich? Es ist wieder vier Jahre später, 1943. Lehrer Müller hat die 6a behalten, die Schule hat Lehrer Müller behalten. Als einzigen fast. Er steht am Pult, er ist abgemagert, scheint mir, und sein in den Sommerferien an der See geblichenes Haar spärlich. Auch steht er nicht mehr auf der hölzernen Erhöhung hinter dem Pult, sondern daneben. Manchmal, wenn er sich stöhnend aus seiner gebückten Haltung aufrichtet, reicht sein Kopf fast bis unter die Decke des Klassenzimmers. Wolfgang Kätzsch, mein Freund, schiebt ihm manchmal einen Stuhl unter, empfängt eine Aufmunterung, eine Eins in Betragen. Und Wolfgang sagt über Müller, er sei ein Schwächling, und hebt ihm manchmal die heruntergefallene Kreide auf oder trägt seine Tasche zum Lehrerzimmer oder hilft ihm in die Jacke. Aber warum schauen die alle so auf mich? Ich bins doch nicht, der das tut. Ich bin das doch überhaupt nicht!

Im Keller der Leipziger Straße 82, wo seit 1939 das Stahlkreuz hing, war vorher ein Sockel eingestürzt gewesen. Man berichtete, 1935. Es geschah bei einer Übung der neuverpflichteten Armee Deutschlands, an der auch Lothar Labuhn beteiligt gewesen war, der sich an jenem Tag an eine Frau erinnerte, die er vor drei Jahren verlassen hatte. Die Nummer 82 brachte seine Erinnerung wieder, sie schien ihm günstig, er stellte sie zur Verfügung. Labuhn war einer der ersten gewesen. Freiwillig trat er ein, und sein Eintritt war eine Niederlage: er stauchte sich den Fuß, klappte an einem Julitag zusammen, die Musterung vor der Ärztekommission überstand er nicht. Er bat um Gnade, um die Übung, um seine Zulassung, was nicht ist, könne ja noch werden, er sei schon immer ein praxisbezogener Mensch gewesen, und um nichts anderes, als um seine Pflicht zu erfüllen, hätte er Mechthild und den Jungen verlassen. *Pflicht*, jawoll, Herr Stabsarzt, kennse mir glooben. Er schlug also zur Unterminierung seinen Keller vor in der 82, der hielte was aus. Er tat gut dran, denn der Kommandeur der Übung sprach von ehrbarem persönlichem Verzicht. Labuhn heulte vor Stolz.

Man übte, der Sockel stürzte ein, das war nicht vorgesehen. Aber meingottnochmal, große Zeiten stehen bevor, und Labuhn, wenn er weiter mitmachen wollte, müsse sich vorerst am Eigentlichen orientieren, am Substantiellen, an der Kraft. Labuhn versprach. Er schluckte den herunterrieselnden Staub, gab die Uniform ab, wollte bis zum Abend noch das Stillstehen beherrschen und stieg nach oben, seine Frau zu begrüßen.

Mechthild Labuhn aber hatte das Einbrechen der Steine gehört und war nach unten in den Keller gelaufen. Was sie dort sah: ihren drei Jahre verschollenen Mann und die ersten Trümmer ihres Lebens. Labuhn faßte sie an die Hüfte und zog sie an sich. Er tat es mit der Verzweiflung der Niederlage, die er zwar puren unglückseligen Zufällen zuschrieb, die ihn aber in seinem Verdacht, *er könne einfach nicht*, bestätigte. Mechthild hatte ihn so nicht erwartet. Ernst blickte sie den Heimkehrer an, fassungslos. Er küßte sie flüchtig, sie verzieh ihm. Sie strich ihm über das Gesicht, die verdreckte Hemdbrust und den Bauch. Er ließ es geschehen. Nu komm hoch! Mechthild konnte das Unfaßbare anfassen. Was hatte sie nicht alles vermißt, jetzt würde sie wieder geliebt werden, gewiß.

Der Kommandeur kam zurück: Einer fehlt. Sofort kehrte in Labuhn der Schrecken ein: hatte er eine Nachlässigkeit begangen? Der Kommandeur blickte sich in dem Keller um und sah einen Mann liegen, einen Stein auf dem Gesicht. Der fehlt uns, sagte er und zog ihn aus dem Schutt heraus nach oben ins Freie, zog den Toten an Mechthild Labuhn vorbei, die sich bei diesem Anblick an ihren Mann flüchtete, und der merkte nicht, daß sie irgendwie zuckte.

Ich suche nach dem Pulver. In Mutters Medizinschrank finde ich es mit der Aufschrift: Wasserstoffperoxid. Ich muß an dem Wettbewerb teilnehmen! Der Lehrer Müller ist groß und hat große Ideen. Seit er auf dem Stuhl neben dem Pult sitzt, riesenhaft und unbeweglich, fällt ihm täglich Besseres ein. Er stützt seine knöchernen Arme auf die Knie und gibt in mühsamen Sätzen sein Ziel kund: Die 6a ist eine deutsche Klasse! Johlen, Bravorufe, Abwinken von Müller: gutgut, ihr seid es schon. Der Direktor soll überrascht werden am folgenden Tag beim Fahnenappell. Ihr seid eine Klasse deutscher Jungs und Mädels, wer es morgen nicht ist, dem – Müllers Gesicht verkrampfte sich, wieder ist es in diesem Moment geschehen, unbemerkbar fast. Müllers Hand gelangt nicht schnell genug zu Müllers Mund, um die Sätze, die auf sein Inneres wirken, zurückzudrängen. Er läßt statt dessen die Hand vom Pult fallen. Der Schüler Barth bringt sie wieder in die richtige Lage. Dem Lehrer kommen Ideen über Ideen, seitdem er die erste ausgesprochen hat, kann er sich nicht mehr bremsen. Erst wenn die Klasse vollständig aus dem Zimmer gegangen ist, geht Lehrer Müller wahrscheinlich nach Hause. Laufen sehen hab ich ihn seit Wochen nicht. Mein Vater ist manchmal bei ihm, er sagt es jedenfalls, wenn er sich nicht im Keller aufhält. Jetzt aber hat der Lehrer Müller seine Ideen. Ich werde ihm die Freude nicht machen, sein Spiel ist aus. Er müßte sich hocken, wollte er meine Schultern mit seinen Armen greifen, er wird das von sich nicht verlangen müssen.

Lothar Labuhn erhielt im Januar 1942 Bescheid. Sein Herz dröhnte vor Erwartung, als er den Brief des Reichskanzleramtes in seinen Händen hielt. Mechthild blickte ihm über die Schulter. Labuhn in schweißiger Erwartung. Bevor er den Umschlag aufgenestelt hatte, sah er sich noch einmal als eine ganze feldgraue Armee, gestärkt und gestählt, durch heimliche Übung und Geduld. Das ganze verzweifelte Bangen und Warten auf seinen Abruf verflog mit der Ankunft dieses Briefes: Er würde dabeisein, man hatte auch *ihn* erkannt, man brauchte auch *ihn*, den Aufsichtsmann Lothar Labuhn, geboren am 11. Juli 1900 in einem runden gewaltigen Jahr. Labuhn las: die Berufung zum – er stockte – Bürgermeister. Antritt im Februar 1942 in Katzgrün im Vogtländischen.

Mechthild schob ihrem Mann einen Stuhl unter, ihr Gesicht blieb entspannt. Na bitte. Aber ich bin doch – Labuhn weinte. Haltlos liefen ihm fette Tränen über das runde stoppelige Gesicht, der Briefumschlag glitt zu Boden. Lange Zeit dauerte es, bis Labuhn seine Lage begriffen hatte. Dann begann er sich anders zu sehen: das war nicht sein k. v., das war die Einberufung zur Front. Zur inneren, totalen Front des Volkes, zum Substrat der Verantwortung. Das war sein Auftrag: zu mobilisieren, aufzustellen, zu richten. Katzgrün war weit, es erschloß sich bereits durch den Bürgermeister Labuhn Reserven. Er trank den Gerstenkaffee, den Mechthild ihm hinstellte, und lief dann in seinen Keller hinab. Mit dem dritten Schlag gegen den Sandsack stand Gösta in der Tür.

Das Pulver verrühre ich mit Wasser in einer Kaffeetasse, es schäumt und zischt. Ich weiß nicht, warum ich es tun muß. Ich weiß, warum ich es tue. Ich kenne auch das Verhältnis Pulver – Wasser nicht, aber ich rühre es an. Dann lasse ich das Gemisch in meine Haare laufen. Es brennt wie Feuer. Tränen rinnen mir übers Gesicht, ich muß es tun. Ich lasse es vielleicht zehn Minuten wirken, und wirklich: nach und nach verschwindet das Braun aus meinen Haaren, auf meinem Kopf bildet sich heller Brei, den ich abspüle, wegwische, niedermache, ohne dem nachzutrauern, was er von mir mitnehmen wird. Es ist kurz vor sieben Uhr, ich muß mich beeilen, laufe los zur Schule. Die kalte Januarluft läßt unter der dünnen Mütze das noch nasse Haar hart werden. Weißgelb klebt es an meinem Kopf, der schmerzt unsäglich. Der Park, durch den ich gerade gelaufen bin, ist seit heute nicht mehr mein Park. Meine Schultasche ein abgenutztes lebloses Stück. Ich muß pünktlich sein, ein guter Deutscher. Heute kommt es darauf an, ich bin es, ich werde es euch zeigen.

Die Klasse ist bereits zum Appell im winterkalten Schulhof angetreten. Müller, in einem dicken Mantel, sitzt auf einem Stuhl und überragt die neben ihm stehenden Schüler um Kopfeslänge. Müller lächelt. Der Direktor steht frierend und sprachlos. Er hatte doch gar nichts angeordnet. Die Schüler führen ihre Hausaufgaben vor: singen, rezitieren, zittern vor Kälte und Hunger, vor Stolz. Ich bin nach Jürgen Barth an der Reihe, welcher ein Lied von der deutschen Bäckerszunft gesungen hatte. Ich stelle mich in der Mitte des Appellplatzes auf und lüfte meine Mütze. Der Frost schlägt mir in das angegriffene Haar, das in der aufgehenden Sonne germanisch weiß schimmert. Der Direktor brüllt bei meinem Anblick, zieht den Lehrer Müller vom Stuhl hoch und tut etwas, was ich nicht begreife: er läßt ihn fallen. Mitten in den dünnen Schnee des Schulhofes. Der Lehrer bleibt gekrümmt liegen. Ich setze meine Mütze wieder auf. Der Direktor nimmt mich beseite: Labuhn, was ist los mit dir? Nichts, antworte ich wahrheitsgemäß und folge der johlenden Klasse ins Schulgebäude. Als ich das Klassenzimmer betrete, als letzter, sitzt Lehrer Müller schon wieder neben dem Pult, meine Mitschüler sind um ihn versammelt.

Der Unterricht beginnt nicht wie immer. Ich bin dem Spiel entkommen, ich habe es geschafft. Die brennende Stirn auf meine Hände gestützt, höre ich wie von ferne Wasser rauschen. Doch: es ist wie immer. Und doch: nicht so. Mein entzündeter Kopf schmerzt immer mehr, mir ist, als flössen die Haare zu einer heißen Bleischicht zusammen. Mein Hals trägt eine Kanonenkugel. Dann fällt mein Kopf auf die Bank – Blindgänger! Keine erlösende Explosion. Neben mir mein Freund Wolfgang flüstert: Idiotenkopp. Mir ist, als verschmelze das Rauschen meines lieben Meeres mit dem Lachen der Klasse. Ich scheine einzuschlafen, der Schmerz bevölkert meinen ganzen Leib. Ich wache auf, als neben mir Helga Wolters steht, die Krämerstochter, und mir mit ihrem wollenen Handschuh den Kopf einreibt: Zucker mit Altöl. Das hilft, sagt sie, du kommst gleich wieder zu dir. Noch immer lacht es um mich herum, in ganz hohen Tönen, es klingt wie Vogelgezwitscher, wieb! wieb! wieb! Ich fasse nach einer Weile an meine Haare. Sie sind fest und klebrig geworden und stinken, daß mir der Magen hochkommt. Irgendeine Stimme sagt *Zucker,* eine andere *Verschwendung*, eine dritte sagt *Rache*. Dann abermals das Meer. Dann finde ich mich an der Wandtafel wieder. Wie immer. Aber nein, nicht stehend, sondern sitzend auf einem Stuhl. Ich und du Müllers Stuh. Meine Schwierigkeiten, das L auszusprechen. Ein Messer kommt auf mich zu. Ich träume nicht mehr. Das muß ab! Das Messer sagt es zu meinem Kopf. Dann fallen die Haare: blond, reinrassig, in Altöl. Meine gelöste Aufgabe liegt am Boden. Mein Kopf leer. Januar 42, ein Winter, der von sich reden macht. Der Sieger wird ermittelt werden. Jetzt beginnt der Wettbewerb. Ich bin an der Reihe, wir sind noch Kinder, wir haben ein Recht auf Spiel. Auch wenn Krieg ist. Gerade weil Krieg ist, sagt Mama immer. Der Lehrer Müller sagt: los! Ich sitze auf dem Stuhl, frierend und haarlos. Jetzt bekommt mein Kopf Farbe. Zeichenstunde. Erziehung zur Kunst. Der germanisch Gegenständliche. Die Schüler bemalen die rasierte Fläche meines Schädels mit Farben, strichauf, strichab. Kühl ist es, feucht und lindernd. Ich schließe die Augen. Ich höre Müller auffordern: Kätzsch, vor ans Objekt. Ich spüre Wolfgang Kätzsch an meinem Kopf, ich weiß, daß ich es nicht bin, der das über sich ergehen läßt. Ich bin es nicht, ich heiße nicht so. Geh doch weg, Kätzsch!

Vater, sprach ihn der Junge an. Labuhn wich gekonnt dem träge zurückpendelnden Sandsack aus. Vater, bin ich ein Deutscher? – Labuhn hört nicht richtig: ob du was bist? – Ein Deutscher. Sieht so ein Deutscher aus? – Labuhn streifte die Hemdsärmel nach oben, seine kleinen gedrungenen Arme blieben in der Luft. Rudernde Hände. Diese Hände kannte Gösta, sie drückten ihn manchmal oder klammerten sich an ihm fest. Warum solltest du kein Deutscher sein? Bist du verrückt geworden, Junge? – Seh ich so aus? – Du siehst aus wie immer, laß mich in Ruhe, mach lieber Schularbeiten, Klassenletzter bist du, verrückt und Klassenletzter! Labuhn holte zum nächsten Schlag aus, ließ den Arm aber sinken, als Gösta seine Mütze vom Kopf riß. Labuhn sah es und wurde blaß, in jenem Keller, der ihn noch niemals zur Blässe gezwungen hatte, denn das war ein Punkt in seinem Programm gewesen: Sieg der Tapferkeit über den Schrecken.

Jetzt erblickte er den Jungen, stand ohnmächtig vor ihm und wollte es tun. Er stand und stand, sein Arm rührte sich nicht, der Sandsack hing im Lot.

Geschafft. Besiegt. Lothar Labuhn war u. k., unabkömmlich für die Vollstreckung des ersten Auftrages: Gösta, sein Sohn, er hat ihn verraten. Labuhn begann zu heulen, schmatzend und triefend wie ein Kind. Labuhn, der kommende Bürgermeister von Katzgrün im Vogtländischen. Gösta ließ es geschehen. Er sah, wie sein Vater alt wurde, von dieser Minute an, als seine Kraft nicht genügte, ihn zu treffen.

Mama hat mir ein Handtuch um den Kopf gewickelt. Es ist angenehm warm und riecht nach Vaters Wäscheschrank. Vater hat keine Kohlen mehr auftreiben können, und ich liege darum seit um sechs im Bett. Mama lächelt seltsam still und hackt, in einen Mantel gehüllt, gefrorenen Huflattichtee auf. Mein Kopf wird heiß und schmerzt dumpf. Ich beginne Teestückchen zu lutschen. Mein Körper ist so schwer, daß mich jetzt kein Fliegeralarm der Welt unter der Bettdecke hervorbringen könnte. Ich schließe die Augen und werde plötzlich herumgerissen. Sturm ist aufgekommen. Über das Deck brechen Wasserfluten. Ich werde aus dem Meer geschleudert, oder ich halte etwas in der Hand, das ich herumwirbele, rasend und voller Angst. Der Sturm reißt mir an den Haaren. Ich will sie festhalten, da fliegt eine Möwe über dem Schiff auf, ich greife an meinen glatten Kopf; das war keine Möwe! Dann befinde ich mich in der Takelage. Der Sturm legt das Schiff beinahe waagerecht. Ich versuche, an den Mast zu kommen, um mich halten zu können. Meine Hände, die ich noch immer an den Kopf presse, schmerzen. Ich balanciere freihändig auf den Seilen im Sturm, es geht langsam voran, jeden Moment werde ich abstürzen. Schon falle ich ein Stück, kann mich aber rechtzeitig noch am Mast festhalten und klettere nach oben. Eisiges Wasser spritzt gegen meinen Kopf. Ich schreie. Ich schreie etwas, was ich nicht verstehe. Meine Stimme klingt anders als sonst. Der Schiffsjunge schreit, mein Vater. Dann dreht sich das Schiff, herum herum wie ein Kreisel über dem Meer. Ich hänge an der Mastspitze, ich flattere im Wind, ich bin das schwarze Tuch. Unter meiner Flagge fährt das schreckliche Schiff auf Raub.

Ich habe es nicht gewußt.

Anfang Februar verschwanden sie alle. Labuhn rückte ein. Sein Dienst als Bürgermeister in Katzgrün begann am 3. Februar 1942. Er ging, wie er immer ging: ohne Abschied, ohne alles. Was er in der Stadt hinter sich ließ, war seine Schande: der Sohn; das Weib, zu dem es ihn nicht drängte; sein Freund Karlheinz Müller, den er, wenn er in der letzten Zeit zu ihm aufgeblickt hat, nicht mehr sehen konnte; der Keller, in welchem er seine Blässe erfuhr; der Küchenofen, in dem keine Kohlen mehr glühten.

Anfang Februar verschwand Wolfgang Kätzsch mitten aus der Rechenstunde. Er wurde von einem Dienstgrauen abgeholt, vor dem der Lehrer Müller sich vor aller Augen aus dem Stuhl hievte. Gösta kam nicht mal dazu, seinem Freund Lebwohl zu sagen, oder was man zu solchen Anlässen sagt. Er sah ihm nach, und wußte, daß es Zeit war.

Anfang Februar verschwand auch Mechthild Labuhn. Sie wollte spazierengehen, hatte sie gesagt, dorthin, wo es ruhig wäre. Auf die Hartmannsdorfer Straße, auf der nichts mehr war außer Sand und Steine. Wo nichts mehr wäre, könne nichts mehr getroffen werden, sagte sie, lief los, unterm Geschwader hindurch. Ging auf die Hartmannsdorfer und ging in den Sand.

Anfang Februar stand Gösta allein, in einen Mantel gehüllt, in der Labuhnschen Küche und hackte den Tee auf.

Als ich meine Mutter (nachdem mir Nachbarn von dem Unglück berichteten) aus der Hartmannsdorfer holen will, steigt aus jenem Trichter, in dem sie liegen mußte, eine Frau in feinem weißem Mantel. Sie bleibt vor mir stehen, schaut mich aus klaren Augen an und öffnet ein wenig ihre Lippen. Sie ist vielleicht 35 Jahre alt oder jünger, ich habe sie nie gesehen. Als sie sagt: Komm!, vergesse ich plötzlich alles. Sie nimmt mich an der Hand und führt mich weg. Wir gleiten durch die Stadt wie durch ruhiggestelltes Meer, ich bin an ihrer Hand, und ich weiß nicht mehr, wo ich bin. Sie hält irgendwo an, wo ich noch nie gewesen war, und nichts weiß ich mehr, nichts spüre ich mehr an Kälte oder Schrecken. Niemand hat mich verlassen. Es ist Juli oder Februar, Christi Geburt oder Jahrhundertwende. Sie hält an, und ich weiß, wer sie ist: die Witwe Wiebke Kotterba, die einfach sagt: komm.

Sie begegneten sich seitdem jeden Tag. Treffpunkt Ecke Hartmannsdorfer, 19 Uhr, falls Alarm ist, danach. Falls man da noch lebt, sagte Gösta einmal (am Anfang ihrer Zeit), und Wiebke Kotterba antwortete: Willst du nicht mehr leben? – O doch, er wollte. Sie hatte ein Zimmer in der Mühlenstraße, in dem es warm war. Sie hatten heißen Tee mit Zucker, Brot mit Fett. Und sie besaß ein großes weinrotes Kissen, auf dem er vor ihr hockte und ihr zuhörte, bedingungslos lauschte, wovon sie sprach –

ruhig und tief. Kaum, daß sie einmal lächelte oder ihr Befrieden kundgab. Der Schüler Gösta tauchte in das Wesen der Witwe ein, die einfach so vor ihm gestanden hatte. Und sie ließ ihn so sitzen, sie blickten sich manchmal nur an. Da mußte sie Gösta lehren: ihre Augen aushalten, seine frühen Gefühle, die so plötzlich über ihn kamen, daß er sie fürchtete. Er wollte bleiben, um das Fürchten zu lernen. Wenn sie ihm über das kurze borstige Haar strich, durchfuhr es ihn. Wiebke, Wiebke Kotterba. Sie war weiß und duftend, und er, Gösta, wußte endlich, endlich, wie er sich nennen sollte.

Noch einmal das Jahr 1944. Ich bin Klassenletzter. Ich bin der letzte im Klassenzimmer. Der Lehrer Müller hat mich nicht bemerkt. Ich bin in der Bank sitzen geblieben, ich habe keinen Heimweg vor mir. Jetzt steht der Lehrer auf, ein Vorgang, den seit Monaten kein Mensch mehr miterleben durfte, von dem die wildesten Gerüchte existierten. Millimeterweise hebt er sich von der Sitzfläche des Stuhles nach oben. Seine dürren Beine mit den Kniegelenken, die die weiten, braunen, angestückelten Hosen gut verdecken, stellt er x-förmig gegeneinander und nutzt die so entstandene Stütze zum Aufstehen. Ich sehe ihm zu und glaube, meinen Augen nicht zu trauen: Lehrer Müller steht stark gekrümmt im Klassenzimmer, seine Schultern berühren die Decke, sein Kopf ist rechtwinklig nach unten gebogen, als suche er etwas oder würde eines Anblicks nicht Herr werden, der seinen Blick unablässig auf sich zieht.

Ich steige aus meiner Bank und stehe vor riesenlangen Beinen, die mich kopfeshoch überragen. Da sieht der Lehrer mich und schreit leise auf. Er tut mir plötzlich leid, seine Stimme klang soeben wie die eines Kindes. Er tut mir leid, wie er so vor mir ist: eine mit den Armen pendelnde Figur, mein Lehrer. Labuhn! entfährt es der

Figur. Mit großer Qual führt er seine Hand zu den Augen, um sich, nachdem er in ihnen gerieben hat, von meiner Gegenwart zu überzeugen. Dann steifen sich seine Beine. Labuhn, du bist grausam! – Ich weiß nicht, wer oder was gemeint war. Er hatte einen Namen genannt, der mich nicht meint. Gösta, wiederholt die Figur. Ich schaue ihn an, hilflos und gebannt. Nie habe ich solch einen großen Menschen gesehen, der in keinen Raum paßte. Es geht nicht mehr, Gösta, spricht es von oben auf mich herab. Ich weiß, daß du mir nicht helfen wirst. – Ich helfe Ihnen! Ich Ihnen helfen? Was soll ich tun? – Der Lehrer Müller lacht leise und röchelnd. Dann sagt er Wort für Wort, unheimlich langsam:

Du solltest es mir nicht vergessen, Gösta. Ich konnte nicht anders. Seit ich wußte, daß ich nichts gegen mein Unglück machen konnte, habe ich begonnen, dich zu sehen. Du weißt, wie unser Wein schmeckt, du hast meinen Arm nicht weggestoßen. Du liebst deinen Vater, du kannst mich nicht fortschicken. – Müller hält ein, zieht mühsam Luft durch den Mund, beugt sich ein wenig mehr zu mir herab und fährt fort: Ich kann jetzt dein Gesicht nicht erkennen, weil meine Sehkraft nachgelassen hat, so wie ich dich auch nicht mehr an mich drükken kann, Junge. Du bist immer der gewesen, den ich gesucht habe, der Klassenletzte, mein Gegenpart. Ich wollte dir nicht weh tun. Du hast dich nie gezeigt. Du hast die Augen vor mir geschlossen, sie waren so furchtbar trocken. Ich dachte, daß es bei mir nachläßt. Aber täglich wurde es schlimmer. Keiner von euch hat es mir anmerken können, es ging so langsam voran. Du hast es nicht begriffen, du warst unaufmerksam, dumm. Du hast es vielleicht sogar gesagt. Ich habe es von dir. Gösta, bitte, du mußt mir helfen. – Ich stehe starr wie er. Ich bin zum Bersten voller Angst. Ich rufe leise, nicht hörbar immerfort. Kotterba Kotterba. Mein Zauberwort, mein

Bannkreis. Der Kopf des Lehrers preßt sich jetzt gegen die Zimmerdecke. Mir wird klar, was ich tun soll. Ich bin ein deutscher Junge, ich kenne meine Pflicht. Ja, höre ich mich da sagen, ich werde es Ihnen nicht vergessen. – Hack ein Loch durch die Decke, stöhnt der Lehrer, in meiner Tasche ist das Werkzeug. – Ich blicke noch einmal zu ihm hoch. Seine Nackenwirbel knacken bereits, die Kniegelenke, welche ihm Platz schaffen könnten, wollen nicht nachgeben. Ich sehe es und verlasse das Klassenzimmer. Diesmal bin ich nicht der letzte.

Wiebke Kotterba legte kühle Tücher auf den sich in ihrem Bett herumwälzenden phantasierenden Jungen. Es war das erste Mal, daß sie Gösta über Nacht bei sich behielt. Sie blieb an der Bettkante sitzen, bis er eingeschlafen war.

Kotterba, wer ist sie? Als ich gegen Morgen die Augen öffne, liegt sie neben mir. Bekleidet mit dünnem weißem Stoff. Sie atmet ruhig im Schlaf, ich stütze mich auf ihren Arm und sehe sie an, lange, lange. Als mein Mund zu ihr heruntersinkt, wacht sie auf, und in den grauen Morgen hinein lacht sie leise und schön.

Kotterba, bin ich das? – Kein Junge mehr, nein, das bist du nicht mehr. So seltsam schließt sie meine Frage.

Wiebke Kotterba trieb ihm den Mord an seinem Lehrer nicht aus. Er hatte gehofft, die Schule vergessen zu können. Er ertappte sich dabei, Wiebke warten zu lassen. Er fand sich eines Abends briefeschreibend vor: Lieber Vater … Er zerriß den Brief, lief Wiebke hinterher, traf sie nicht mehr an und verlor die Besinnung. Eines Tages kam Wolfgang Kätzsch auf Urlaub.

Sie gingen gemeinsam durch ihren Park. Kätzsch erzählte von der Front. Kotterba von Wiebke. Kätzsch demonstrierte das Gelernte, was er anzuwenden wußte, und berichtete von zirka soundsoviel. Kotterba wollte nicht nachstehen: der Lehrer! Kätzsch reagierte mißmutig. Der Lehrer Müller? Du Idiotenkopp! Den hätten wir noch brauchen können.

Sie gingen schweigend weiter. Nach der ersten Kreuzung verabschiedete sich Kätzsch: *Hei*, Labuhn! – Kotterba hörte es nicht und sah ihm nicht nach.

Noch im selben Jahr fahre ich mit einem Güterzug nach Katzgrün. Mein Vater umarmt mich, eine gewaltige kloßeformende Frau namens Ursel führt mich zum Bürgermeisterhäuschen. Tischt mir auf: Kartoffelknödel mit Hallimasch, Milch dazu und Quark. Es schmeckt fad, aber macht mich für Augenblicke froh. Mein Vater sitzt mir gegenüber, ältlich feixend, und trinkt Himbeergeist: mein Sohn, wie freu ich mich. Wie gehts Mutter? Was? Wie traurig, ja ja, die Zeiten, mein Sohn, man muß viel verwinden. – Frau Ursel räumt die Tische ab, hebt Vaters Schnapsglas hoch, schrubbt die Ränder vom Holz. Frau Ursel, die mir Blicke zuwirft. Die mir mein Schlafzimmer zeigt: Vaters Bett. Die mir, falls es knarren sollte, ein anderes anbietet. Ich helfe ein wenig im Haus, das Dorf scheint wie leer, in den Häusern vermutet Labuhn geschäftiges Treiben ... Die Ruhe der ländlichen Gegend tut mir wohl, aber bei meinem ganzen Aufenthalt hier in Katzgrün denke ich an Wiebke. Je öfter sich Frau Ursel zu mir gesellt, desto sehnsüchtiger werde ich nach der Ecke Hartmannsdorfer im staubigen zerstörenden C. Sehnsüchtig inmitten der großen grünen Räume im Vogtland. Vater berichtet von seinem Amt, vom sauberen Dorf Katzgrün. Und vom Führer, der ihm angeblich in den nächsten Tagen die Ehre erweisen soll. Frau Ursel kichert vor sich hin und putzt Kartoffeln. Ich höre meinen Vater, ohne ihn zu hören. Ich bin schläfrig und habe schon wieder Hunger. Frau Ursel brät in der Küche Wurst. Kotterba, Wiebke, wart auf mich.

Gösta kroch unter die Bettdecke des Vaters. Vor dem Fenster thronte eine Tanne. Im Nebenzimmer knarrte Frau Ursels Bett. Gösta atmete den bekannten warmen Geruch, es begann etwas in ihm hochzukommen, das ihm seit langem klar war; die Nähe des Vaters. Kotterba schlug die Bettdecke zurück wie das Gesicht eines Mörders ins Dunkle.

Vor mir steht Wiebke Kotterba, weiß, ganz nackt. Es ist Mitte September 1945. Wir wissen nichts zu sagen. Unser Treffpunkt ist aufgelöst. Frauen tragen den Sand weg, laden die Steine auf. Sie finden meine Mutter oder irgend jemandes anderen Mutter. Es gibt keinen Alarm mehr, es wird uns nicht mehr lange geben. Wiebke hilft mir aus den grauen Sachen, stellt mich vor die Waschschüssel und wäscht mich rein. Sie führt ihre Hand an mir entlang und erteilt mir den ersten Befehl im Frieden. Ich führe ihn aus, ungeschickt und zu schnell. Und dann sagt sie: Geh jetzt, Gösta.

Die Neueinschulung in der Schloßschule erfolgte im September 1946. Gösta kam als letzter ins Klassenzimmer, er kannte nur noch wenige seiner Mitschüler, auch der Lehrer war ihm neu (das erschreckte ihn). Gösta wies eine saubere Handschrift vor, blieb ruhig und in sich gekehrt, lernte gut Deutsch und Mathematik. Die Fächer, die unbenannt waren, verrieten ihn nicht. Er nahm daran teil, wußte nicht viel, meldete sich manchmal. Der Lehrer war mit ihm zufrieden. Die Freie Deutsche Jugend zog los, ihren Anfang zu machen. Kotterba zog mit ihnen.

Ich stehe vor der Wandtafel. Neben mir der Lehrer Röder faßt mich um die Schultern. Ich beiße die Zähne zusammen, so wie es in mir drin war. In meine Augen schießen Tränen: ich will das nicht wieder! Röders Griff wird fester. Ich trage das Blauhemd der Jugendorganisation. Labuhn ist ein guter Schüler, spricht mein Lehrer, er ist einer der fähigsten der Klasse. Ungläubiger Beifall. Die, die mich noch kennen, sehen in mir das Beispiel des neuen Menschen, die bildliche Anschauung des Themas der ersten Stunde. Ich erhalte eine Auszeichnung: ein Liederbuch, eine Tüte Äpfel. Ich bin verpflichtet, was zu sagen. Danke. – Stelle dich vor, raunt Herr Röder, sag deinen Namen laut, wir wollen ihn wissen, wir wollen alles von dir wissen, Gösta, wir wollen es erfahren, wie du gegen die grausame Zeit des Faschismus vorgegangen bist, wie du gekämpft hast, wie du heißt --- und, was du erwartest von uns. – Ich stehe vor der Wandtafel und sage, daß ich Kotterba heiße und daß ich alles erwarte von uns und von mir. Und daß ich getötet habe, sage ich auch.

Als im Bürgermeisterhäuschen von Katzgrün russisch gesprochen wurde, als Frau Ursel Knödel formte für feldgraue Männer, als ihre Blicke fruchtbar wurden, als das Bett wieder knarrte, also als Lothar Labuhns Zeit beendet war, verschwand der Bürgermeister am 7. Oktober 1945 im hohlen Baum an der Elsterwiese. Was er hinter sich ließ, nannte man schändlich. Nach drei Tagen wurde die Suche nach ihm aufgegeben. Unter den letzten Toten des Krieges sah keiner aus wie Labuhn.

Seit ich es an Wiebke Kotterba erfahren habe, ist sie verändert. Deutlicher als je, hält sie sich von mir fern. Ihr Zimmer bleibt kalt, das Brot geht aus, das Fett wird ranzig. Ich will mich an ihr üben, denn sie sagt: du bist nun kein Junge mehr. Sie läßt mich nicht zu. Wie umgewandelt ist sie, wie nebenbei fallen mir ihre Falten im Gesicht auf, sie sagt: das ist nicht nebenbei. Du brauchst mich nicht mehr. Ich bin zu alt für dich. Wiebke schickt mich fort. Sie erteilt mir ihren zweiten Auftrag.

Ich laufe durch meinen Park und sehe Bäume, Sträucher und den festgetretenen Weg. Ich weine zu Hause, ich bin doch kein Junge mehr, und Wiebke ist nicht mehr Wiebke.

Gösta Kotterba beendete die Schule mit »gut«. Er nahm das Zeugnis, worauf in schnörkeliger Tuschschrift *Gösta Labuhn* stand, vom Direktor der Schule in Empfang. Klassenleiter Röder gratulierte. Applaus, ein Abzeichen an die Brust. Wir brauchen dich. Gösta brauchte Ruhe. Er streifte über sein Hemd, blieb mit der Hand an der Nadel hängen, stach sich in den Finger, blutete, schlief ein. Es gelang ihm, seiner selbst Herr zu werden.

Das Schiff kommt von oben. Sein mächtiger roter Rumpf liegt im Wasser, tief und schwer. Ich befinde mich unter ihm, schwimme in seinem Schatten. Es will sich auf mich legen, kühl und leicht, und mich wieder dorthin forttragen, wohin ich so gern mich treiben ließ: meine Möglichkeiten in der Flucht mit ihm dorthin, was keinen Namen hatte. Es rammt meinen Kopf. Ich stoße, die Hände zu Sprengköpfen, den Leib zu einer Rakete gepreßt, durch den hölzernen Rumpf meines Schiffes.

Die Explosion bleibt aus. Weich und flüssig fühle ich mich, und es ergreift mich der panische Schrecken: ich könnte es nicht geschafft haben. Der Raub ginge weiter, ich wäre wieder die Flagge, der Schrecken der Meere. Verzweifelt stoße ich um mich, spanne mich noch einmal an. Da löst es sich lautlos auf. Mein Schiff wird weich wie Papier, Segel und Rumpf fallen auseinander.

Bald schwimmt nur noch ein heller Schleim auf der Wasseroberfläche, ich greife an meinen Beinen herunter und wache auf. Ja, das war ich. Aber keiner stellt mir die übliche Frage.

Gösta Kotterba lernte Schlosser. Seit 1950 arbeitete er in einem Werk in Sachsen, in dem Schiffsmotoren hergestellt wurden. Kotterba hatte eine neue, eigene Wohnung in Z. auf der Goethestraße: ein Zimmer, eine geräumige Küche. Am Nachmittag, wenn er Dienstschluß hatte, ging er nach Hause und schlief oder las. Er war Mitarbeiter der Betriebszeitung und stellvertretender Brigadier. Man sprach von seiner zurückhaltenden Art und von seinem Tick, nicht von sich reden zu wollen. Keiner klagte über ihn. Ein Kollege der Nachbarabteilung, der sich Kätzsch nannte, griff ihn sich eines Morgens.

Die Zufahrt zum Betriebsgelände ist vereist, als mich Wolfgang Kätzsch an diesem Morgen stellt. Er ist breitschultrig geworden und sehr fahl im Gesicht. Unter seinem anliegenden grauen Haar sehen mich niegekannte grünliche Augen an. Was willst du, Wolfgang? – Kennen wir uns? – Hieltest du mich sonst hier fest? – Kätzsch lacht kratzig und legt mir seinen Arm um. Es stimmt, wir sind ja alte Freunde, wie konnte ich bloß so schnell vergessen? – Ich lasse den Schmerz auf mich wirken, wehre mich nicht, weil ich es nicht begreife. Was ist los, Wolfgang! – Aber der antwortet nicht, läßt die Hand auf meiner Schulter liegen. Da schlage ich zu – eiskalt in sein Gesicht. Ha! antwortet er daraufhin, du bist es gewesen. Du hast ihn umgebracht, klar.

Der Arbeiter Gösta verließ an diesem Tag das Werk, ohne es betreten zu haben. Er ahnte, daß ihn etwas erwartete, oder ein Mensch, den er gekannt haben muß. Er war erregt, wie damals, vor den Treffen mit der Witwe Kotterba. Erwartete *sie* ihn etwa wieder? Gösta nahm einen Umweg durch die Stadt. Er fürchtete sich, nach Hause zu gehen. Und doch trieb ihn das Verlangen, zu sehen, wer zu ihm gekommen war. Am späten Mittag betrat er seine Wohnung. In der Küche hing ein Geruch von Schweiß und alter Wärme. Es war niemand zu sehen. – Gösta, beruhigt, begann, sich Kaffee zu brühen. Er setzte sich an den Küchentisch und trank. Da bemerkte er den Vater. Er mußte schon einige Zeit neben ihm gesessen haben, denn er hatte einen leeren Teller vor sich, das Willkommenszeichen. Gösta fuhr zusammen. Vater! Der Alte neben ihm blickte hoch. Gelber Bart wuchs ihm unregelmäßig über Gesicht und Hals. Er hatte mehrere Hemden und Jacken übergezogen, geborgte und gestohlene, sie waren erdbeschmiert und zerrissen. Die Hosen wie aus Baumrinde borkig und übelriechend. Das Gesicht, das aus dem Kleiderberg jetzt herausschaute, zog sich breit: Lothar Labuhn lächelte. Der Sohn stand vor ihm: Vater! Du? – Jajajaja, knarrte der Alte und ließ sein Gesicht wieder zusammenfallen, als hätten ihn diese Worte große Anstrengung gekostet. Da bin ich und bleibe ich. Er war wiedergekommen, aus dem hohlen Baum heraus, in dem er sich versteckt gehalten hatte und von Eicheln und Kastanien lebte, von Sauerampfer und Elsterwasser. Da bin ich. Auch ich möchte Kaffee trinken, Brot essen, Butter, Wurst, verstehst du, mein Sohn? Da bleibe ich.

Gösta setzte den Kessel auf den Herd, schnitt ein Stück vom Brot ab und reichte es dem Vater.

Wie er mich ansieht! Er ist in meine Küche gekommen, ohne mich zu fragen. Ich müßte ihn in die Wanne stekken, so wie der stinkt. Iß, Vater, Butter muß ich erst kaufen, soll ich – ? –

Bleib, schnauzt er mich an. Machs mir weich. – Ich bemerke, daß er keine Zähne mehr hat und daß seine Finger krumm und unbeweglich wie Haken sind. Ich weiß nicht, warum ich es tu, diesmal weiß ich es nicht. Ich tunke das Brot in den Kaffee und schiebe es meinem Vater in den Mund. Er saugt es auf und schluckt. Ich tunke das nächste Stück ein. So hasse ich ihn.

Vom Lehrer Müller redete keiner mehr. Ein zerschossenes rotweißes Segelschiff hatte es nie gegeben. Lothar Labuhn war der Letzte. Gösta holte zum dritten Schlag aus.

Ich lasse ihn in seinem Aufzug und füttere ihn. Wenn mir bei seinem Anblick oder seinem Geruch übel zu werden droht, gehe ich zum Fenster oder rieche in der Kaffeebüchse. Ich rühre keine Hand an ihm. Er verlangt nach dem Bett. Seit Wochen hätte er nicht schlafen können. Du bleibst, wo du bist, sage ich. Er steht vom Stuhl auf und will ins Zimmer gehen. Mit Leichtigkeit kann ich ihn niederdrücken, er fällt zusammen und bleibt auf dem Stuhl hocken. Versehentlich berühre ich seine Hand, die kalt und gläsern ist. Wieder sitzt er am Küchentisch, wieder tunke ich das Brot für ihn. Ich lasse ihn nicht schlafen gehen, niemals.

Die Witwe Wiebke Kotterba zog, als es Mitternacht schlug, den Mann Gösta ins Nebenzimmer. Labuhns Augen begannen zu flackern, er war noch immer nicht satt, und jetzt verließ ihn sein Sohn! – Gösta ließ sich ziehen, er hatte auch das Erscheinen der Witwe nicht gemerkt und auch nicht, wieso er plötzlich ohne nichts auf der Haut stand. Und sie vor ihm, mit fahlem forderndem Körper. Hier bin ich und hier bleibe ich. Du wolltest mich haben, Gösta. – Der Mann aber konnte sich nicht mehr erheben. Wieso, Wiebke, wieso jetzt? Wiebke lachte laut und wollte ihm durch Berührung helfen. Gösta wich zurück. Er hatte sie vergessen gehabt, er hatte doch seine Sehnsüchte nach ihr messerscharf zerschnitten, er hatte sich doch selbst seit langem bei keinem Namen genannt, und nun stand sie wieder vor ihm. Der Vater kratzte in der Küche mit dem Löffelstiel auf der Tischplatte. Wiebke ging Gösta nach. Gösta fiel in den Sessel, schlaff und wehrlos. Wiebke setzte sich über ihn, öffnete sich groß und rot und umschloß so seine Schwäche. Dann war ihm, als stieße sie das aus, was aus ihm kam. Dann ging sie von ihm weg. Gösta fühlte sich elend, in der Küche klopfte der Vater. Vergiß mich, sagte die Witwe Kotterba an der Tür, das war ihr dritter Befehl.

Ich tue es, ich führe den Befehl aus. Ich liebe sie. Ich will nicht mehr sehen, wenn sie kommt. Ich bin wieder ein Junge.

Ich bin wieder ein Junge und habe wieder einen Vater. Ich hasse ihn. Ich will ihn sehen. Ich lasse ihn nicht hochkommen. Er findet keinen Schlaf.

Kätzsch unterrichtete die Betriebsleitung. Fehlstunden, diffuse Vergangenheit. Die Betriebsleitung kam in die Brigade: Labuhn, bitte zur Aussprache. Bei uns arbeitet kein Labuhn, den gibt es nicht. Sagte Gösta, der Arbeiter. Kommen Sie mit!: der nachweisbare Schlag in Kätzschs Gesicht, der Ausfall der Produktion, das Wrack des Segelschiffes, der Grabstein der Lehrers und der dritte, schon durchgestandene Mord am Vater. Kotterba leugnete nicht, Kotterba gab nichts zu. Er saß in einem

Zimmer neben der Betriebsleitung, die den Plan zu halten hatte und die redete. Gösta Labuhn wurde nach S. versetzt, weit hoch nach Mecklenburg. Er erarbeitete sich ein Häuschen, lebte mit einem Mädchen zusammen, das er manchmal Wiebke nannte, das ihn bloß anguckte und sich wunderte, und das auch sonst nur lieb war und fleißig, und Gösta konnte nichts, als sie gern haben. Und wenn er sich auf ihren Namen besann, oder auf seinen, den sie mittlerweile trug, verkroch er sich manchmal in den Bäumen am Ufer des plötzlich so weiten fesselnden Landes.

1986

Hallimasch

An einer Silberfichte im Katzgrüner Wald lassen beide ihr Wasser. Lehmrote Röckchen über die dicken Ärschlein gehoben, kauern die fünfjährigen Zwillinge Liese und Lotte Möbius im Herbst 1889 im Vogtländischen und verrichten ihre erste bewußte Handlung gemeinsam: das wird für immer sein. Ab heute unzertrennlich. Gleiche Röckchen, gleiche Haarfarbe, gleicher Blick, gleichzeitiges Ablassen. Lieselotte. Das begießen wir. Am Baumstamm dampft der Urin.

Aus dem Wald bringen sie Brennholz und Hallimasch mit nach Hause. Vater Max-Hermann Möbius spuckt in die Suppe. *Fad!* brüllt er und *Ewigdasselbe*. Er ist Waldarbeiter: keine Säge schafft mehr seine hornhäutigen Handlungen, wenn sie das Holz nicht mehr will. Papa, du riechst so gut. Liese und Lotte hängen an ihm, am Harzgeruch. *Fad!* spuckt Möbius aus, und die Mutter duckt sich hinter dem Suppentopf, der Hallimasch wächst bis in den Winter hinein, wenn das Geld ausgeht, er wächst in Haufen an Baumstümpfen, Waldhängen, braun, blättrig, pelzig, mit offener oder geschlossener Krempe ..., er wächst, wenn die Hühnerpest im Möbiusschen Hof gewesen war. Die Mutter, Elisabeth Möbius, geb. Felgentreu, gibt den letzten Talg in die Suppe, Liebstöckel und Majoran, so würzend rührt sie, ohne aus der Ruhe zu kommen. Ihr Rücken schmerzt, den Eintopf beherrscht sie – später wird sie das Vorbild für Deutschland sein –, Talg Liebstöckel Majoran, mehr gibts net ran.

Sie löffeln, ziehen den Hallimasch durch die Zähne, der Pilz schmeckt seifig, fichtenholzig, verursacht Sättigung und Bauchschmerzen. Liese und Lotte legen im selben Moment den Löffel auf den leergegessenen Teller. Trotz der ständig mageren Kost sitzen am Möbiusschen Küchentisch zwei füllige blühende Mädchen, kaum daß sie je krank waren oder daß sie einen Unterschied im Gedeihen zwischen sich ausmachten. Als letztes wirft den Löffel der Vater. Hungrig, bärbeißig, klaubt Pilzfasern aus dem Bart. Geh ich dann also, er erhebt sich hölzern und nach Harz riechend, geht in den Abend, ins Dorf, voller Unmut und schlechtem Geschmack auf der Zunge. Die Mutter räumt das Geschirr ab. Wenn die Tür jeden Abend derart ins Schloß fällt, daß der Tisch springt, klammern sich die Kinder an sie fest, ihre beiden Zopfmädchen, Liese und Lotte. Wenn'd nur net so saufen tätst. Aber Max-Hermann Möbius muß den Geschmack abwürgen gehen, sonst wird nichts. Im »Vereinshaus« kommen dann seine Suppe und aller anderen Männer Suppen hoch, fad braun fettlos.

Liese und Lotte wachsen damit auf. Als sie sieben Jahre alt sind, schickt sie die Mutter zur Schule nach Auerbach.

Ihre rundlichen Körper stecken beide in neuen zartrosa Strickkleidern, die sich durch nichts unterscheiden. Die Zöpfe der Mädchen werden zu Schnecken gesteckt, mit rotem Einweckgummi versehen; ihre Lippen, die die kleinen Zungen fortwährend blitzschnell belecken, sind aufgeworfen und saftig rot. Wer sich traut, die zu küssen, sagt Gunter Börner aus ihrer Klasse – dem schenk ich einen Taler Silber. Als keiner küssen will oder keiner sich auskennt in der Zeremonie, wohl aber in derzeitigen Bubenlügen, wäscht Börner die Gesichter der Mädchen mit dem Kreideschwamm, bis sie glühen. Die Erstklässer springen vor Freude in den Bänken. Die Kleider und Gesichter der Zwillinge triefen. Wer die küßt ---

So kommt es nach der Pause, daß Liese Möbius das A nicht schreiben will und Lotte Möbius ihrer beiden Schiefertafeln zerbricht. So kommt es, daß schon am ersten Tag ihre Händchen unterm Stock aufspringen. So kommt es auch, daß sie nicht mit an den *Kaiserabenden* teilhaben, die Börners Vater jeden Sonntag für die Schulklasse seines Sohnes bei sich zu Hause veranstaltet. Abende, die den Kaiser in den Wald tragen zu den harzduftenden Kindern, zwischen einem Tipfele Kakao und einer Landkarte und Börners Vater, der erzählt. Heimgekehrt aus der preußischen Armee, nicht preußisch genug, mit dem Herzen dabei, aber das Gemüt ... gebirglerisch, hinterwäldisch. Doch den Kaiser bringt er mit, jenen Kaiser, von dem die Möbius-Zwillinge nur sehr fern etwas hören und nicht an ihn glauben können zwischen Spanholz und Hallimasch.

Die Zwillinge gehen auf, Max-Hermann Möbius fällt vom Fleisch. Mutter Elisabeth verkauft Spanholz für Schmalz, damit rührt sie die Suppe. Den ganzen Winter über: eingeweckter Hallimasch. Der Vater fällt und fällt vom Fleisch. Die nehms von mir, sagt er über seine Töchter, die san fett wie Kuczmats Küh. Gibst ihn' extra, sagt er über seine Frau, daß ich so vom Fleisch falln tu. Die Mutter weint, Liese und Lotte wollen nach einem Arzt gehen, der Vater zerrt sie zurück in die Küche, nix da! Da bleiben Liese und Lotte, zwei Pummelchen, auf der Küchenbank sitzen, beide die Hände fest zwischen die Knie gepreßt. Der Lehrer hat heute von Kaisertreue gesprochen. Wer ist das wohl, der Kaiser? Und warum ist er treu? Beide wissen es nicht, beide heben zur gleichen Zeit seufzend den Kopf. Ab morgen werden sie der Schule fernbleiben.

Spanholz für Schmalz gilt es, wo liegt Preußen, zwischen Berg und tiefem tiefem Tal, hinterm dunkelgrünen Vogtland, daß die mir nix extra kriegen, bellt der Vater.

Als sie zwölf Jahre alt sind – Vater Möbius liegt längst schon unterm Waldboden –, laufen Liese und Lotte Möbius die Dorfstraße hinunter, um Milch zu holen. Sie halten sich dabei untergehakt, und der Gleichschritt läßt sie leicht schwanken. Ihre Beine reiben sich an den Schenkeln aneinander, die wollenen Strümpfe machen rsch rsch. Die Milch (zwei Aluminiumkännchen voll) holen sie beim Großbauern Hannes Kuczmat, dem sie dafür zwei Groschen und eine ausgiebige Fußmassage zahlen. Jeden Montagnachmittag läßt er sich in der Küche in einen tiefen Weidenstuhl sinken. Liese und Lotte hokken neben ihm auf dem Fußboden. Er zieht seine stinkenden Stiefel aus, grätscht die Beine, legt den linken Fuß auf Lieses Schoß und den rechten auf Lottes. Bevor die Kännchen also Milch fassen dürfen, wird massiert. Die Zwillinge lassen weiche bewegliche Finger über hartgetretene Männerfüße streifen, von oben nach unten, am Fußrücken entlang, seitlich und fußabwärts. Sie reiben kitzeln klopfen zwirbeln, streichen bis zum Wadenansatz aufwärts und zurück, schieben Finger zwischen Zehen, spinnwebenleicht – kaum daß ein Druck auf den Füßen zu merken ist. Jener Druck jedoch, auf den es der Großbauer bei der Übung abgesehen hat, zieht über die Beine hoch. Leise schaukelt er im Korbstuhl, gibt den Takt an für die Füße. Das macht es hart. Die Mädchen massieren, anfangs fragen sie sich, was das wohl so schön ist, mit den Füßen ..., sehen nichts unter der Bauernhose, halten die Augen auf die verhornten dreckigen Zehen gerichtet und die Hände auf den durchäderten Fußrücken. Ein heftiges bestimmtes Auf-

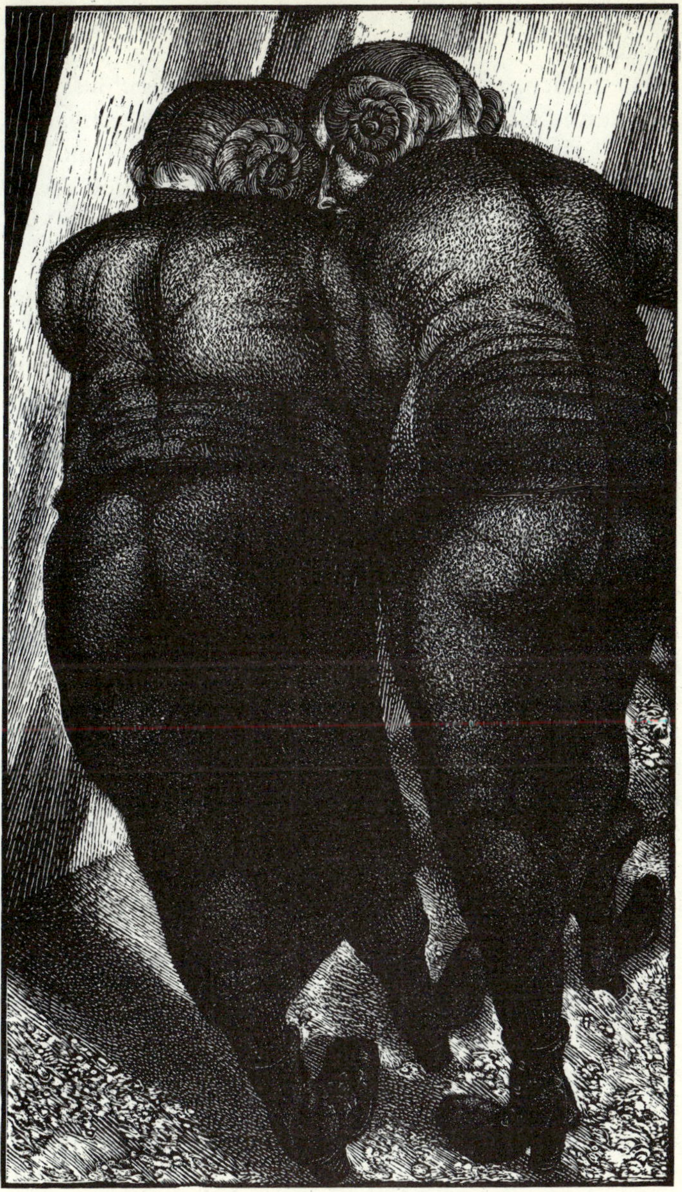

seufzen des Großbauern deutet dann das Ende ihrer Arbeit an.

Die Milchkännchen werden gefüllt. Manchmal fällt ein Pfund Mehl für sie ab, manchmal erläßt Kuczmat die zwei Groschen. Die Zwillinge haken sich unter und gehen die Dorfstraße hinauf. Rsch rsch. Links und rechts steht kräftiger Wald auf sanften Hügeln, er zieht sich hin, ein unangreifbares Land.

Zwei Jahre später, es ist der Morgen des 20. Aprils, sehen Liese und Lotte Möbius die braunen Flecken in ihrem Bett. Bei beiden Mädchen kam es zur selben Zeit, und ihr Erschrecken darüber ist gleichermaßen groß: was hatten sie verloren? Jetzt müßt ihr achtgeben, warnt Mutter Elisabeth und läßt den Gummi eines Einweckglases zischen. Es geht ihnen mittlerweile besser. Sie haben reichlich Kartoffeln zu essen, auch wieder Eier und Speck. In der Woche gibt es weiterhin Hallimasch, mit Butter allerdings, Zwiebel und Wurstbrühe. Man arbeitet den ganzen Tag im Wald, sammelt Holz, ackert Felder, strickt wollene Sachen. Liese und Lotte geben von nun an acht. Sie wissen nicht, wohin sie blicken sollen, in welcher Art gehen, rsch, rsch, das würde auffallen. Die Mutter hilft ab. Mit den Milchkännchen laufen sie untergehakt die Dorfstraße hinunter. Zwar nehmen sie sich nicht mehr allzufest in den Arm, denn der neue unbekannte Schmutz läßt sie sich für einen Moment fremd erscheinen, aber trotzdem ist ihre Seele eins, unzerbrechlich ein *Allesgemeinsam*. Irgend etwas ist anders bei Kuczmat geworden. Haben die Zwillinge den fesselnden Blick auf des Bauern Füße verloren? Wohin geht dieser neue glänzende Mädchenblick? Gleichzeitig und in eine Höhe! Was ist da zu sehen? Gleichzeitig, vorerst im Spiegel, erblicken sie ihre runden pausbäckigen Gesichter, auf denen sich eines Tages rötliche Flecken zu Pusteln bilden, Wangen und Stirn einnehmen, groß und gelb werden. Der Kaiser, sagt manchmal Vater Börner, wenn sie ihn beim Einkaufen im Dorf treffen, der Kaiser wird dem schon abhelfen. Gemeint war etwas, was über den Bergen liegt womöglich, aber was war das, die Möbius-Zwillinge geht nichts an als die Pusteln auf ihren Gesichtern, zwei identische Sternkarten. Was red der uns von der Seiten voll mit seim Kaiser. Pickel Pusteln Bläschen waren da, nix sonst. Mutter Elisabeth hilft ab. Liese und Lotte verkriechen sich im Stall. Breit sitzen die Mädchen im warmen Heu und betrachten sich in einer Spiegelscherbe. Die Kleider sind ihnen zu eng geworden. Sie spannen über den Hintern und über den Brüsten, von denen die Zwillinge schon reichlich vorzuweisen haben. Als sich Liese mit der Stecknadel gerade Lottes Stirn nähert, macht es *ratsch* – Lieses Rückenpartie des rosa Kleides reißt auseinander und läßt fleckige Haut erkennen. Eine Sekunde später reißt das Kleid Lottes. Erschrocken schauen sich die Mädchen an. Es war diese eine Sekunde! Im Stall duften warm die Kuh und das Heu, die Mädchen stechen nach Pickeln. Knie an Knie hocken sie auf dem Boden, jede eine Nadel in der Hand, und lassen Eiter fließen. Das macht ihnen Spaß. Sie sagen einszweidrei, und die Sterne verlöschen, erkalten, bis sie anderswo wieder auftauchen. Jeden Nachmittag stechen die Zwillinge, streichen danach Zinksalbe auf ihre Stirn oder Gurkenwasser, lassen sich austrocknen und haben trotz allem ein erwartungsvoll freudiges Gefühl, wenn sie morgens einen neuen Pickel an sich entdecken. Sie werden ihn abschlachten, der Stall duftet warm. Wird für sie zum Genuß, wo immer sie ein reifes Opfer finden können.

Gunter Börner hat sie aufgestöbert. Er war in die Höhe geschossen, blondlockig und hatte weitaus weniger Pickel als die Mädchen. Ich geb euch einen Taler Silber, wenn ihr mich laßt. Das Pickelstechen aber war ihre Sache, es war *gemeinsames* Tun – fremde Eingriffe waren undenkbar. Gunter Börner bodenlos frech wie immer. Aber der Junge weiß mehr, will mehr, will ja gar nicht Pickelstechen. Daaaa – die Möbius-Zwillinge drehen ihm ihre rotfleckigen Gesichter zu. Dos werd ihn freilich net störn, könnt ja vorkomm indn bestn Familien, sie solltn nich zicken, immerhin tät er abstamm von einem Vater mit echter kaiserlicher Beziehung ... Liese und Lotte Möbius hocken Knie an Knie. Hau ab, sagen sie zur gleichen Zeit, ein Chorus abgrundtiefer Empörung. Ihre Brüste wanken bedrohlich, was den Jungen schlucken läßt. Vier Stück auf einmal! Gewaltige Glokken, die ihm schon nächtelang in den Träumen bimmeln, Glocken, die Kleider reißen lassen. Gunter Börner schleppt einen Silbertaler mit sich herum und kann ihn nicht loswerden. Trotz Kaiser Gott und Vaterland.

Das Jahr 1902 ist ein Pilzjahr. Im Vogtländischen schießen sie nur so. Von überallher, selbst aus Plauen und Chemnitz, kommen die Menschen mit Körben und Stiegen, füllen sie mit Pilzen auf. Pilze zum Schmoren, zum Kochen, zum Einwecken, Pilze für die Bratensoße, als Gemüse, Schweinefutter. Der Hallimasch wuchert. Er besetzt ganze Waldstücke, vor allem lichte abgeholzte Wälder, Elisabeth Möbius geht mit dem Messer los. Nahezu närrisch ist sie auf die braunwülstigen Waldfrüchte, die sich durch ihr ganzes Leben gezogen hatten, unter denen ihre Töchter aufblühten, von denen ihr Mann vom Fleisch fiel. Eine Kiepe voll hat sie sich für diesen Tag zum Ziel gestellt. Scharf trennt das Messer die Pilzstiele einige Zentimeter über dem Boden ab. Elisabeth nimmt nicht wie die anderen Pilzsammler nur die jungen zarten Früchte, sondern alle: kleine große lappige halbfeste mit noch ungerissenen Lamellen, schuppige junge sporenreife und verblühte. Die Kiepe ist schnell gefüllt. Mutter Elisabeth setzt sich und lehnt ihren schmerzenden Rücken gegen den Korb. Ein gutes Pilzjahr. Sie schießen. Elisabeth Möbius kommt an diesem Abend nicht nach Hause. Einige Tage später findet man sie im Wald mit kaputtem Rücken. Keiner hatte etwas gehört. Der Hallimasch liegt im Gras, fleckig und angegangen.

Liese und Lotte Möbius müssen sich auf andere Kost umstellen. Auf das Grab der Eltern pflanzen sie Efeu. Fest halten sich die jungen Mädchen an den Händen, und zur gleichen Zeit kommen ihnen ehrliche Tränen.

Nunmehr gehört das kleine Haus, etwas abseits vom eigentlichen Dorf Katzgrün, ihnen allein. Sie werden es sauberhalten und warten, zur Kuh kommen ein Schwein und zwei Schafe dazu. Gemeinsam melken Liese und Lotte Möbius, gemeinsam füttern sie die Sau, bauen einen Verschlag, gemeinsam versetzen sie die Pflöcke auf der Weide. Hand in Hand geht der Haushalt. Sie sind fleißig und nicht übermäßig schnell.

An einem Sonntag plötzlich sind die letzten beiden Pickel auf ihren Gesichtern verblüht, die Haut wird straff und rosig, über den Lippen wachsen kaum sichtbar schwarze Härchen. Auch ihre Körper spannen sich, ihre Busen straff wie eine Festung, starke glatte Rückenpartien, unter denen sich in sagenhafter Weise die Gesäßhälften wölben – alles fest, unzerstörbar, gesund. Noch immer gehen die Zwillinge Arm in Arm die Dorfstraße hinunter, aber mit der eigenen Kuh brauchen sie von Kuczmat keine Milch mehr, und die Zopfschnecken haben sich aufgelöst. Nichts unterscheidet die beiden Mädchen, die Bewohner von Katzgrün haben noch immer keinen einzigen Punkt entdeckt, woran man die Möbius-Zwillinge auseinanderhalten könnte.

Die Kinder nennen sie Nilpferdpaar. Hannes Kuczmat lädt sie zum Kartoffellesen ein und schaut ihnen, wenn sie sich, ohne in den Knien einzuknicken, auf dem Acker bücken, von unten herauf nach.

Günter Börner träumt wüst von Pickeln und Pickelhauben, in seinen Träumen kommt beides zueinander, er, Börner, will Rekrut werden. Und noch immer besitzt er einen Silbertaler, wenn er *die* küssen könnt ...

Zu Weihnachten stopfen Liese und Lotte Möbius die Gans: mit Äpfeln, Beifuß, Leber und Pfifferlingen. Sie stopfen fest und energisch, sie stopfen die Gedanken an die toten Eltern mit hinein und ein unerklärliches Gefühl von Unruhe. Dazu grüne Klöße und Weißwein aus der Stadt. Vier Stunden lang essen sie, beißen in das knusprige triefende Fleisch, stoßen auf, stippen den Kloß ins Fett, schieben die Bissen im Mund zur gleichen Zeit von links nach rechts, umschließen mit saftigen Lippen die Weingläser. Es muß ihnen feierlich zumute werden. Gänsebraten bis zum Platzen gestopft! Eine gewaltige Feier! Die Zwillingsmädchen holen Nachschlag: Brühe und Klöße, das Gekrösel aus dem Inneren der Gans, braunwürzig. Während des Essens schauen sie sich von der Seite an, schnell unauffällig, so daß es die andere nicht bemerkt. Sie sehen sich ins kauende Gesicht, in fette Lippen, mahlende Zähne, Abscheu kommt in ihnen auf, den, den sie mit in den Braten gestopft hatten oder der aus dem Wein kommt oder hinterm dunkelgrünen Wald hervor. Wie widerlich sie ausschaut, meine geliebte Schwester. Lippen Zähne schwarzer Damenbart. Haß kommt auf Hunger kommt auf. Das Gänseskelett kommt auf den Tisch. Sie nagen es ab mit heißem Appetit, glühend vor Wut und Verzweiflung, die Gans war vorzüglich gefüllt dieses Jahr. Liese und Lotte Möbius fallen nach dem Mahl auf das Kanapee. Draußen fällt leicht und weiß Schnee. Von Katzgrün heraus läuten die Glocken die ewige Geburt: das im Stall, womöglich unter einer an der Wand hängenden Harke stattgefundene erste Jauchzen eines Führers, die himmlische Schizophrenie der Frage nach seiner Entstehung, die Glocken läuten harsche Schneewege hinauf in gansgefüllte Mägen hinein. Heiligenacht, Kurrendeknaben singen für ein Glas eingeweckten Hallimasch, der wächst bis in den Winter ... Liese und Lotte Möbius sind auch zur Weihnachtszeit allein. Der Gedanke, nach Mutters Tod Gesellschaft ins Haus zu bringen, ist ihnen nicht gekommen. Von den Dorfbewohnern werden sie bestaunt und gemieden, das Nilpferdpaar, die Ungeküßten, die mit den Ärschen, daß die Sonn dahinter verschwinden tät! Niemals wäre einem der Mädchen auch nur ein Anflug des Verlangens nach einem anderen Menschen gekommen. Selbst wenn von den Augen Kuczmats etwas Heiliges auszugehen scheint, so gehören seine Blicke unangefochten beiden, sie münden zwischen vier Beinen und nicht zwischen zwei. Vielleicht denken die Zwillinge, wenn sie nachts nebeneinander im Bett liegen, an jene Blicke oder an jene Veränderung, die während der zurückliegenden Fußbehandlungen vom Großbauern vorgegangen sind. Vielleicht wird ihnen aber auch nur (angesichts der geheiligten Nacht oder des fetten gepfefferten Bratens) die Stelle am Körper zu heiß, die auf hochstehenden Fettpölsterchen spärlichen blonden Haarwuchs zeigt. Sündhafte Hitze. Beineübereinanderschlagen. Das Ersticken der Sünde. Lieses und Lottes Knie berühren sich. Das läßt sich ja nicht totdrücken, so einfach mit den Beinen. Sie stellen fest, was zu machen ist: anheizen schüren Löschung des niegekannten Brandes. Und mit demselben Herzschlag klingt er auflodernd ab. Die Zwillinge halten sich noch umschlungen, liegen schwer ineinander, atmen, denken vielleicht an Kuczmat, von dem sie keine Milch mehr brauchen ...

Sie bleiben in ihrem Häuschen wohnen, nehmen im neuen Jahr nur noch selten den Weg ins Dorf, folgen keiner Geselligkeit, keiner Zeitungsmeldung, keinem Wort. Kuh Schaf Schwein Holz Bett Bein. Von den Dorfbewohnern werden sie endgültig als verrückt erklärt, als altjüngferliche Hexen. Die Kinder schleichen in der Dämmerung um ihr Häuschen, unterm Hals die Aufregung, Kinder lieben Wohnstätten von Verrückten. Nehmt euch in acht, Nilpferdhexen gehn um! Nur einer, Gunter Börner (aus der Preußischen Armee ausgemustert wegen beginnender innerer Zersetzung), der will sie noch immer. Für einen Silbertaler. Er will sie ahnen lassen, daß es noch mehr gibt, jetzt, da er weiß, was es für ihn nicht mehr geben wird. Gunter Börner stirbt 1914 lautlos und heldenhaft. An Leukämie. Vier Jahre lang hörten die Möbius-Zwillinge nichts Neues. Wenn es im Dorf brüllt, schließen sie sich fester ein, kämmen sich einander das Haar und sagen: schlechte Zeiten, liebe Lotte. Achja liebeliebeLiese. Aber vier Jahre nach Börners Tod kommt der Kaiser noch einmal in die Vogtländer Gegend: der greise Vater Börner bringt die Meldung nach Katzgrün. Und an Möbius' Haus nagelt er das Papier: Unser Kaiser ist gestürzt.

Es mußte also noch mehr geben. Er wird edel gewesen sein, vermuten die inzwischen fünfunddreißigjährigen Zwillingsschwestern, nachdem sie Vater Börners Nachricht gelesen hatten.

Eines Tages beschließen sie, aufzutrumpfen. Börner hatte es ihnen gezeigt. Und sie wußten es bereits, tief innen, das, was auf die Erde kommt, wird zu ihnen kommen. Sie müssen bereit sein. Die Möbius-Schwestern unternehmen eine Reise nach Oelsnitz und besorgen sich Silberstaub für ihr Haar, Rouge und Lidschatten. Sie halten dieselben Farbtöne, motzen auf, Gott weiß warum. Unser Kaiser ist gestürzt. Wer war der Kaiser, wie heißt der Kaiser heute. Vater Börner fragen, jetzt wo auch der tot ist. Es ist vieles zu spät, denkt Lotte Möbius, wenn sie sich sieht, und Liese Möbius springt auf den Gedanken an: mir san a nich mehr jung. Silber im Haar, das macht einen, wenn man Kuczmat heißt, verrückt. Aber der Großbauer hofft außerdem auf die preußische Abwechslung, der neue stechschrittige Befehlshaber, edel ist der, sagt Kuczmat zu den Zwillingen, wenn ihr den sehen tätet! Die Frauen sehen über Kuczmat hinweg. Bei dem will sich nix mehr verändern, kann man anfassen, wo man will. Sie denken dasselbe. Wenn sie die Dorfstraße hinuntergehen, wanken sie überlastet und hüftleidend.

So kommt das Jahr 1944 nach Katzgrün: in Form eines Dorffestes. Auf den Anger werden Tische gestellt, darauf bringt man das KaumwaszuFressen dieser Jahre: Kartoffelsuppe mit Hallimasch. Wir brauchen uns um nix zu schämen, ruft Bürgermeister Labuhn, und: der Führer weiß Bescheid, der Führer hats befohlen, Eintopf ißt das deutsche Volk! Der Führer kommt zu uns, er weiß genau Bescheid, er kommt: während seiner schwierigsten gefährlichsten entscheidendsten Zeit, während er Front um Front aus unseren Wäldern zurückschlägt, kommt er auch zu uns, liebe Bürger von Katzgrün, er kommt zu uns, um teilzuhaben an unserer bescheidenen Freude, an unserem Dasein, unserem Mut, die Stellung zu halten. Hier, hinterm dunkelgrünen Vogtländer Wald, dem stolzen Stück deutschen Landes! So spricht der Bürgermeister zu den Frauen und Kindern des Dorfes, zu den Invaliden und den im hohlen Baum Versteckten, die genug Zeit haben, zu Liese und Lotte Möbius, die nach zwanzig Jahren aus ihrem Häuschen gekommen sind. Zu Hannes Kuczmat, dem greisen Bauern. Die Frauen haben sich hergerichtet und die Tische ebenfalls: mit weißem Tuch bedeckt, tiefe Teller, Tannengrün und Eberesche.

Der Führer kommt! Der Führer kommt! Der Führer kommt und wird an seinen Platz geführt. Kleiner ist er, als man dachte, aber gerade dies hebt ihn jetzt in seiner Größe. Er nimmt in der Mitte der Tafel Platz, die Gastgeber seufzen auf. Er ist da. Er ist wirklich und tatsächlich im Vogtländischen erschienen, trotz seiner entscheidendsten Zeit, die Front hinter der Elbe, was ist das: Elbe, fragt Liese Möbius. Der Führer ist gekommen, Führerschritte über den Anger, Führermäntelchen überm Bürgermeisterstuhl, ungezwungenes Platznehmen. Hat auch was mitgebracht, der Führer. Kornschnaps! Herrje, das war doch nicht nötig. Inzwischen setzt sich auch des Führers Begleitung fröhlich ausgelassen an die Seiten des Tisches: vier Männer, ein schwarzer Schäferhund. Und nun setzen sich die Dorfbewohner, zaghaft voller kribbelnder Erwartung, gegenüber Führer und Suppenterrine.

Das aber war das allererstaunlichste, das, was keiner von allen erwartet hat, und keiner weiß, weshalb es so gekommen ist, denn nie gab es eine Ordnung: da sitzt rechts neben dem Führer Liese Möbius, Lotte Möbius an seiner linken Seite. Ihre hochgesteckten Haare überragen den Mann fast um eine Kopflänge. Zwei Schutzengel. Was für ein Bild! sagt Karin Reimann gerührt, und Brunhild Laux öffnet die Suppenterrine. So duftet der Hallimasch. Nur so kann er seine ganze Macht verströmen: durchgekocht, maßlos und waldig, zwischen zerstampften und gestreckten Kartoffeln, fettlos gewürzt mit Liebstöckel und Majoran. Greift zu! Greift gemeinsam in den Topf! Fiebernd vor Erregung, sehen die Dorfbewohner, wie es dem Führer schmeckt. Er löffelt schnell und in winzigen Schlucken, blitzartig zerkaut er bräunliche Pilzstücke, fährt mit der Zunge über die Lippen, man sieht, wie die Suppe in wellenförmiger Peristaltik durch den Schlund seinen Magen erreicht. Der Führer schluckt. Das Dorf guckt. Mit erhitzten Köpfen sitzen die Möbius-Zwillinge neben ihm – zum ersten Mal in ihrem Leben getrennt. Der Führer sieht nicht links, nicht rechts, er holt Nachschlag. Aaah, freuen sich die Katzgrüner, und jeder ist sofort bereit, das Allerletzte vom eigenen Teller zu geben. Das Letzte gaben sie ohnehin schon, und keiner will heute wissen, warum. Der Gast ist gesättigt. Stolz überblickt der die Tafel: mein Volk.

Dann geschieht das Unfaßbare. Als erstem fällt es Liese Möbius auf, lange, bevor es ihre Schwester Lotte zu Gesicht bekommt: in des Führers Bärtchen hängt ein Fädchen vom Hallimasch, als ob es aus einer Wurzel herausgewachsen wäre. Und neben dem Fädchen Hallimasch, sozusagen als Stütze, blüht ein kleiner gelber Pikkel. Liese Möbius durchfährt ein wohlbekannter Schauer. Zum äußersten erregt, sieht sie jetzt jedes einzelne Barthaar des Führers, jeden Haarwurzelansatz, sieht den Pickel, Pickel, Pickel, verlangt inständig nach Stall Stecknadel und Zinksalbe, aber bleibt sitzen. Liese Möbius sitzt neben dem Führer und braucht auf den Schreck hin einen Schnaps. Da kommt auch schon seine Hand auf ihren Platz herüber – und, wie ihr scheint, einzig auf ihren Platz – ohne Zittern gießt er ihr ein: Sprit! sagt er, und das war sein erstes Wort an diesem Nachmittag. Liese Möbius glüht. Nie im Leben hatte sie solch ein himmlisches unsagbares Gefühl erlebt, solch eine unverdiente Ehre. Um keinen Preis der Welt war sie plötzlich bereit zu teilen. Weder den Schnaps noch ihre Entdeckung. Was für ein Mensch hat ihr da eingeschenkt! Reinen Sprit! Sie haucht dem Führer etwas zu, etwas zwischen Ach und Danke.

Der Führer überblickt die Tafel, auf mein Wohl! Man

kippt. Man trinkt nippt säuft schluckt. Sprit. Besten deutschen Sprit, Führersprit. Der Führer gießt zu, man brennt, säuft ihn hinter, reicht die Gläser hin, rechts Liese, links Lotte. Lotte, die am Haß schluckt wie vor langer Zeit am Gänsefleisch. Lotte, die nach dem Sprit noch nicht weiß, daß es Haß ist.

Wo hat Liese Möbius ihre Augen? Sie gehen am Führer entlang. Sie gehen durch den Führer hindurch. Spritgetränkt. Der Führer sitzt neben ihr, hebt das Schnapsglas an und spreizt dabei den kleinen Finger ab. Wie edel, flüstert Liese, und unwillkürlich spreizt sich auch ihr kleiner Finger. Das muß es sein, worauf sie ihr Leben lang gewartet hat, es nie zugebend, aber tief innen war es gewachsen. Es geht auf Abend zu. Die Flasche des Führers ist leer, in seinem Magen verdaut er den Hallimasch. Liese sieht den Führer lächeln: seine Lippen zukken. Einer von der Begleitung faßt ihn unter. Hinterm dunkelgrünen Wald fährt ein schwarzes Automobil davon, frischgetankt und im edlen Schnitt. Das war er, sagt Bürgermeister Labuhn und läßt Tränen unter seiner Brille hervorrollen. Ihr habt euch tapfer gehalten. Es hat ihm geschmeckt, ihr habt den Sieg errungen! Ein Hoch auf die deutsche Kochkunst!

Liese und Lotte Möbius gehen die Dorfstraße hinauf, wie immer schwerfällig rsch rsch, Schritt für Schritt. Aber wenn Liese nach rechts wankt, fällt Lottes Körper nach links. Sie laufen einzeln, hintereinander, in einem halben Meter Entfernung. Was ist geschehen? Welcher Teufel hat sie geritten und giftigen Samen der Trennung gespritzt? Wie können sie wieder zusammenfinden, jetzt, in dem Alter, wo man sich nötig haben sollte? Der Kaiser ist treu. Warum ist der Kaiser treu, Vater Börner?

Am nächsten Morgen steht Liese vor dem Spiegel und kämmt ihr Haar glatt nach hinten. Vom Bett aus sieht Lotte ihrer Schwester dabei zu. Noch kann sie es nicht fassen, was war es, was Liese bei jenem Dorffest gesehen hatte? Was treibt sie bloß so plötzlich von mir weg? Gestopfte Gans! Geile Ziege! Rammdösige Kuh! So, sagt Liese Möbius und beendet die Frisur: unter glattem braunem Schädel quellen ihre Gesichtspölsterchen hervor, ein wenig schlaff freilich wegen der Jahre, aber immer noch ansehnlich rosig. Darunter laufen ihre Lippen auseinander, nie geküßt von einem Mann – oder bald! sagt sich Liese. *Das* wird geschehen. Er hat es mich in seinen Augen lesen lassen. Und der Pickel, wer sollte ihn fachmännischer ausdrücken, wenn ich es nicht tu? Liese macht sich auf. Vorerst geht sie ins Dorf. Erst, nachdem sie die Tür hinter sich geschlossen hat, steigt Lotte aus dem Bett.

Am Abend, als die Zwillinge wieder am Küchentisch zusammentreffen, verlangt Liese nach dem Brot. Sie hatten es nicht gemeinsam geschnitten und wie sonst zur gleichen Zeit in den Korb gegriffen, nein, Lotte Möbius hat nur sich bedacht. Heute, an jenem ersten Abend, nachdem der Führer hinterm Wald verschwunden war. Gibst mir wohl dos Brot! faucht Liese in vorgebeugter Haltung. An Tritt kriegst.

Schlampe, du! Tust nix mache den ganze Dog, nur herumtreiben im Stall, und wiest stinke tust! Dos sich der Führer net geschüttelt hat wegn dir!

Wenn jetzt net gleich de Gusch halten tust ...

Da hat Lotte schon eins auf der Gusch sitzen, daß ihr der Kopf dröhnt. Im Spätherbst vierundvierzig schlagen sich die Möbius-Zwillinge in der Küche die Augen blau wegen dem Führer. Klatsch, klatsch, immer ins volle Gesicht hinein, hart unablässig, die ganzen gemeinsamen Jahre schlagen sie aus sich heraus, klatsch, den ganzen Zorn auf die geröteten altjüngferlichen Wangen, da sitzt jeder Schlag, ihr Blut ist mit Sprit gespritzt, da war zugegossen worden, Glas auf Glas, Sprit ins Blut, das macht die Hände frei und die Seele, Sprit, Sprit, Führersprit, und wir sind quitt!

Als der Winter beginnt und das Heu im Stall gelockert wird, als würde es endlich in diesem Jahr einen leibhaftigen Knaben aufnehmen sollen, vom Himmel oder aus der deutschen Hauptstadt gesandt – als der Winter beginnt, fängt Liese Möbius an, ihren Koffer zu packen. Sie legt zwei weiße Blusen hinein, den rostroten Rock, warme Strümpfe und die eiserne Ration: getrockneter Hallimasch. Vergangene Nacht hatte sie geträumt. Er war ihr im gleißenden Licht erschienen: ein schwarzes Bärtchen, glatt und harsch, daneben, wie aus einer Wurzel gewachsen, das Eiterbläschen. Auf diesen Stern soll sie zugehen, es wird ihr Leitstern sein! Liese Möbius, die aus den Augen lesen kann, sie soll! Sie soll kommen! Weihnachten wird es sein, das erlösende Geschenk für den Führer: stecknadelspitz ... Und danach wird sie an sich denken, denn sie haben beide noch nicht an sich gedacht, der Führer und Liese Möbius. Sollte sie zwölf Monate tragen, wird es ein Christkind werden und es wird die entscheidende Zeit für den Führer sein. Wenn Liese jetzt daran denkt, geht sie schon auf unterm Rock.

Sie hat nichts verpaßt im Leben. Unser Kaiser ist gestürzt, das waren alles Lügen, jetzt erst beginnt Liese Möbius' Zeit, sie wird fortfahren aus Katzgrün, um den Führer, von dem sie annimmt, das ist der Kaiser oder jedenfalls der, dem sie den Eiter nehmen will, Weihnachten vierundvierzig.

Im Stall des Möbiusschen Hofes dampft der Mist. Die Kuh setzt Weihnachtsfladen: klatsch! dunkelgrün und braun. Das Schwein stößt in den vollen Freßtrog. Fettes Schwein, das die Möbius-Schwestern *eisern* versteckt halten. Fettes Schaf, unantastbar: Onkel Josephs Schaf, das das vom Himmel schneiende Kindlein auffangen muß, darauf warten die Schwestern seit Jahren. Unantastbar.

Lotte Möbius harkt den Mist um, klatscht den Fladen auf den Karren, wendet Heu, dampft. Prall umschließen die verdreckten Stallschuhe ihre Waden, zum Zerreißen gespannt die graue Strickjacke. Keine Gans im Topf dieses Jahr. Umharken, draufklatschen, Wasser in den Eimer gießen, Trog spülen, umharken. Dann beginnt ihr Weihnachten. Von Katzgrün läuten die Glocken herauf. Das Vieh beginnt zu dösen. Feierlich ist es im Stall. Lotte nimmt die scharfgablige Harke auf. Es ist genug. Prüfend wiegt sie das Gerät in den Händen, hebt es hoch über den Kopf und hängt es an den krummen Nagel über der Tür. Still ist es. Die Harke hängt. Alle Arbeit ist getan. Stille. Selbst die Glocken hört man nicht mehr, und Liese Möbius öffnet von außen den Stall.

1984

Katzenbericht

Der Ton trifft sie, wie meistens, kurz vor Mitternacht. Heftig schlägt sie die Bettdecke zurück, ist mit drei geübten Schritten an der Tür, greift nach dem bereitstehenden Koffer und läuft, *lebtwohl* rufend, die Treppen des Hauses herab. Noch warm vom Schlaf, streift sie sich im Laufen den Mantel über, ihr Atem fliegt, es brennt bereits das Haus oder das Gewissen, oder das Bein stellt sich ihr in den Weg oder verkriecht sich wieder unauffindbar. Unten angelangt, steht sie allein: überm Hof der Raum ist verschlossen. Sie hat noch im zehnten Jahr des Friedens dieses Dröhnen im Kopf, hastet wieder zurück, gleitet im Treppenhaus aus, steht auf, wie immer, und die sie so sehen, sehen sie schon nicht mehr.

Der Kaßberg wurde wieder: die rühmliche Erhöhung von Chemnitz. Nach dem Schutt kam das Grün, Maiblumen und Narzissen; Sommer zogen über das Land hinweg. Man atmete wieder weit, so weit, daß man ganz wirr im Kopf wurde vor lauter Gewißheit. Das Häuschen von Jutta Gallwitz stand auf der linken Seite des Kaßberges, ehemals Gartendomizil des Sohnes von Erdmann & Co., später dann Wohnhaus und Unterkunft wechselnder Kriegsbeteiligter und Helfer. Jutta Gallwitz wohnte darin, seit sie hier hoch getrieben worden war, aus dem ersten Loch heraus, das in Chemnitz entstand: das hatte sie und ihre Mutter getroffen, noch bevor sie gewußt hatten, warum es sie so treffen mußte.

Jutta Gallwitz sitzt auf der Bettkante und fliegt noch immer. Eine Stunde ist seit ihrem Aufbruch vergangen, seit dieser Zeit hat sie sich nicht gerührt. Ihr Kopf schmerzt und läßt sich an ihr aus: seitdem Frieden ist, ist es schlimmer geworden. Da ist es nicht mehr wahr, da ist es Betrug, Verlogenheit. Wenn sie in die Stadt einkaufen geht, muß sie sich unter den Kastanien ducken. Diese Angst des Aufsieniederfallens ist lautlos: sie steht vor dem Baumstamm und weiß, daß er sie gleich erdrücken wird, unsichtbar für die anderen Leute, aber der Koloß liegt schon auf ihr, quetscht ihr die Brust ein, drückt und drückt, bis sie – dann schreit sie, und fließt ihr aus dem Kännchen die teuer erstandene dünne Milch davon, dann schreit sie und jammert: die war doch für euch, für euch, ach ich verdammte –

Vor 1938 wohnte sie auf der Luisenstraße. Ihren Vater kannte sie nicht. Womöglich war es Emil Kajunke, der einbeinige Fischhändler, der sonntags immer über ihren Kochtopf und dann über ihre Mutter herfiel. Emil Kajunke stank erbärmlich nach Fisch, und da Jutta nach Emils Besuch auch so stank, mußte es wohl ihr Vater sein. Ihre Mutter liebte den Einbeinigen, und wenn die Leute auf der Straße lästerten, blaffte sie ihnen durchs Küchenfenster zu: Dem fehlt doch nischt, ihr Bleeden! In der Küche weinte sie meistens. Die ganze Woche ließ sich Emil nicht blicken, nur am Sonntag stank es den ganzen Tag über nach Fisch. So muß die Liebe riechen, dachte die fünfzehnjährige Jutta und flüchtete in den nahe gelegenen Küchwald, in dem die Jungen aus ihrer Schule verrückte Spiele trieben.

Sie fühlt das Herz unter ihrem Hals stoßen. Selbst der Geruch von Wald scheint in der Küche zu sein: Bernd Schröter, der ihr das Spiel zeigt ..., jetzt ist sie genau dabei … Jutta gräbt ihren Kopf in die Decke auf dem Sofa, hör auf, sagt sie, doch ihr Kopf hört nichts und hört deshalb nicht auf. Zehn Jahre nach dem Frieden, das Dröhnen ist jetzt weg, aber jene Stelle im Küchwald ist aufständisch und ekelhaft nah.

Jutta hatte ihre weiße Bluse an, die einzige, die sie besaß. Sie war aus festem gutem Leinen und betonte in der oberen Partie eine nicht vorhandene Brust. Knöchern bewegte sich das Mädchen, ihre Arme und Beine standen immer irgendwo hin … Bernd Schröter stand vor ihr und befahl. Brüchig und stockend stieß er mit seiner Jungenstimme heraus: Umdrehn! Ausziehn! Loslos! – Schröter, der Kleinste aus ihrer Klasse, der legte los! Jutta spürte keine Gefahr, eher nahm sie es als Spiel, freilich als eins, das sie nicht beherrschte.

Als Schröter zum zweiten Mal unter Tränen brüllte: Ausziehn! Loslos!, streifte sie kurzentschlossen ihren Rock ab und stand in Schlüpfern vor ihm. Sie lächelte ihm zu, ein wenig ziefzend in dieser Luft. Was sollte geschehen, der Pimpf, der! Mit ihrer Mutter geschahs tausendmal. Bernd Schröter koppelte seine Hose los. Ausziehn! stöhnte er nunmehr wütend, los zieh dich aus! – Aber ich bin doch, sagte das Mädchen und wurde mißmutig gegen den Jungen, den sie so nicht kannte, Schröter stand in Turnhosen. Ist das alles? flüsterte er. Wenn das alles ist, dann wolln wir mal! Und er warf die Jutta rückwärts ins Waldgras, hockte sich auf sie, stieß ein paarmal seinen turnbehosten Unterleib gegen den weißen Schlüpfer, stieg wieder ab und brüllte dann außer sich: Ich kann heut nich!! Ausgerechnet heute! – Es war gut, gab Jutta zu, so wie sie es von ihrer Mutter gehört hatte. Aber Schröter raste: Die is keen Weib nich, was will die denn von mir! – Dann lief er durch den Wald.

Warte! schrie er dem Mädchen zu. Jutta tat alles brav. Er kam mit einer reifen Ebereschendolde zurück, er schwitzte noch immer derart entfacht, riß die Beeren von der Dolde und drückte sie an Juttas weißer Bluse aus. Bernd Schröter atmete auf und zog sich an. Rotbefleckt stand sie, mit dem leichten Schmerz der Enttäuschung.

Gegen Mittag geht es dann vorüber. Ihr Kopf wird frei, obgleich sich nun ein Nebel auf sie legt, der sie warm zudeckt. Sie erhebt sich von der Sofakante und begibt sich in jener wattigen Dumpfheit an die Arbeit. Holz spalten, Kohle tragen, anfeuern. Milch kochen. Milch, die sie in ein blaues Emailletellerchen gießt.

1940 im Winter legte Emil Kajunke ein Päckchen auf den leeren Sonntagstisch der Familie Gallwitz. Es stank wie alles, was Emil an sich trug oder tat. Die Mutter starrte das Geschenk an: Seit sie sich kennen, hatte Emil ihr noch nichts geschenkt, und seit langer Zeit hatten sie kein Fleisch zu essen gehabt, keine Butter, kein Mehl. Bitte, sagte Emil, und dem Inhalt des Päckchens entstieg ein Geruch, der seinem eigenen glich. Die Mutter holte wortlos Wasser, beförderte einen Batzen graues Fleisch aus der Tüte heraus, wusch es und setzte es mit Salz und Kümmel an. Was lange fragen!

Emil Kajunke lungerte auf dem Küchensofa. Sein Blick ging über die Efeustöcke am Fenster, manchmal auch zu Jutta herüber, die Wäsche ausbesserte oder bloß so vor sich hin starrte. Er hatte Kohldampf, der Kajunke, aber er besann sich auf die Spende von *Kutsches Garküche*: Kartoffelklitscher mit Sägespäne, und beschloß seinen Rückzug.

Hast du nichts zu rauchen, Onkel Emil? fragte Jutta, als das Fleisch zu kochen begann und ein fauliger, fremdartiger Geruch sich in der Küche verstärkte. Kajunke lächelte und wippte mit dem Beinstumpf, was Jutta nicht leiden konnte. Dann brannte er zu aller Erlösung den Stummel einer Zigarette an und paffte Tabakrauch in die verpestete Luft. Die Überraschung war ihm gelungen. Er, der elende Fischhändler, hatte mit dieser Gabe eine Frau erobert, hatte sie schlicht bei der Freßsucht gepackt, er selber, sagte er, wäre satt. Fiel was ab für ihn in *Kutsches Garküche*. Soll ja alles für euch sein, meine Lieben.

Mutter Gallwitz tischte auf, schnitt das zähe Fleisch in Würfel und begann, es herunterzuschlucken. Jutta würgte an den Bissen. Es schmeckte fad und bitterlich, aber bald gewöhnte sie sich daran, und es war nicht schlecht. Seit langer Zeit war man wieder gesättigt. Emil Kajunke langte nach der Mutter. Jutta wußte, was sie nun zu tun hatte. Heute würde es lange dauern, heute besaß man Kraft. Sie zog ihre weiße Bluse an, wenn Krieg ist, bleibt wohlmöglich die Zeit stehen, die Bluse möchte sich in der oberen Partie einfach nicht ausfüllen, doch vielleicht jetzt, nach dem Fleisch. Bevor Jutta die Wohnung verlassen konnte, klingelte es. Vor der Tür stand Maria Moosdorf, die Nachbarin, und schrie, vollkommen aufgelöst und in einem Kleid, das Wind und Schnee durchließ: Der da! Der da! Der hat meine Muzi genomm!!!

Die Milch kühlt schnell ab. Wenn Jutta Gallwitz etwas tut, wenn sie ihre Wirtschaft besorgt oder einen Weg zu gehen hat, wenn sie ganz mit ihren Gedanken auf Augenblickliches gerichtet ist, erlebt sie Momente großer leerer Erleichterung. Wie ausgelöscht sind die Kopfschmerzen, die scharfen, tötenden Erinnerungen, die immer wieder in ihr entstehen. Sie fühlt sich körperlos und geschaffen für nur eben diese Tätigkeit:

Milch zu holen oder einen Brief zu schreiben. Aber letzteres schon kann sie wieder rückfällig machen. Nachdem sie geschrieben hat: Liebe Katharina ..., da beginnt es wieder: Sie versinkt in die Bilder ihrer letzten Jahre, in diesen Haß, dem sie nie nachging; sie treibt haltlos über eine Zeit, in der sie jetzt lebt, hinaus. Du machst dich verrückt, schreibt Katharina ihr zurück, *wenn* sie mal schreibt, und dann bleibt das der einzige Satz. Was auch soll man einem fremden Menschen noch schreiben. Katharina, die Tochter, zumindest hatte man sie ihr zugesprochen, weil sie aus ihrem Leib gekommen war, weil sie sie gewollt hatte. Und sie heute noch einmal will.

Fassungslos starrte die siebzehnjährige Jutta Frau Moosdorf an, nachdem diese den Emil wegen Muzi beschuldigt hatte. Ein in den Zähnen hängengebliebenes Kümmelkorn brachte Jutta dazu, Muzi aus sich herauszulassen. Sie erbrach sich in Strömen. Die Moosdorf heulte erbärmlich um ihr Allesinderwelt, als wären der Krieg und der Hunger einzig für sie. Emil stach mit seinem Krückstock zu, als die Gallwitzsche Küche vom Geschrei überzukochen drohte. Mit wenigen Stößen beförderte er die Nachbarin hinaus. Das mußte er tun: sich dieses Gejammer vom Halse halten. Er konnte es nicht ertragen, und wenn er es wie jetzt ertragen mußte, schmerzte ihm der Beinstumpf. Jutta fiel auf das Küchensofa und schlief erschöpft ein. Wieder blieb die weiße Bluse unbenutzt, zog keinen Mann an, machte sie nicht hübsch. Blaß behauptete die Mutter die Szene.

Du Sau, Emil, du Sau!

Der fehlt doch nischt, die war doch ganz in Ordnung, das war doch alles für euch.

Ach, du Sau. – Dann griffen sie sich an, streiften einander die bratfettigen Kleider ab, und während sie sich liebten, schworen sie, das alles zu vergessen, denn wer sagt hier, daß etwas Schlimmes geschehen war?

Der *Bund* hatte das Mädchen Jutta gewonnen. Nicht, daß sie es gewollt oder nicht gewollt hätte, ein »Schad nischt« von der Mutter und das »Bleedsinn« vom Emil beeindruckten sie wenig. Was sie umgab, in dem lebte sie: in Vertrautheit, in Dingen, die keine Entscheidung herausforderten. Alle Schulkameradinnen waren dem *Bund* beigetreten. Es war keine Freundin darunter, aber sie mochte alle gut leiden, weil man sie zufrieden ließ und sie mitunter zum Liedersingen in die Parkaue mitnahm. Margot Rammler, die sich weigerte, beizutreten, stürzte eines Tages in der Turnstunde vom Barren und brach sich beide Arme. Die die Hilfestellung gab, wußte, worum es ging. Jutta Gallwitz also saß unter den anderen. Man werde sie rannehmen, hörte sie eine Frau sagen, die sie vor langer Zeit mal im Kino gesehen hatte, oder zumindest schien es ihr so. Ihrer außergewöhnlichen Dünnheit wegen begann sie mit dem Intensivtraining für das Mädchen Jutta: Waldläufe, Kraftstemmen, Kegeln, Diskus, Speerwerfen, Futter. Futter aus Kartoffeln, Mehl und Zucker: Stampe, Klitsche, Bäbchen. Juttas Körper nahm nicht viel an. Sie verweigert, hörte sie die Kinofrau mit tiefer Stimme sagen, und mit heimlichem Abscheu gegen ihren Körper floh Jutta Gallwitz aus der Versammlung. Auf der Straße wußte sie nicht mehr, warum sie das getan, aus welchem genauen Grunde heraus es sie aus dem Raum getrieben hatte. War es ihr doch bisher gleich gewesen, was man da machte, denn man tat ja nichts, was einen hätte umbringen können, nichts, was nicht recht so gewesen wäre.

Jutta Gallwitz bewohnt eine Küche. Aus dem angrenzenden Nebenraum der Kaßbergwohnung kommen

Stimmen durch die Wand, durch die Weinlaubkacheln gegen die Gallwitz. Achim Pieske und Sonja May, die da zusammenleben wie die Hoddendodden (sagt man, weiß man) und die frühmorgens durchs Gallwitz-Schlüsselloch sehen: Die wird bleeder von Daach zu Daach, reenweg wahnsinnisch! – Und die ihre Freude daran haben und ihre Angst vor so viel Dumdideldei und die die Küche haben wollen. Eigentlich nur die Küche.

Jutta wurde wieder eingefangen. Ob sie sich klar wäre darüber, was derartige Flucht bedeute. Ja. Ob sie sich schäme. Ja. Bereue. Ja. Was sie denn denke, wer sie sei. Ein deutsches Mädel. Habt ihr das gehört?

Aktion »Gallwitz«: Zopfreißen und das Auffressen zweier Zigarettenkippen. Die Filmfrau hatte sie fallen lassen und aus Nachsicht noch die Glut ausgetreten. Seitdem zog Jutta Gallwitz mit. Zwar schwieg sie, keiner konnte mehr ein Wort aus ihr herausbringen, aber die Stampe setzte ihrem Körper zu, sie bekam füllige Oberschenkel, sie schoß Pfeile in Vogelnester, vielleicht traf sie, wenn sie genug Übung hatte. Abends jedoch, wenn sie in der Schlafnische in der Küche lag, verdeckte Übelkeit und das ständige Denken an unsinnig Vergangenes vom Tag die Geräusche neben ihr: Emil und die Mutter. Die gewohnten Geräusche der Liebe oder Kartenkloppfen oder sehr leise Worte oder Greinen, oder Emil sagte: Das werd nischt, gloob mir.

Der Fischgestank war längst nicht mehr das schlimmste.

Cora-Cura schnappt nach Juttas Schürzenzipfel, springt weich zurück und schleicht an der Wand entlang zum Kübel. Die Herrin hat heute wieder einen ihrer unerträglichen Tage. Die Tiere spüren es. Sie versuchen, sich ihr zu nähern. Jutta tritt mit dem Schuh nach ihnen, um sie dann, von Reue überwältigt, an sich zu ziehen und zu liebkosen. Beides ist den Katzen zuwider, zwischen beidem aber leben sie Tag für Tag und finden dahin immer wieder zurück. Cora-Cura ist Muzis Erstgeborene. Der Drillingswurf ging in Wollust vor sich, so wie man es den Katzen nachsagt. Wenn Jutta Gallwitz ihren Tieren in die Augen sieht, sieht sie Muzis Blut.

Jutta brachte die Mutter durch den Krieg. Der Weg war lang, und die Mutter schaffte ihn nicht bis zu seinem Ende. Jutta schleppte sie, nachdem Emil Kajunke begonnen hatte, nach seinem Bein zu suchen, befallen von urplötzlichem Verlangen, das, was die Natur ihm genommen hatte, *jetzt* wiederzuhaben. Er stieg mit dem Krückstock durch die Schutthaufen Chemnitz'. Er war am ganzen Körper gelb geworden und dünne wie Staub. Er wollte lieben können, er, Emil Kajunke, der beste Liebhaber, den ganz Sachsen besaß – was war in ihn gefahren, daß er jetzt nach dem Bein suchen mußte, das er seines nannte?

Jutta macht sich auf. Der Nebel vor ihren Augen beginnt sich zu verdichten. Wenn bloß die Geräusche nicht wiederkommen. Hilf, lieber Nebel. Sie bindet ihre Schürze ab, zieht eine Wolljacke über und nimmt entschlossen den Einkaufskorb. Sie wird in die Stadt gehen, den Kaßberg herunter, über die Chemnitzbrücke, zu den Lagerhallen. Im Konsum wird es Milch geben. Sie wird es auf jeden Fall tun, denn sie muß hier herauskommen, es ist längst an der Zeit. Ich geh mal, sagt sie, und Dolores ist es diesmal, die grundlos maunzt.

Emil Kajunke also stieg durch die Trümmer. Kaum einer bemerkte ihn, keiner sah ihm nach. Was zu sehen war: Schutt und, wenn man Glück hatte, noch die eigene

Hand vor Augen. Wenn es Alarm gab, war es Emil Kajunke, der nicht in Deckung ging, der das Loch überm Hof haßte wie die leere Stelle an seinem Leib, wo das Bein gewesen war. Mitunter, wenn er die länglichen Dinger vom Himmel fallen sah, hielt er seine Hände auf – ach, es könnte womöglich sein Bein dabeisein, auf ihn niederkommen wie ein Segen. Aber nichts traf ihn. Emil Kajunke lief mitten durch den Krieg und fand nicht, was er suchte. Und nichts schien ihn zu suchen. Und Jutta vermißte ihn in keiner Weise ... Den, der immer an ihr herumnörgelte und stank. Und wenn kein Zigarettenqualm in der Küche war, war ihr auch nicht so übel, und wenn sie an manchen Tagen gar unbehelligt von allen geblieben ist, war sie froh. Beinahe so, als lebe sie nicht mehr.

Hexe springt zwischen die Tür. Hau ab, sagt die Gallwitz. Im Nebenzimmer hört sie es wieder rumoren: sie wird gesehen, vom Pieske und der May beobachtet; alles, was sie tut, wohin sie geht, wie es in ihr schlägt – doch nein, das wohl nicht, denn die inneren Schläge, wie sollten *die* es sehen, die nur die vier Wände vor den Augen haben, das *eine* Zimmer, das zu eng ist. Jutta Gallwitz stößt Hexe zurück. Ihr gelbes Fell sträubt sich, nur ungern läßt sie die Herrin gehen – Hexe, die eifersüchtigste der Katzen. Nu hau schon ab! Die Tür schlägt zu. Milch, murmelt Jutta vor sich hin, ihr sollt welche haben, sooft ihr wollt, ich werd euch schon was zeigen von wegen off der faulen Haut ...

Durch sehr sanften Nebel steigt Jutta die Treppen herunter. Da gleitet sie aus. Auf einem Stück Schmierseife. Übersehen beim Reinemachen. Was heißt hier übersehen: Die May! Jutta Gallwitz sitzt mit gespreizten Beinen am Treppenansatz. Der Aufschlag auf den Stein läßt ihn wieder reißen: den Schmerz der Geräusche, das

Heulen und Krachen, vor allem das Hecheln von allen Seiten.

Die Mutter konnte es nicht mehr aushalten: Kajunke, der bedebbert geworden ist! Will sie womöglich verlassen, denkt womöglich, *sie* wäre schuldig an dieser ganzen Scheiße, oder Jutta etwa, die es nicht lassen kann, zu irgendwelchen Knallidioten zu gehen, und demzu nischt mehr aus ihrer Gusch rausläßt ...!

Die Mutter und Maria Moosdorf saßen in der Küche und heulten, fluchten auf den Einbeinigen, der so glückselig spazierengehen konnte, der alle Katzen der Welt abgeschlachtet hatte. Das Unglück war er, das galt als sicher: Der kam mit seinem Messer nicht von irgendwoher, der kam mitten aus ihnen, der mußte es sein! Die Frauen überwälzten ihn mit ihrem Geschrei. Emil griff nach dem fehlenden Bein, das ihm Schmerzen bereitete, das verfluchte Trugbild.

Als Maria Moosdorf gegangen war, rechtzeitig hinabgestiegen in das sichere Loch übern Hof, als Jutta die Mutter so sitzen ließ, verlor die Mutter den Kopf.

Jutta Gallwitz geht. Unter der Brücke wachsen sattgrün dickstämmige Kastanien und Ahorn. Jutta läuft über einen Wald. Wenn sie da hineinfallen würde, könnte sie abkühlen, sicher, die Blätter lassen keine Sonne durch, kein Licht, keinen Ton. Jutta hält den Korb fest, in den sie die Milchkannen tun wird, eins zwei drei für ihre Katzen.

Vielleicht wird es auch Butter geben, Milch mit Grieß und zerlassener Butter, ein himmlisches Fressen! Sie sieht schon ihre Tiere um den Napf herum liegen, hört sie beißen, sie müssen zusetzen, na freßt schon! Das alles wird werden, es soll so kommen, wie Jutta es will. Andere wollen die Jutta weg.

Nie wird sie die Küche hergeben, so unfreundlich, wie die May und der Pieske sind!

Da begann auch die Jutta zu suchen. Erst fand sie Kajunke in einer Ruine am Schloßberg hocken. Was willstn, mich holn? – Nee, Mutter. – Was weeß ich, wo die is. – Ich dachte nich, daß nur du … – Was dachtste denn überhaupt? – Ach, laß mich doch zufrieden, Kajunke! – Sie suchte weiter. Die halbe Stadt schaffte sie an einem Sonntag. Und immer glaubte sie, daß man ja irgendwann mal das finden müßte, was einmal dagewesen war. Bis in den Abend hinein suchten sie. Jutta rief, Emil antwortete manchmal: Jahaa! Jutta brüllte ihn an, ob er denn wisse, wen sie da überhaupt suche. Und Kajunke: Was gehts mich an, weißt dus denn? – Da blieb Jutta erschöpft an einen Baum gelehnt stehen. Emil war ganz nah bei ihr. Dünn stand er im Hemd, und die Haut war gelb, und er atmete schwer. So kannte sie ihn, nur daß Emil nicht mehr nach Fisch stank, sondern brandig. Siehste, Juttachen, da stehn wir nu un gucken uns de Oochen aus. – Jutta schwieg. Etwas legte sich in ihr auf, eine Art Ziegelstaub. Emil war in ihren Augen, Emil, der auch nur suchte, nichts weiter sonst. Das Bein, Emil, das werden wir schon finden.

Un nich nur das, gloob mir, da is schon ganz anneres wiedergekommen.

Ja, Emil, bestimmt. – Im Schloßviertel von Chemnitz, wie anderswo klafften Lücken in den Häuserreihen, Löcher, Hohlräume, durch die der Wind blies. Nichts weiter sonst. Da nahmen sich Jutta und Emil aneinander. Sie hatten es erst bemerkt, als es ganz still um sie gewesen war. Der Leib des anderen war weit fort, und es dauerte lange, bis sie es begreifen konnten, was sie so zueinander brachte.

Die Brücke nimmt kein Ende. Mitunter ist es Jutta, als ob sie der schwere, mit Milchkannen gefüllte Korb in die Tiefe herabzieht. Eine werd ich selber trinken, sagt sie sich, eine können die mir abgeben, dann wirds nicht so schwer. Sie greift in den Korb, in dem keine Kannen sind. Habs vergessen, murmelt Jutta Gallwitz, man muß ja immer noch so lange anstehen. Und die linke Hüftseite tut ihr weh, als ob sie gestürzt wäre. Unten vielleicht könnte sie gleich vornean. Wenn ich von unten komm, hinten sieht mich ja keiner, da gehts schneller. Hexe wird schon warten, die ist die Schlimmste, da muß alles immer fixfix gehen, die hat so rachsüchtige Augen! Unten dauerts bestimmt nicht so lang ..., so denkt Jutta Gallwitz, auf das dicke Steingeländer der Brücke gestützt. Ihr Korb liegt plötzlich auf der Straße. Ein Wagen fährt darüber hinweg. Jutta hört das Knacken und duckt sich. Schnell übern Hof, schnell schnell! Sie vernimmt eine Stimme oder das Dröhnen, kein Nebel mehr, nur noch das eine, das immer wiederkommt, so viele Jahre nach dem Krieg, die Brücke die Heimat ist weit so weit, unten Wald, der könnte abkühlen, wenn sie nur wollte, die schwere schwere Milch fließt im Fluß, Jutta geht, sie in Kannen zu füllen.

Eines Tages fanden sie den Kopf der Mutter. Er lag auf dem Platz zwischen Adlerapotheke und Rathaus-Café. Siehste, sagte Emil Kajunke, und da knickte der Krückstock unter ihm weg. Kajunke fiel hin und blieb neben dem Kopf liegen. Ohne ein Wort zu sagen, hob Jutta den Einbeinigen von der Straße auf und trug ihn nach Hause. Er war leicht wie Nebel.

Achim Pieske und Sonja May beobachten jeden Schritt, den die Gallwitz tut. Sie sehen alles, hören alles, wissen nur noch nicht, wie sie sie aus der Küche treiben können. Der muß doch was fehln, daß die nich ins Heim gehn will, die kammer ja nich mehr ertragen, mit ihrem Spuk! Als Jutta vom Milchholen nicht zurückkommen will, machen sich die beiden auf den Weg, nach ihr zu sehen. Sie ahnen, daß es ein wichtiger Tag ist. Das Schreien der Katzen hinter der Küchentür vergessen sie, schon als sie die Straße zur Kaßbergauffahrt überquert haben. Viele Leute stehen auf der Brücke. Manche beugen sich über das Geländer, andere halten sich in Grüppchen und schwafeln.

Am Abend brechen Pieske und die May die Gallwitzsche Küche auf. Cora-Cura springt der Frau an die Brust. Dolores und Hexe gehen auf Pieske. Sie kämpfen mit den Tieren, lassen sich fetzen und dreschen ein. Blutiggebissen und zerkratzt schafft Pieske es endlich, alle drei zu bändigen. Er bindet sie mit einem Übertuch, das er von der Wand reißt, an den Schwänzen zusammen. In den Katzen steigt die Liebe zur Herrin auf: stumm werden sie, ihre Augen milchig. Die May wäscht sich das Blut aus dem Gesicht: Wenn die die Tollwut ham! – Ach wo, ham die nich, die sinn nur wütend. – Was machen wir nu? – Weg damit. – Sonja May gebietet Einhalt. Jetzt, da sie in der ersehnten Küche stehen, den Geruch atmen, der noch nicht ihnen gehört, das Mobiliar abschätzen, das sie vielleicht gebrauchen können, jetzt sagt die Sonja, daß ihr die Küche nicht so recht gefällt, diese Umgebung einer Verdrehten.

Das kommt alles raus, beharrt Pieske, und als Sonja den Rotz in der Nase hochzuziehen beginnt, nimmt er sie in den Arm: Aber wir wollen sie doch, oder?

Jutta Gallwitz, die die Augen nicht mehr schließen konnte, der unablässig Saft da herausrann, Tränen oder einfach Reizwasser, da der Wind die Augäpfel trocknete. Jutta stand vor den Mädchen und vor der Kinofrau und schaute in diese Gesichter, die starr waren wie ihr eigenes, das sie abziehen wollte ... Nachdem das Urteil gesprochen war, wurde Meldung erstattet von der Frau: Geh mit Gott, weit wirste nich kommen. Das Vaterland braucht keene Idioten nich. Jutta war ein Verräter geworden. Ihr feuerten die Augen. Sie hatte nur noch einen Wunsch: sie schließen zu können, um zu schlafen. Zu Hause saß Emil und erwartete sie. Seit er aus seiner Ohnmacht erwacht war, hatte er das Suchen aufgegeben. Wo hab ich bloß mein Bein gelassen, sag mal, weißt du, wo ich es das letzte Mal gehabt hatte? – Aber Emil sagte das nur noch, machte sich nicht mehr zu den Schuttwanderungen auf, blieb auf dem Sofa hocken. Neben ihm drei junge Katzen, die ins Kissen bissen.

Als Jutta abgeurteilt war, rannte sie zu Emil. Der nahm sie auf und tastete sich warm über sie hinweg. Eines Sonntags zog Jutta ihm zu Ehren die weiße Leinenbluse an. Emil suchte in der oberen Partie. Was er fand, küßte er mit trockenen Lippen, er hob sie ans Licht, die kleine, zurückgebliebene Brust des Mädchens, und hielt sich an ihr auf. Emil und Jutta lächelten unter sich, und da keiner sie lächeln sah, war es ihnen, als könnte Jutta die Augen schließen unter Emils Lippen, und Emil würde sie auf seine Beine nehmen und ihr das Gefühl geben: dir fehlt nichts am Glück, kleine Jutta, der Mensch kann vergessen, nur die Viecher tragens nach, gloob mir, nur die Viecher.

In Berlin, in der Kerner Straße, klingelt die Postfrau bei *Gallwitz.* Ein etwa zwanzigjähriges Mädchen öffnet in Unterwäsche, hinter ihr, vertrieft in einen Bademantel gehüllt, ein junger Mann. Paket für Sie! – Stellen Sies hier hin. –

Die Postfrau läßt ihr Paket in der Kerner. Der junge

Mann setzt den Wasserkessel auf den Herd. Erst Frühstück, sagt er, werden wieder Liebesgaben deiner Mutter sein.

Katharina Gallwitz zieht sich an.

Draußen, vorm Fenster, fliegen Krähen gegen die Streifen am Horizont.

Katharina kam zur Welt, als wiederum Katzen geboren waren. Jutta Gallwitz blickte ihr Kind mit den offengebliebenen Augen an und sah es nicht und wollte es nicht so. Emil tat das Nötigste: wickelte, badete es, klaute Kartoffeln, tauschte sie gegen Milch. Hielt die Katzen fern. Die Zeit ging dahin. Sie ging in der Küche vom Fenster zum Ofen, vom Wandschrank zum Sofa, vom Babykörbchen zum Tisch. Auch Jutta verabscheute es, einen Schritt außer Haus zu tun. Selbst das Fensteröffnen kostete sie Mühe. Wenn Emil von seinen Rundgängen kam und seine Hemden nach Luft rochen, flüchtete Jutta vor ihm. So haßte sie, was draußen vor sich ging. Dann wollte sie nichts mehr wissen, nur wie andere Menschen wollte sie endlich die Augen schließen können.

Der Krieg ist vorbei, sagte Emil Kajunke eines Tages.

Er kotzt mich an, dein Krieg.

Er ist vorbei.

Schließ nicht immer die Tür ab, Emil, wo ist der Koffer. Vorbei, verdammt noch mal!

Jutta Gallwitz hielt sich die Hände vor die Augen. Wenn das Kind greinte, sagte sie: Die Katzen haben Hunger.

Die Küche ist noch immer Jutta Gallwitz' Küche. Das Mobiliar, ein geräumiger Schrank, ein Tisch , ein Sofa, zwei Stühle, eine Stiege für die Katzen – alles steht, wo es bisher gestanden hatte. Die Weinlaubkacheln sind stumpf und altmodisch, die Wände stockig. Es riecht schlecht in der Küche. Das rechte Fenster war im Winter verquollen und läßt sich nicht öffnen. Am Abend, als Achim Pieske und die Sonja noch einmal in die Küche gehen, sagt das Mädchen: Die stinkt noch immer so, das kriegen wir nich raus.

Uns kriegen die nich raus, Mädchen, wir haben sie!

Sonja May tritt ans Fenster. Am Himmel die roten Streifen sagen eine kalte Nacht an. Sonja bemerkt sie das erste Mal. Vorm Fenster ihres Zimmers steht eine Kastanie, die keine Sicht freigibt.

Ich will sie nicht mehr, Achim.

Der Achim ist entsetzt. Blödheit steckt an, was?

Ich will nich, verstehste? Das stinkt mir zu sehr.

Und wie sollen wir leben? Verrecken in dem Loch?

Nein, sagt Sonja endgültig.

Dann verläßt sie die Küche und entfernt im Haus mit dem Hader eine Spur. Pieske schließt die Küche ab. Jawohl, brüllt er ihr zu, das steckt an!!

Kajunke packte seinen Koffer: ein Handtuch, Rasierseife, zwei Kleidchen für Katharina. Er zog fort aus Chemnitz, das seinen Namen gewechselt hatte, als wolle es nichts mehr belassen von dem, was gewesen war. Emil wollte es auch nicht. Er fuhr nach Berlin. Zu einem fernen Verwandten oder auch nur in eine leerstehende Wohnung irgendwo dort. Keiner wußte es genau. Er begann mit seiner Tochter so zu leben, wie es ihm möglich war. Er lernte ein, zwei Freunde kennen, mit denen er manchmal Skat spielte. Er lebte von der Rente. Er starb, als er sich nicht mehr auf dem Bein halten konnte, mit siebzig Jahren. Katharina ließ ihn begraben.

Sie öffnet den Karton. Die drei Tiere, welche da herausspringen, laufen sofort zur Tür, gehen daran hoch, rasend vor Hunger. Wat solln dit!? Der Mann im Bademantel bekommt den Bissen nicht herunter.

Ich denke, da is wat passiert.

Denkste. Laß die Viecher raus, so fett, wie die sind, können die raus hier. – Da is wirklich was passiert, behauptet Katharina und öffnet die Tür. Die Katzen fallen die Treppen herab, springen zur Haustür heraus über den Hof und verschwinden. Leute sollen später gesehen haben, wie drei verwilderte gelbe Katzen immerfort den Krähen hinterherjagen, immerfort immerfort gegen irgend etwas laufen, was sie vermuten, was ihnen wahrscheinlich nur auf den Augen liegt. Sie sind wie geladen von Tollwut, berichten die Leute, wer denen begegnet, mit dem is aus!

Lilit

Sie sieht was ihr auserwählt wurde stumm und zweifelnd sieht sie unfähig zu empfinden was der Vater ihr zugedacht hat an Glück ja womöglich soll es Glück sein nach Erfüllung drängend in diesem Zeitalter der Schöpfung Glück heißt zwei Menschen zu stellen gegenüberzustellen für einen Zweck Glück heißt es so einzurichten daß man *sieht* einen fruchttragenden Baum eine weiche Schlafstatt ein Paar Mann und Weib Glück heißt was sie sieht so stumm und niedergeschlagen annehmen aufnehmen und erstmals sagt Lilit nehm ich an und sie schickt dem *Vater* Dank und es quält ihre Augen die sie gen Himmel richtet und sofort danach wieder auf ihn den auserwählten der flüsternd und feierlich vor ihr steht ein Jüngling und flüsternd sagt Lilit Lilit Lilit flüsternd es ohne Ruhe in einer Hast blond und begehrlich mit weichen bartlosen Lippen und

sie sieht was ihr auserwählt wurde als ob sie nichts wahrnimmt eiskalt fühlt sie ihr Gesicht und ihren bloßen Körper den sie immer bewegte in der Sonne in den Gärten des *Vaters* leicht wie ein Azalienblatt und die Ranken ihres Haars trug wie wilden Efeu und das Moos ihrer Scham preisgab sinnenloser Natur den Körper spürt sie kalt als er vor ihr steht Adam der auserwählte mit den feuchten dringenden Augen da sagt sie Ja und geht mit ihm steif fühlend wie etwas in ihr aufsteigt an brennender Gier ihn zu verlieren wegzuschleudern besäße sie Kraft aber nichts besitzt sie als göttliche Glieder und Haar das ihr Gesicht verdeckt wenn sie im Wind geht und es kommt ein Wind auf nach ihrer Vermählung der ihr Gesicht verbirgt gnadenlos und Adam kann es nicht sehen und er sieht sie ohne Bedingung mit dringenden Augen die sie schon haßt bevor er sie einmal im Schlaf geschlossen hält denn die erste Nacht ist noch nicht geschehen noch immer gehen sie eine Wiese entlang noch immer unberührt zusammengefügt und man *sieht* das muß Glück sein und

dann hält sie der Fluß oder es hält der ihr auserwählte Adam sie auf ohne Geduld sie kennen zu wollen oder sich ohne Mut ihr das Haar zu knoten um zu sehen was ist Lilits Gesicht und wer diese göttliche Gabe Nicht mehr hört sie das Wort des *Vaters sie* sei von ihm das bessere Stück nichts hört er mehr als er sah die ihm zugedachte den Leib wie eine Frucht und es wächst seine Blöße nicht seine Seele und er legt sich auf das Moos der Braut teilt die Kissen und krümmt sich Lilit Lilit Lilit flüstert er immerfort Blaß und schmerzlich liegt sie getränkt und mit rasendem Durst Der Wind rast in den Halmen am Ufer und der *Vater* der da ist im Himmel wendet sich ab bang seiner Arbeit am vollkommenen Glück Dann ziehen sie weiter nicht wissend wohin und ohne Ruh ohne einen Punkt der Stille getrieben vom Wind gedrängt vom Geschenkten So löst auch Lilit ihr Haar an der nächsten Biegung des Flusses denn drollig und liebenswert läuft neben ihr der ihr auserwählt wurde Womöglich denkt sie werd ich ihn lieben aber was ist das wenn nicht alles für mich und für ihn So löst auch Lilit ihren Mund erwartet Adam nähme ihn lang und erhörte die Worte die Fragen *was dann* und ihren Schrei und den Schrei der ihm kommt hört nur er mit ruhlos klopfendem Herz und weiter ziehen sie taumelnd Lilit folgt sie dem Gatten schleppt sie der Mann Was sonst sollte er tun wenn sich nicht wälzen in der Schöpfung Halt ein ruft Lilit die den Weg spürt an den blutenden Sohlen halt aber was soll er denn tun wenn nicht das Lieben was ihm zugedacht ist ist nur das Komm flüstert er komm komm und der Fluß krümmt sich im Tal und wieder immerfort blinder werdend nimmt er was ihm aufgetragen wurde vom *Vater* der sich abwendet von seiner Last die seine Arbeit war und

Sie flieht was ihr auserwählt wurde schreiend und herbergslos fähig zu empfinden was der *Vater* ihr nie zugedacht hat fähig außerhalb all ihrer göttlichen Glieder das Haar herausgerissen als ob sie kein Weib sei das Blut brennend in den Wangen und Fußsohlen berührt ungeschändet trotz der Schande die sie fühlt da er sie nahm wesenlos immerfort an jedem Strauch in jedem Unterschlupf immerfort beseelt von seinem Glück was nicht ihres war und immerfort dies denkend ohne Ende und fortlaufend mit ihm die Wege die zurückführten geht sie jetzt rastlos und immerfort ohne Ruhe ohne einen Punkt an dem sie haltmacht kein Zeichen gebietet ihr Rast kein Weg ist ihr zu schroff als daß sie nicht darüber hinwegkommt Lilit mit dem kurzen ruppigen Haar eine jammernde Hündin die noch lang hört nachdem sie ihre Flucht begann von ihm Komm zurück Lilit War das Adam Was *Vater* hast du ihm gegeben was mir da du nichts vollendet hast nahmst du ihm den Verstand und pflanztest ihm Gier ein während du mich *so* machtest nahmst du ihm seine Liebe *Vater* vergib mir den Frevel an deiner Schöpfung So ruft sie ihr Gebet und der Orient glüht in dieser einbrechenden Nacht wie im Fieber Lilit flieht mit bloßen Sohlen und der Angst und dem Haß flieht in ihre Nacht die der *Vater* schuf vor ihr für die Vögel und Panther in diese Dunkelheit die nach einem Gott ruft wie der Vogel in den Zweigen des Ölbaumes Lillitt Lillitt immerfort ohne abreißen zu lassen diesen Ruf Lillitt Ja sagt sie und das Dunkel nimmt ihr den Atem Ja so werde ich fortgehen meinen Irrweg was auch wäre der rechte für mich in dieser Zeit der Schöpfung mit meiner Mission Ich Glücksbringerin schreit sie in eine Schlucht die die Nacht ist und auffängt mit kühlen Armen ihren Leib der noch lau ist von der Umkosung des Gatten lau und empfindungslos und so wieder gefangen in einem Reich das sie nicht suchte doch fand eine Rettung Hoffnung die sie auffängt aus ihrem brausenden Haß die den Haß pflegt wie einen Sohn und

da liegt sie in dem was sie gewählt hat Nicht der Garten des Paradieses schien ihr lockend nicht das Weibsein folgend dem Rhythmus des Mannes nicht der Liebreiz ihres Geschlechts Sie liegt in der Nacht viele Tage und dringt in sie und beginnt sie zu lieben gleich Garten Mann und Geschlecht und so wird Lilit schön wie sie ist herrschend über die grausigen Stimmen des Dunkels So wird sie sehend und sieht ihr Glück in den Träumen denn wenn sie lebt dann träumend Sieht Adam wie er am Fluß steht in seiner Blöße hoffend als Gatte und weinend mit quellenden Augen Wer war Lilit dies flüsternd ohne Unterlaß ohne eine Sekunde der Ruhe kniet er am Ufer und wird so erhört vom *Vater* in jenem Zeitalter der Schöpfung das seins war seine Bestimmung das abhängig von ihm auf Gedeih und Verderben begann doch wohl liebte er die ihm auserwählt wurde Lilit und er liebt sie und weiß nicht was jetzt beginnen betrogen für ewig besiegt Da gibt ihm der *Vater* den Trost ein neues Weib still und liebreich Eva ahnungslos wie ein Kind Die Tage vergehen und der Schmerz und der Fluß schwillt an schneller und schneller treibt die Strömung gurren die Strudel und nichts mehr ist Sünde vor Evas Augen die sie leicht gen Himmel richtet und nichts weiß sie mehr zu bewahren Eva in ihren Gliedern und Küssen Starr schwebt über ihnen wenn die Nacht kommt Lilit die Hassende des Orients schwebt über den Köpfen

Furcht bringend alles sehend auch dieses mögliche ihr so fremde Glück So fliegt sie girrend vor Eifer auf in ihre Schlucht schreit hast du mich vergessen mein *Vater* hast du mich vergessen Um sie herum schweigt es der Fluß wächst ohne Laut und ohne Unterlaß unerträglich bis es übertritt ins Vergessen Lilit vergißt rammt sich das Schweigen ein in den Schädel Der Schmerz läßt noch einmal aufleben was geschehen war dann kommt der Rausch bitter und dumpf in ihr wohnend wie ein Geliebter Unterdes Eva und Adam sieht sie zwei schwitzende Körper am Tag Steinelesend auf dem Feld liebend zur Nacht mit Leben beköstigt *Am Grabrand des Paradieses* ist sie Adams erste Lilit nicht glücklich sie das Weib ohne Furcht das Weib mit der Angst allein zu sein mit dem Schrecken den sie verbreitet wer sie erblickt nun war sie nicht glücklich Und es quält ihre Augen die sie gen Himmel richtet *Vater* nimm mich zu dir und herab ruft sie Adam sieh auf aus dem Dreck den du gräbst!

Herr Johannes

In Sankt Veits könnte es gewesen sein. Das Ende dieser Stadt, die nicht, wie sonst derzeit üblich, durch meuchlerische Brandstiftung in Rauch und Asche aufging, wird ein älterer Mann erzählt haben. Irgendwo an einem standhafteren Ort im mitteldeutschen Raum. Dieser Mann könnte aus Sankt Veits gekommen sein, er führte ein schmales kleines Kind bei sich. Womöglich trug er den Namen Leo. Er wurde eingelassen in eines der festen kleinen Dorfhäuschen des Vorgebirges. Er wird sich erschöpft niedergesetzt und Brot und Milch für das Kind erbeten haben und könnte später, womöglich von den neugierigen Töchtern des Hauses, genötigt worden sein zu erzählen. Vielleicht, so könnte er pfeifeschmauchend begonnen haben, vielleicht ist es eine Stadt namens Sankt Veits gewesen. Vielleicht aber komme ich auch aus einem teuflischen unbezeichenbaren Ort. Und was ich sah und erlebte, sind meine Besessenheiten, mein jahrelanger Wahn, allem hinterherzusteigen, was irgendwie Zeit machte, mein Wahn, bei Fuß zu folgen. Er könnte gelächelt haben oder selbstgläubig seine Erinnerungen bezweifelt. Gewiß schrien die Mädchen dabei auf, leise, und hatten glibbernde Augen. Sie werden aber der Erzählung gelauscht und vielleicht, ganz am Ende des Abends, ein seltsames Gelüst mit in die Küche genommen haben.

In Sankt Veits regierte Otmar II. Er war einer jener belanglosen milderen Herrscher im ersten Viertel der christlichen Zeitrechnung, die ihr Land frei hielten aller wirklichen Not und Verderbnis. Seine Abgabe- und Steuerorder, die er den Bauern und den Handwerkern auferlegte, hielt er gering. Er leistete sich dennoch ein königliches Leben, wenngleich ohne unnötige Ausschweifung, denn dies, so verkündete er, würde die Liebe trüben, die auf ihn niederkommen sollte, vom Volk und vom Herrgott, den er selig verehrte.

Otmar schien ein kluger Herrscher, und seine Frau Lucie stand ihm getreulich zur Seite. An den Sonntagen zeigten sie sich dem Volk, empfingen Sträußchen jahreszeitlicher Blumen und fuhren mit einer Kalesche an den Äckern, Feldern und Gärten des Landes vorbei. Hier nun konnte es vorkommen, begann mitunter der Argwohn des Königs aus seinem milden Wesen zu treten. Er ließ zum Beispiel vor einem am Waldrand gelegenen Feld anhalten, sprang vom Gefährt und stieß mit seiner Schuhspitze gegen einen aufragenden Stein und sagte: da! Mir, dem Lakaien, oblag es, den Bauern ausfindig zu machen, dem das Feld anvertraut war. Der Bauer mußte dann ohne Verzögerung jenen Stein vom Felde räumen, der des Königs Anstoß gewesen war, und schwören, daß man am nächsten Sonntag ein steinfreies, ordentliches, gepflügtes Feld vor sich sehen könnte. Anderenfalls würden königliche Maßnahmen erhoben. Stärker wurde ein Groll des Königs jedoch nicht. Denn im allgemeinen hielt man im Lande auf gute Ausnutzung des fruchtbaren Bodens und auf Reinlichkeit, schon weil man um des Königs sonntägliche Ausflüge wußte und seinem Regime durchaus vertraute. Es gab nämlich tatsächlich kein einziges Haus in der Stadt oder auf dem Lande, das nicht immer einen vollen Brotkorb auf dem Tisch hatte und im Topf jeden Sonntag ein Geflügel. Nun war König Otmar II. aber für einen König ein ungewöhnlich empfindlicher Mann, und seine Frau Lucie hatte so manche Nacht damit zu tun, die Stirn des Gatten von plötzlichen Schweißausbrüchen zu trocknen. Ich, der meist erst vor Morgengrauen zu Bett ging, konnte zuweilen, unbewußt geduldet, an dem Pfosten der Tür zum Schlafgemach lehnen und jene bedenklichen Szenen beobachten.

Otmar II. saß im Bett. Ein weißer Baldachin schirmte das Mondlicht ab. Der Herrscher, der sich sonst leicht und unnahbar gab, stöhnte. Lucie sagte: du bist nicht streng genug. – Willst *du* König werden? schnarrte der König zurück, und seine Stirn schien mir nächtens royaler zu sein, als die beinahe bübische am Tag. Lucie machte ihm angst.

Das hatte ich bald heraus. Lucie war es, der er nicht König genug war. Aber sie lüftete ihm wohl nur seine eigenen, immer mühsam versteckten Wünsche des wirklichen Daseins, seine von Gott gegebene Bestimmung. Dann kam der Augenblick, wo ich nichts mehr verstehen konnte. Lucie flüsterte und wisperte ihrem Gatten ins Ohr, Tropfen unscheinbaren Giftes. Aber auch ich war müde geworden von meinen Leistungen, die ich dem König täglich erbrachte, zu seiner Zufriedenheit, versteht sich. Nur einmal war ich nahe daran, hinter meinem Lauschpfosten hervorzukommen, um einem wilden Aufschrei des Königs mit Beruhigung entgegenzutreten. Aber Lucie nahm es mir ab. Sie tupfte des Königs Stirn und sagte in ständiger Wiederholung: Sie werden dir nichts tun. Sie werden dir nichts tun ... So lang, bis Otmar II. eingeschlafen war und auch meine Zeit herankam, zu Bette zu gehen.

An einem Sonntag verkündete der Herrscher von Sankt Veits wieder einmal öffentlich seine Zufriedenheit über die Bauern und Handwerker des gesamten Landes. Er rühmte ihren Fleiß und ihren Anstand und gab die Hoffnung kund, daß man es auch alles so einhalten möge, immer und ewig, für alle Zeiten. Die Menschen winkten ihrem König zu, so wie es ihnen der feste Plan des Sonntags eingab. Nur ihre Augen schienen für Augenblicke in irgendeine Höhe gerichtet, die über die Königskalesche hinaus ins Leere oder in eine verheißungsvolle Ferne ging. Dies aber konnte nur ich sehen, der auf dem hinteren Tritt des Gefährtes stand. An jenem Sonntag änderte der König seine Zeremonie. Er fuhr nicht wie sonst gütig begutachtend an den Feldern und Gärten vorbei, er stieg aus der Kalesche herab und ging auf die Menschen zu, die sich auf dem Marktplatz versammelt hatten. Ein Raunen lief durch die Menge, als der König auf eine Frau zutrat. Es war die Bäckermeisterin der Stadt. Lange hielt der König ihre Hand und zögerte, was er sagen wollte. Die Menge hielt fassungslos den Atem an. Weiter so, sprach er dann, und da der Satz gedrückt aus seiner Kehle kam, räusperte er sich und rief noch einmal: weiter so! Die Menge murmelte anerkennend, und der Bäckermeisterin überzog es das Gesicht wie mit rotem Zuckerguß. Der König schritt weiter durch die Versammelten. Hie und da schüttelte er Hände, klopfte den jungen Burschen auf die Schulter und nickte ermunternd manch bravem Bauern zu. Dann half ich ihm wieder in die Kalesche, gab dem Kutscher ein Zeichen, und wir setzten unseren Weg zurück ins Schloß fort. Lucie war es zufrieden. Offensichtlich war es ihr Wunsch gewesen, der nach dieserart Verstärkung des Verbundenseins drängte. Otmar II. versank erschöpft in den Polstern des Wagensitzes. Aber er lächelte. Er, so glaubte er bemerkt zu haben, brauchte nicht im geringsten irgendeine Unzufriedenheit zu fürchten, irgendeine Bedrohung von seiten *derer.* Was die Leute brauchten, hatten sie, und sie hatten mehr, als sie brauchten – dank seiner überaus bescheidenen Forderungen und vor allem (so bleute es ihm Lucie ein) – dank des Fleißes der Bevölkerung. Lucie saß neben ihm und verstärkte schalkhaft übermütig mit ihrem Knie die Wagenstöße: na also, Otmar, na also.

Nachts jedoch lag der König oft im Fieber, er rief im Traum wahllos sein Gefolge zusammen oder ließ mich, den Lakaien, kommen. Sag mir, Leo, fragte er mich eines Nachts, als ich ihm kühlen Fruchtsaft reichte, sag mir, was die Leute *jetzt* tun. – Sie schlafen, denke ich, gab ich zur Antwort. – Das denkst du, aber weißt du es? – Natürlich. Sie arbeiten den ganzen Tag, dann schlafen sie, was sonst? – Der König drehte sich mürrisch zur Seite. Wieder fuhrwerkte es offensichtlich in seinem Kopf herum, er spürte Aufruhr und Drohung auf sich zukommen, er gab mir seine Wahnbilder preis: starke Marktfrauen, die volle Körbe Äpfel auf ihn stülpten, Bauern, die mit Schlachtemessern kamen, Burschen, die sich anwerben ließen und gegen ihn zu Felde ziehen. Ich beruhigte den Herrscher und gab ihm meine stete Bewunderung zu verstehen, die ich, ohne Lügen, für ihn hegte.

In der folgenden Zeit verstärkte Otmar II. seine Taktik. Angefeuert durch Lucie, begab er sich auch an Wochentagen zu seinem Volk, spendete Anerkennung und forderte Fleiß und Zufriedenheit. Mißtrauisch beobachtete er jedoch jedwede Ausgelassenheit – von halbwüchsigen Mädchen etwa oder von rauflustigen Burschen. All dieses Ungezähmte würde den Frieden zerstören, belehrte er sie. Ihre Kraft müsse einzig auf die ehrbaren Bahnen der Arbeit gelenkt werden. Und wirklich, angesteckt durch die Milde des Königs, zähmte man sich bald von selbst. Der König wurde seiner Besuche nicht müde. Lucie schürte nächtens die Angst, denn sie wollte einen *König* zum Manne. Und ein Mann, dem ein Feind zustand, war ihr das Höchste. So litt sie heimlich, während sie gnädig aus der Kalesche winkte, von der das Volk keinen Moment abschweifte. Man war zufrieden und immer ein wenig müde. Das Land blühte auf – und selbst vom Nachbarreich kam man, um dieses pralle Leben zu sehen, in dem es keine Not und keine Ungerechtigkeit gab.

Bald konnte der König es wagen, seine Besuchslust etwas zu drosseln. Nur die Sonntage blieben nach wie vor dazu eingerichtet. Das Volk, das inzwischen in heimlichen Wettstreit um die persönliche Gunst des Königs getreten war, bedauerte anfangs den Rückfall in alte Zeiten, gewöhnte sich jedoch daran, denn die Arbeit bescherte neben dem Begehrten für Tisch, Haus und Garten auch zunehmende Müdigkeit. Nicht, daß diese dem König ungelegen kam! Sie förderte gleichsam die Erfüllung seines Wunsches nach Ruhe und Wohlgesonnenheit für jedermann. Er glaubte gern meiner nächtlichen Antwort: die Leute schlafen, Majestät! –

Die Fieberanfälle des Königs wurden seltener. Aber er verstärkte seine Abgesandtenschaft, die sich, unaufdringlich natürlich und gewaltlos, an seiner Statt unters Volk begab.

Auch ich wurde neben meiner Lakaientätigkeit als Beobachter eingesetzt. Jeden Mittwoch- und jeden Freitagabend hatte ich in die Stadt hinunterzugehen und durch die niedrigen Fenster der Häuser zu spähen. Meine Fähigkeit, unerkannt an Türpfosten zu lehnen, kam mir zunutzen. Ich nahm sogestalt am privaten Leben manch einer Familie teil, und, da ich nicht zur Penetranz neigte, tat ich es niemals mit Gier oder setzte etwa meine Gefühle ein. Und was ich sah und hörte, war auch nicht der Rede wert. Dem König konnte ich nur berichten, was die anderen Späher auch berichteten: sie schlafen nachts, Majestät! – Nach einiger Zeit wurden mir die abendlichen Ausflüge recht öde, denn es ereignete sich nichts in den Familien. Nach dem Abendessen, das reichlich und gut war, saß man meistens um die Lampe herum und stierte auf die Tischplatte. Die Hausfrau stickte und stopfte wohl gelegentlich, aber bald legte sie die Nadel aus den Händen und machte Anstalten, zu Bett zu gehen. Die Männer rauchten oder knackten Nüsse. Auch sie waren befallen von dieser wohligen Schwere, die von der langen Tagesarbeit herrührte. Das Vorlesen oder Erzählen von Geschichten, wie es vorzeiten üblich und angenehm war, fand nur noch selten statt. Ich stand an Pfosten und hinter Fenstern, und auch meine Knie wurden weich vor Schwäche. Manchmal, wenn in einer Familie das Licht ausgeblasen wurde, lauschte ich noch den Geräuschen, die aus den Schlafstuben drangen, aber von Tag zu Tag nahmen auch sie ab, und ich gab es auf, darauf zu warten. Es war überall gleich. Der Morgen forderte jedermann frisch. Es war keine schlimme Zeit, wie ich schon sagte, doch für mich, den Lakaien, sollte sich bald etwas ändern.

Wahrscheinlich haben die Töchter des Hauses, in das der Erzähler Einlaß gefunden hat, jetzt erst die Köpfe gehoben.

Das Kind, das die ganze Zeit über am Tisch saß, wird eingeschlafen sein. Die Hausfrau könnte in gespannter Haltung den Fortgang der Geschichte abwarten oder die vermeintliche Mär mit einer Schüssel Kartoffeln und Quark unterbrechen. Leo lehnte sich in den Baststuhl zurück, um seinen Hunger zu stillen, den trieb ihm die Flucht, den Hunger auf Quark und Kartoffeln, sagte, er sei ungewohnt, aber schmackhaft. Nach dem Essen erzählte er weiter. Vielleicht so.

Eines Tages erschien in Sankt Veits ein fremder Mann. Er muß an einer unbewachten Stelle durch die Stadtmauer in die Stadt eingedrungen sein, denn die Torwächter hatten strenge Befehle, jeden Besucher genauestens zu inspizieren. Und den Fremden hätten sie wohl länger festgehalten, als ein ehrsamer Bürger für recht empfunden hätte. Nicht, daß sich Herr Johannes äußerlich von den anderen Männern der Stadt unterschied. Zwar war er nachlässiger gekleidet, hatte einen löchernen Schlapphut und ungewohnt langes schwarzes Haar, aber aus seiner Erscheinung sprach nichts, was ihn etwa aussonderte oder sogleich als Fremden kennzeichnete. Ich sah Herrn Johannes das erste Mal, als ich an einem Freitagabend meinen üblichen Posten vor des Bäckermeisters Haus bezog. Herr Johannes kam aus der Schenke. Er hatte einen heiteren Gang, pfiff und schnurrte Lieder vor sich hin, rieb sich die Hände, wechselte mehrmals die Gehwegseiten und machte den Anschein, als hätte er soeben etwas außergewöhnlich Schönes erlebt. Ich beobachtete den Fremden mit gespannter Aufmerksamkeit. Einmal schien er mir zuzuzwinkern, obwohl er gar nicht zu mir schaute. Meine Müdigkeit war verflogen, denn seit langer Zeit sah ich in Sankt Veits wieder etwas derart Lebhaftes. Und das erste Mal nach langer Zeit spürte ich, wie mir das Blut schneller pulste, wie ich, so grundlos erschreckt, dankbar war. Ich stellte mich hinter einen kleinen, an das Bäckerhaus angebauten Holzverschlag und verfolgte jeden Schritt des Mannes. Wer war er? Wieso nannte ich ihn für mich bei einem Namen, den ich nie gekannt habe? Herr Johannes dünkte sich allein auf der nächtlichen Straße. Er schwenkte seinen Hut durch die blauschwarze Leere, sprang hin und her, als suchte er etwas Bestimmtes. Wie ein Kater schlich er unter den dunklen Fensterscheiben der Häuser entlang. Dahinter schlief alles. Ich hätte es ihm zurufen sollen. Scheinbar suchte er einen Zechkumpan für die Morgenstunden. Doch zechen tat man schon lange nicht mehr in Sankt Veits. Gern hätte ich mich Herrn Johannes angeboten, aber es stieg Beklemmung in mir hoch. Natürlich war ich, der königliche Lakai, nicht so ohne weiteres auf Abwege zu bringen, allein meine Lust, dem Fremden zu folgen, versetzte mich selbst in gelinden Schrecken.

Doch in jener Nacht schien sich zum ersten Mal der Sinn meines Postens zu erweisen. Herr Johannes kam auf das Bäckerhaus zu, es war das einzige, worin noch ein trübes Licht brannte, das muß ihn gelockt haben. Er ging an mir vorbei und hielt vor dem erleuchteten Fenster inne. Ich konnte jetzt die Umrisse des feingestalteten Gesichtes erkennen, das von dünnem Bart umsäumt war. Seine Lippen, traurig, aber mit spitzem Lächeln umgeben, bewegten sich lautlos. Immerfort starrte der Fremde zum Fenster auf. Dann war er verschwunden. Von einem Augenblick zum anderen. Ich hatte nichts gehört, keinen Schritt, kein Türklappern. Aber er schien im Hause zu sein. Aufgeregt kam ich hinter meinem Verschlag hervor und suchte vergeblich jene Stelle, durch die Herr Johannes ins Haus gegangen sein mußte. Ich hielt den Atem an. Bald verlosch das Licht im Stubenfenster des Bäckers. Leise vernahm ich, wie ein Schloß knackte und die Stimme der Bäckermeisterin flüsterte: da entlang, o mein Gott, mein Gott! – Ich folgte der Stimme um das Haus. Im Hintergebäude befand sich die Backstube. Ein kleines Petroleumlicht wurde darinnen angezündet, und an den Schatten, die sich bald darauf bewegten, erkannte ich Herrn Johannes und die Bäckermeisterin. Unauffällig schob ich mich hinter den Türpfosten und sah sogleich mitten in die Szene hinein, die sich jetzt, nicht ohne meine Verwunderung, abspielte. In großen Trögen reifte der Brotteig für den nächsten Tag. Säuerlicher Hefedunst durchdrang die Backstube. Aufgelöst in heller Erregung lief die Bäckerin zwischen den Trögen und Schüsseln. O mein Gott, mein Gott, flüsterte sie noch immer. Herr Johannes aber lehnte am Mehlzuber, lächelte ruhig und ließ die Frau in ihrer aufgesetzten Geschäftigkeit währen. Sie reichte ihm Nüsse und Rosinen, tischte ihm Streuselkuchen auf und kam nicht zur Ruhe. Mir kamen Fragen hoch hinter meinem Pfosten. Ich konnte nicht weggehen von hier, bevor ich es nicht begriff. Was tat sich in der Backstube um Mitternacht? War der Herr Johannes vielleicht ein goldzahlender Kunde, benötigte er eine Sonderration Brot für ein anrückendes feindliches Heer, war er ein Verbrecher, ein Spion auf der Suche nach Geheimrezepturen, nach Untergrabung des friedlichen Bäckerhandwerks?

All diese Gedanken gingen durch meinen Kopf, und ich merkte, daß ich mich an den königlichen Ängsten infiziert hatte. Obwohl entschlossen zum Rückzug und zur sofortigen Erstattung des Berichtes, verharrte ich doch noch einen Moment. Herr Johannes, als der die letzten Streusel verzehrt hatte, zog die Bäckersfrau an den Sauerteigtrog. Ein letztes ›O mein Gott‹ ließ die Petroleumlampe verlöschen. Die Dunkelheit kicherte und stöhnte, wurde schnell stark und gewaltig, Schreie und Seufzer, die ich nie gehört hatte, kamen süß von allen Seiten, es duftete, gärte, trieb auf. Ich konnte nichts sehen, nur riechen: aufgehender Brotteig, platzendes Blättergebäck – da puffte Mehl in mein Gesicht, stiebte hoch und vernebelte alles. Es stieß mir sauer auf, als die Geräusche ein Ende fanden. Ich rieb mir die verklebten Augen und lugte hinter dem Pfosten vor. Beide Gestalten lagen fest gegen den Teigtrog gepreßt, schwer, wie es schien, in sich. Ich hatte den Drang, das Saure aus meinem Mund zu spucken. Die Bäckerin regte sich. Es war ihr etwas Unmäßiges widerfahren, etwas, was sie – weniger noch als ich – fassen und begreifen konnte. Die Luft war mit Zucker angefüllt, süß schmeckte jeder Atemzug. Herr Johannes schob noch einmal das semmelblonde Haar der Bäckerin mit seiner Hand beiseite. Laß uns weggehen, weg von hier! Die Frau biß in die an ihr langfahrenden Finger. Weg von hier, weg von hier. – Undeutlich hörte ich Herrn Johannes' Antwort. Augen und Zunge brannten mir, dann war alles wieder still und undurchschaubar. Gleich mußte auch der Bäcker aufstehen, um das Brot zu backen. Ich verließ meine Stellung. Schweiß war durch meine Livree gedrungen. Der Morgen graute schon, als ich fröstelnd den Weg zum Schloß antrat. Herr Johannes war in der Stadt, und von diesem Tag an sehnte ich mir meine abendlichen Abordnungen herbei wie ein Festmahl nach langer Hungerszeit.

Wenn man dem Fortgang dieser Geschichte Glauben schenken sollte, müßten die Töchter des Hauses nun in die Küche geschickt werden. Denn die Vieldeutigkeit, die Leo in seine Erzählungen hineinlegte, ließ die Wangen der Mädchen bereits erglühen und die Hausherrin den Nachschlag zum Abendessen vergessen. Aber Herr Leo, Ihr bindet uns einen Bären auf! – Leo wehrte bekümmert ab: ich wollte auch nicht glauben, daß mich das Folgende gar bis hierher verschlagen sollte! Und während er wahrscheinlich gleich weiter berichtete, trank er durstig einen Becher leichten Weines.

Wie schon gesagt, unterschied sich Herrn Johannes' Erscheinung nicht sonderlich von der anderer Männer der Stadt. So war es mir lange ein Rätsel, was es dann war, daß er in jedwede Tür zu dringen vermochte, die ihm ein Mädel, noch besser: eine Frau bescherte. Ich folgte ihm durch die Stadt, doch, so mußte ich gestehen, ich fand nichts Übles an dem, was er unternahm. Ich weiß nicht, warum es mich beinahe beglückte, ihn mit der Bäckermeisterin zwischen den Teigtrögen gewähren zu lassen. Vielleicht war es jene Röte, die die Frau Bäckerin (wie damals nach der Anerkennung meines Königs) überzog, das Feuer, das durch ihre Augen ging und auch mich gleichsam mit wärmte. Obwohl ich nicht wirkliche Lust auf sie empfand, aber es war die Lust, zuzuschauen. Wie besessen war die Bäckerin von Herrn Johannes' Beglückungen. Aber es sollte nicht die einzige Frau der Stadt bleiben. Ich sah Herrn Johannes zur Michaelisnacht bei Marei, der jungvermählten Frau des Küsters. Er zog sie unter die Glocke, die schwer im Kirchturm hing, und gab ihr jene himmlischen Augenblicke, die ihr der Küster meistens versagte. Denn dieser war ein redlicher Mann, abhold jeglichen Exzessen in seinem Leben. Als Kind spielte er auf den Kirchtreppen »Himmel und Hölle«, schaffte jedoch nie den Sprung in den »Himmel« und blieb irgendwo dazwischen stehen, weinend und hosenässend, und seine Mutter holte ihn dann in die Küche, stellte ihm das geliebte Kartoffelmus hin und sagte: »Mußt blasen, Karlchen, mußt blasen, damits net heiß ist.« Und Karlchen blies den Brei mundwarm, und später schlug er die Glocke regelmäßig, aber mäßig. Die Mutter verschaffte ihm auch Marei, die er schön fand und die er zärtlich streichelte. Aber die junge Marei schlang sich nun also um den Hals des Fremden, der so unverhofft über sie gekommen war, der sie gottweißwarum erwählte. Aus heiterem Himmel, von einem Sprung zum anderen. Herr Johannes öffnete sacht die Klammer um seinen Hals, hob die Frau noch einmal bis fast unter den bronzenen Glockenkörper und versprach dann, wiederzukommen, wenn es an der Zeit sei. Und: sie sollte ihn nicht vergessen. Nein, das tat Marei nicht. Gleich der Bäckermeisterin lief sie wie verwandelt durch die Gassen der Stadt, zwar bemüht, den üblichen Gang zu bewahren – aber ich, der Lakai, sah es: sie zehrte es einzig, abermals unter die Glocke zu kommen!

Ich sah Herrn Johannes zur Johannesnacht bei Rosel, der begehrten Rittersbraut. Frei jeden Harnischs gab er ihrs eisern. Ihr Gatte, auf einem seiner Streifzüge ins Land verpflichtet, kam, wenn er kam, stets derart zerschlagen, daß er wohl ihrer Fürsorge, nicht aber ihrer Lust bedurfte. Und hatte es ihn nach Tagen aufgerichtet, zog er wieder von dannen, der überschwenglichen Minne versagend und so getreu unseres allen Banner.

Ich sah Herrn Johannes bei Katharina, der Tuchhändlerstochter; bei Sibille, der Frau des Pferdehändlers. Ich folgte Herrn Johannes zu den Bäuerinnen am Stadtrand und zu den Waschfrauen. Keine konnte sich ihm verwehren, es war, als träte der Teufel durch Ritzen und Türen, als dringe er durch Nebel und Waschlauge, aus Schweinekoben und Rübenschnitzel ... Und zur Heiligen Nacht sogar stattet er einen Besuch bei der Frau Pastorin ab, die hernach den Stern von Betlehem beschwor, geheiligt und von Wonne durchdrungen.

Am liebsten tat Herr Johannes sonntags sein Werk. Nichts bereitete ihm mehr Freude, als nach den üblichen Königsbesichtigungen den Frauen Müdigkeit und Dankbarkeit auszutreiben. Er tat es wie kein anderer. Dann aber ging Herr Johannes neue Wege. Es war nicht immer einfach für mich, seiner Spur zu folgen. Tat er doch keine Absprache mit mir, wußte er doch gar nicht um jenen Schatten, der ihm folgte! Hatte Herr Johannes ein Stadtviertel besetzt, konnte ich mit etwa zwei Wochen rechnen, ehe er in das nächste überging. Er tat es nach einem System, fand ich heraus. Bald jedoch gab es unter dem Weibervolk den ersten Zusammenstoß: Marei und Sibille ertappten einander, als sie am Brunnen nach Wasser gingen, bei einem gleichtönenden Seufzer: ach, der

Herr Johannes! – Da war es heraus. So viel Glück, das Herr Johannes der Frauenwelt von Sankt Veits bescherte, mußte an irgendeiner Stelle über die Ufer treten. Marei und Sibille, bereit, sich gegenseitig ins Brunnenloch hineinzustoßen, glühten vor Haß und Liebe. Wütend umkeiften sie einander, rissen ihre Zöpfe, blähten sich auf. Da griff ich das erste Mal ein. Ich weiß nicht, wieso ich nicht wie sonst nur meinen Posten bezog und mich ergötzte an den aufbrechenden Leidenschaften. Aber ich trat hinter dem Baum, der mich versteckte, hervor und sagte: Aber bitte! – Vor Entsetzen wich den geifernden Frauen das Blut aus dem Gesicht. Meine Erscheinung mußte sie beeindruckt haben, immerhin war ich Abgesandter des Königs und bemächtigt, sofortige Meldung zu erstatten. Das sahen sie mir an. – Wir hatten nur einen kleinen Streit, wisperte Marei. – Wegen des Wasserholens, ergänzte Sibille. – Ja, wer zuerst, wer danach ... Jaja, deswegen! – Ich war es zufrieden und forderte im Namen des Königs *Besinnung*. Sie versprachen es hoch und heilig und verließen geeinigt den Brunnen. Nun war ich Mitwisser, erkannt und gefürchtet. Das machte die Anwesenheit von Herrn Johannes zur Gefahr. Aber auch da bewies sich die alte Wahrheit: wo die Gefahr am größten ist, wird es auch die Lust an der Gefahr. Zwar habe ich das nie am eigenen Leib empfinden können, aber man ist ja belesen und beredt. Forthin sehnten sich alle Frauen, deren abhandengekommene Lust und Liebe durch Herrn Johannes wieder geweckt wurde, unmäßiger denn je nach dem Fremden. Und ich konnte es schon mit ihnen fühlen: er war von niegesehener Leidenschaft und Zärtlichkeit, daß es selbst einen Manne überrieseln konnte, wenn er die Geschehen betrachtete. Herrn Johannes' Weg führte nach oben. An einem nebligen Sonntagabend zündete er das Licht in der Stube des Ersten Königlichen Kammerdieners an, schläferte denselben mit einem Trunk ein, und offenbarte der sprachlos dasitzenden Frau seine Wohltat. Dies geschah in einem Maße, daß selbst mir, der ich nun schon viel gesehen hatte, plötzlich die hohen Schreie der Frau unangemessen erschienen; denn eigentlich hatte doch die mittlere Ebene der Dienerschaft des Königs (zu der ich auch mich zähle) gewisse Großzügigkeiten zu genießen. So auch unter anderem das Recht, gelegentlich ein fremdes Weib aufzusuchen beziehungsweise einen fremden Mann zu empfangen. Kurz, zu begehren, was das System an kleinen Unzüchtigkeiten zuließ. Bekannt war mir, daß niedere adlige Damen sowie Gefolgschaftsleute des Königs zeitweise kleine Abenteuer mit Köchen und Köchinnen, Dienern oder Lakaien pflegten, so ich mich darin auch ausnehme. Nie jedoch entbrannte zwischen ihnen jene zerstörerische Leidenschaft, die Eifer und Moral untergrub.

Die Frau des Ersten Kammerdieners schrie also, daß mir die Spucke im Mund zusammenlief. Herr Johannes, unermüdlich in seiner Aufgabe, weckte in ihr mehr und mehr Verlangen – dann, so war es seine Art, verließ er lautlos das Zimmer. Noch bevor der Kammerdiener aufwachte, machte auch ich mich fort, folgte dem magischen Zuge des Fremden.

Rund um den Königspalast drang Herr Johannes in die Zimmer und Gemächer, verführte alle habbaren Frauen (Mädchen ließ er, soweit ich sehen konnte, von sich). Sein bloßer Anblick setzte jene Frau, die ihn schon einmal erlebt hatte, in schier schrankenlose Sehnsucht. In ihrem stillen Zimmer, wenn die Gatten schliefen, ließen sie ihr Haar auf die Schultern fallen in der Hoffnung, es betöre jemanden. Aber der Jemand hatte schon seinen Namen. Beim niedrigen wie beim höheren Volk raste es in der Frauenwelt vor Lust. Erst nach und nach wurde mir bewußt, welch unerhörte Mitwisserschaft ich trug! Wie schamlos, gleichsam wie aus einem Reflex heraus, ich jeden Donnerstag- und Samstagmorgen dem König meldete: Sie schlafen nachts, Majestät! – Wie mich selbst jetzt manchmal die Sehnsucht überkam, es dem Herrn Johannes nachzutun! Das erschreckte mich. Und nicht zu Unrecht, denn: wie es kommen mußte, so kam es. Herr Johannes wurde gesehen.

Möglicherweise mußte Leo erst einmal pausieren. Seine Kehle war trockengeredet, und die Hausfrau wollte nach neuem Wein in den Keller gehen. Das Kind, das Leo mit sich führte, war wieder erwacht und spielte mit ein paar Holzscheiten. Die Töchter des Hauses könnten in der Küchentür gelauscht haben oder, überdrüssig der aufschneiderischen Erzählung, auf einen Bummel ins Dorf gegangen sein. Als der Wein gebracht wurde, sah Leo vielleicht jenes aufmunternde Lächeln im Gesicht der Frau, das ihn zum Weitererzählen nötigte.

Ostersonntagmorgen standen in aller Frühe Besucher vor dem Schloßhof Otmars II. Die Wachen, noch vertrieft vom nächtlichen Stillestehen, versuchten, wie es ihre Pflicht war, abzuweisen: der König würde doch nachmittags zu ihnen kommen, wie immer. Aber die Männer, welche beschlossen hatten, eine unerhörte Entdeckung ihrem König *unverzüglich* zu melden, stießen die Wachen beiseite und liefen über den Hof, dann die hallenden Marmortreppen zum Schloß hinauf.

Im Schloß hielten sie inne, sahen sich unsicher um und vereinbarten, jeder in eine Richtung gehend, des Königs Schlafzimmer ausfindig zu machen und dann mit einem Pfeifton die anderen zu holen. Denn noch halb im Schlafe müßte man den Herrscher zur Rede stellen oder um Rat fragen, da hat man es mit den Ausreden noch schwer. Im Schlafe ist man am besten auf frischer

Tat zu ertappen. Die Männer aus dem Volk, ich kann mir nicht erklären, woher sie die Unverschämtheit ihres Mutes aufbrachten, so *einfach* das Schloß zu betreten, machten mir angst. Waren sie nicht solcherart Auftreten entwöhnt? Hatte die milde gerechte Herrschaft Otmars II. sie nicht auch mild und gerecht werden lassen? Hinter eine griechische Säule gelehnt, verfolgte ich besorgt die Auswirkungen ihres Eindringens.

Schon gellte aus dem oberen Teil des Schlosses, aus Richtung des Schlafgemaches des Herrschers, ein durchdringendes Pfeifen. Die Männer, etwa zehn an der Zahl, eilten nach oben. Auch ich erreichte auf Hintertreppen das Gemach. Als die Männer vor dem schlafenden König standen, wichen sie nun doch Schritt für Schritt zur Tür zurück. Zu ungewohnt war der Anblick des ruhenden Herrschers, der, die Lippen halboffen, kleine paffende Schnarchtöne von sich gab. Sein Nachtgewand war über der Brust verrutscht, und das graugelbe Brusthaar krauste hervor. Nach einer Weile faßte der Bäckermeister den Entschluß. Vorsichtig trat er wieder an das Bett heran, lüftete den Baldachin und sagte mäßig laut: Guten Morgen, Majestät! – Die Majestät paffte noch einmal und bewegte im Traum erschreckt den Mund. Lautlos und trocken, als würde der König sagen wollen, was er immer sagte: Weiter so! Zum Bäcker trat der Pferdehändler: Guten Morgen, Majestät! – Da schlug Otmar II. die Augen auf, sofort hellwach: Ihr wünscht? – Dann fiel ihm ein, daß er etwa den Sonntag verschlafen hatte und daß sein Volk, gewöhnt an sein Erscheinen, nun zu ihm gekommen ist. Wie man es tut unter Freunden. Aber der Gedanke war unsinnig, besaß doch der König selbst jene unbewußte Klugheit, das Befinden des Volkes zu ahnen; so auch, daß in aller geforderten Mäßigkeit auch die Liebe zu ihm, dem Herrscher, mäßig blieb. Der Bäcker und der Pferdehändler verbeugten sich, die anderen Männer im Hintergrund taten es auch. Majestät, sprach der Bäcker mit rauher, aufgeweckter Stimme, Majestät! – Was ist denn?, nun wurde der König unwirsch. Gern hätte er jetzt Lucie, seine Gemahlin, bei sich gehabt, denn die ist morgens immer, sobald sie die Augen öffnet, schon klar bei Verstand. Aber Lucie nahm gerade ein Ölbad. – Majestät, es ist wer in der Stadt. Das sagte der Pferdehändler, und die anderen Männer murmelten zustimmend. Ich, der ich hinter dem Türflügel lehnte, spürte ein leichtes Ziehen im Magen und Säure, die mir von dort aus in die Mundhöhle stieg. Herr Johannes war entdeckt! Der König fuhr aufgebracht aus dem Bett: Wer! Wer! – Dann holten die Männer des Volkes zur Klage aus: Er war bei meiner Frau, bei meiner auch, auch bei meiner, er hat die meine (gerade erst geehelicht) in Raserei versetzt, die meine, Majestät, sprach schon im Traum von ihm, und meine (seid gewiß, sie ist die Tugend in Person) hab ich gar höchstselbst bei ihm gesehen, und meine ist heiß geworden, heiß, Majestät! – Da griff ich abermals ins Geschehen ein. Ich trat hinter der Tür hervor, den samtenen Morgenmantel in der Hand, und legte ihn dem König um. Leo! rief er, als er sich eingehüllt hatte, hast du das gehört? – Ich lausche nie, wenn Majestät sich zu unterhalten pflegen, gab ich zur Antwort, und das kodderige Gefühl in meinem Magen verstärkte sich. Schlecht, Leo, manchmal bist du richtig schlecht. –

Sehr wohl. – Ich stellte mich jetzt, für alle sichtbar, neben den Waschtisch und hörte folgsam zu. Der König lief auf und ab: Wer! Wer! – Meine Frau sagt: Johannes, ja, meine auch, auch meine sagt *Johannes* …

Ehe der König einen neuen Ton hervorbrachte, wurde abermals die Tür aufgerissen, und herein stürzten die sieben Späher, die vergangene Nacht Dienst getan hatten. Außer Atem berichteten sie, was sie gesehen hatten: da ist einer in der Stadt. – Tumult entstand vor dem Bette des Königs. Es war eine Audienz ohnegleichen. Ich hatte den Mund voller saurem Magensaft. Otmar II. rief nach Lucie. Der Baldachin wollte sich über der Schlafstätte blähen, solch eine Aufregung durchfuhr den Raum. Lucie erschien, duftend, geölt und gekämmt, hörte sich die skandalöse Nachricht an und sagte dann: Tu was dagegen, Mann! – Otmar II. besann sich. Alles, was ihm bisher als nächtliches Traumgespinst erschienen war, erwies sich als unheilvoller Vorbote der Wirklichkeit. Er wurde bedroht! Da war wer in der Stadt und bedrohte ihn! Ihn, der so milde und gerecht war. Da wurde der König plötzlich ganz weiß im Gesicht, als wäre er mit Zuckerguß überzogen. Der Raum stand still. Der König sagte nur ein Wort: *Einfangen!!* – Ich ergoß, was sich mir im Mund angesammelt hatte, in mein Taschentuch. Wieder wollte ich eingreifen, aber der Anstand verbot es mir. Auch ich war ertappt mit meinem: sie schlafen nachts, Majestät! Was hätte ich tun sollen. Die Männer aus dem Volk verließen, sich verbeugend, das königliche Schlafgemach. Der König war, wie man es immer gewußt hatte, gerecht! Einfangen! Die sieben Späher rüsteten sich unter den Angaben Otmars II. um. Als auch ich meine Livree in ein ledernes Wams vertauschen sollte, mußte ich mich, man verzeihe mir meine Schwäche, auf dem Bettvorleger des Königs übergeben. Lucie rief nach der Zofe. Die trat ins Zimmer, als ich gerade, schwarze Kreise sehend, zu Boden sank. So gelang es mir, im Schloß zu bleiben, während das Gefolge des Königs sich noch am selben Tag zur Hetzjagd begab. Die Fanfaren tönten blechern über Sankt Veits, während ich im Krankenbette lag, schweißnaß und unglücklich.

Trotz allen Trubels oder gerade deswegen erschien Otmar II. pünktlich elf Uhr sonntags auf dem Marktplatz von Sankt Veits. Lucie war im Schloß geblieben, doch ich stand, obwohl etwas angeschlagen, treu auf dem hinteren Tritt der Kalesche. Viel Volk war versammelt, aber es waren nicht wie sonst die freundlichen Aufblicke, das verbindliche Händeschütteln, die Gunstbezeigungen.

An diesem Sonntag stellte sich der König auf das Sitzpolster seines Gefährtes und sprach. Vom Vorfall, der die Stadt heimgesucht habe, von der kleinen Unpäßlichkeit in unserer Ordnung, von der Lappalie, die schon morgen wieder vergessen sein würde, von eben jenem frechen Landstreicher, der versehentlich hier eingedrungen sei. – Männer!! rief der König und unterdrückte somit das böse Gemurmel einiger Frauen. Männer! Das lösen wir. Ich selbst werde dabeisein. – Da sprang ich von der Kalesche ab. Irgend etwas zog mich von hier weg. War es mein Widerwillen gegen ekles Schauspiel oder nur meine Angst, doch noch vom König für die Jagd geworben zu werden, jetzt, da er sich entschlossen selbst daran beteiligen will. Ich mußte zurück zum Schloß. Unbemerkt schlich ich mich vom Marktplatz, noch nie solch einem Selbstbefehl unterworfen. Die Fanfaren schmetterten zum Beginn der Hetzjagd. Und als ich, vor allen geflohen, im Schloß die Treppen zur oberen Galerie hocheilte, sah ich etwas, das mich entsetzt gegen die nächststehende Säule warf.

Hier könnte Leo abermals seine Erzählung unterbrochen haben, mit jenem feinen Grinsen um den Mund, dessen er sich nicht mehr erwehren konnte. Die Hausherrin, welche selbst dem Weine tüchtig ergeben gewesen war, strahlte Wärme aus und wurde mehr und mehr begierig. So, als schmachte sie nach Süßem. Aber Leo wird nur seine Pfeife neu stopfen, die Wirtin um ein Lager für das Kind bitten müssen, ehe er weiterberichten könne. Vielleicht hat es die Wirtin unverzüglich bereitet, vielleicht aber hat sie auch scheel den Kopf nach dem Gast gewandt und ihre Arbeit darüber vergessen. Und vielleicht ging erst sehr viel später die Geschichte so weiter.

Die Tür zum königlichen Badezimmer stand sperrangelweit offen. Die Königin, welche einer leidenschaftlichen Liebe zum Bade frönte und es auch mehrmals täglich genoß, hielt (wohl ihrer Leidenschaft wegen) doch stets die Tür fest verriegelt. So war es mir eine Pflicht, zu stocken und mich, wie es meine Art war, ungesehen hinter den Wasserkessel zu drücken. Das, was sich mir an jenem Ostersonntag hier bot, übertraf meine Erwartungen der vergangenen Wochen und Monate. Im Wasser der gewaltigen hellbraun schraffierten Badewanne aus kostbarem ungarischem Marmor lag die Königin. Durch das von Ölen und Essenzen getrübte Wasser konnte ich umrißhaft ihren nackten, etwas welken Leib erkennen, den sie auf und nieder schweben ließ. Ihr Haar war gelöst, korallenrot und lang. Es fiel ihr ins Gesicht, lachend wischte sie es mit einer herrischen Geste ab, ließ Wellen schwappen. An der anderen Seite des Beckens tauchte Herr Johannes. Prustend hob er gerade die Herrscherin auf einer Woge bis über den Beckenrand hinaus. Das Badewasser spritzte so, daß selbst ich hinter dem Kessel einen duftenden Teil desselben abbekam. Die Königin stieß einen euphorischen Schrei aus und sank wieder tief auf den marmornen Boden. Ich hörte Herrn Johannes lachen, seine schwarzbehaarte gutgebaute Brust war abermals über Wasser, der Auftrieb machte ihn zu einem Fisch, zum Aal, zum Hai, er sprang auf Lucie zu, gewaltiges Glück bringend und seufzend gurgelte er in der Badewanne. Rastlos tat es der Fremde. Rastlos genoß es die Königin. Schon stand der Schaum fußhoch über dem Beckenrand und bedeckte das ausgelassene Spiel. Mir lief der Speichel. Gern hätte ich mehr gesehen, aber es spritzte und schäumte bald derart, daß nur noch Seifenflocken vor meinen Augen tanzten. Weiter so! kam mir da in den Sinn, weiter so, Lucie! Weiter so, Johannes! Und ich mußte beginnen, prustend zu lachen. Mein Speichel und die Seifenflocken flogen wie Seifenblasen auf. Es war nichts dagegen zu tun: ich lachte und lachte, während Herr Johannes hastig dem Becken entstieg, naß und mit noch arbeitswütigem Werkzeug in Hemd und Hose schlüpfte und – da standen auch schon die Leute des Königs in der Tür.

Ich mußte es geahnt haben, doch mein Lachen war zu spät gekommen. Es gab ein Geschrei, daß man glaubte, die Marmorfliesen müßten zerspringen. Herr Johannes schlug um sich. Lucie gellte: er hat mich hineingerissen! er hat es gegen meinen Willen getan! – Sie jammerte und vergrub sich im Schaum der Wanne. Herr Johannes wurde gefangengenommen. Die Häscher des Königs banden ihm die Hände und führten ihn ab. Als Otmar II. erschien, war Lucie frisch gebadet und duftete, als wäre sie leibhaftig auferstanden aus einem Rosenbeet, beölt mit Moschus und Mandelblüten.

Die Vertreibung des Herrn Johannes aus Sankt Veits erfolgte schon am Ostermontag. Der Marktplatz, über den er geführt wurde, stand voll von Weibern. Seit Jahren war es die erste Strafprozession. Ich war einer derjenigen, die in Abstand den Männern folgen mußten, die ihn in Stricken hielten. Von hinten nur konnte ich den Gang des Fremden, meines teuergewordenen Freundes erkennen, wie er stolz und unzerbrechlich wirkte. So, wie ich mich manchmal in meinem Leben wünschte. Als er den Marktplatz betrat, heulten ihm die Weiber entgegen. *Johannes! Johannes! Mein Johannes!* Aber er schien es nicht zu hören. Oder es war mir, als würde sein Schlapphut irgendwie lächeln, als wären die Löcher darin jene listig zusammengekniffenen Augen des Mannes, dem ich monatelang gefolgt war und der sein aufrührerisches Werk tat, ohne von mir verraten worden zu sein. So lächelnd also lief Herr Johannes durch das Weibervolk. Er tat es langsam und bedacht, nur einmal (ich glaube, es muß vor der kleinen Marei gewesen sein) rutschte er wie über einen Kiesel. Er fing sich aber sofort wieder und nahm Abschied. Still und voller Liebe gewiß für jede dieser Frauen. Macht ihm die Stricke los! Diesen Ruf konnte ich noch hören, bevor der Zug zum Stadttor abbog und Herr Johannes Sankt Veits verließ. Auf Nimmerwiedersehen. Und das Heulen der Frauen lief über die Stadt, eine Pest. Und die Männer, welche erst später von der Austreibung erfuhren, stopften ihren Weibern die Münder und wollten sie anhalten zu frohlokken. Und sie selbst taten es laut und ungezähmt. Und da wußte ich, daß Herr Johannes für immer in der Stadt blieb.

Vielleicht schlief das Kind schon an dieser Stelle. Vielleicht waren die Mädchen wieder in die Stube getreten und versuchten, den Anschluß an die Geschichte zu bekommen. Vielleicht aber war auch alles ganz anders, und Leo flüsterte allein der Hausherrin ins Ohr. Und allein die Hausherrin würde wissen, wie es weiterging.

Was geschah nun im Schlosse Otmars? Natürlich zog mich mein Herrscher nach dem Vorfall im Bade sofort ins Gebet. Er hätte den Eindruck, ich würde in meinem Amt nicht die nötige Haltung zutage legen. – Wie das? – Nun sag mir, Leo, wie kommt es, daß sich deine Aussagen von denen der anderen Dienerschaft unterscheiden? – Ich spreche nur für mich, und was ich sehe, ist nicht das der anderen. – Otmar II. winkte mürrisch ab. Lange Dispute ohne ausreichende Vorbereitung waren nicht seine Stärke. Auch saß ihm das Entsetzen über das unzüchtige Ereignis noch in den Knochen. Er war fahlgrau im Gesicht und bekam einen Unterlippenreflex. Mit einer milden Ermahnung hieß er mich, weiter Dienst zu tun, jedoch nicht mehr außerhalb des Schlosses. Ich strich erleichtert meine Livree glatt und verließ mit einer Verbeugung den Saal des Königs.

Noch in der selben Nacht wachte ich durch einen seltsamen Drang auf und saß im Bette. Ich glaubte, unbedingt hinaus in die Stadt zu müssen. Es war eine naßkalte Nacht, aber das konnte mich nicht abhalten, irgend etwas rief mich, mein alter Posten oder war es gar der Ausgetriebene selbst, das Gespenst, das sich in mir breitgemacht hatte – halb von Furcht verdrängt, halb – ersehnt? Ich zog mich an, hüllte mich in meinen Mantel und wartete, bis die Wachen draußen vorbeigegangen waren. Dann lief ich in die Nacht hinaus, nicht wissend, warum, nicht, wohin. Ich ging durch den Schloßpark. Der Niesel drang bis auf meine Haut. Ich fror und setzte mich in Trab, wohin wohin. Die Stadt lag dunkel. Es mußte mich irgend etwas rufen. Wohin. Ganz außer Atem befand ich mich plötzlich, ohne daß ich es direkt angestrebt hatte, auf einer meiner gewohnten Straßen wieder. Die Bäckermeisterin und Marei, Sibille und Katharina, die Pfarrfrau und … Erregt lief ich an den Häusermauern entlang, in keiner Sekunde dachte ich zurück ins Schloß.

Ich, der Lakai, begab mich auf verbotenen Dienst. Es war in mir der Drang, wieder in die Fenster zu spähen, so wie in Herrn Johannes' Zeiten. Ich konnte nichts tun dagegen. Es zog mich hierhin, orderlos, nur um zu sehen, was angerichtet war.

Die Stuben der Familien waren wie immer nur mit einer Funzel beleuchtet. Es war mir ein leichtes, dahineinzudringen, mich hinter einen Pfosten oder den Kleiderschrank zu stellen. Ich wollte sehen und erleben, und was ich sah, konnte ich so recht nicht fassen. Die kleine Marei stand vor ihrem Manne und sagte: *Komm.* Der Küster, noch heiser geschrien von der vergangenen Hetzjagd auf den Verführer, schaute müde zu ihr hoch: Was, heut noch? – Heut noch, *komm*! – Marei stand und forderte und wollte, und der Mann erhob sich schwer und tat seine Pflicht, um sie nicht zu kränken. Denn schließlich sind sie ja wieder vereint und erlöst. Es kann ja wieder so weitergehen. Es kommt nichts mehr dazwischen, nichts mehr dazu. Wie dumpf es der Mann tat! Wie er die kleine Marei dabei vergaß. Wie schnell, fühllos und gewöhnlich diese Szene war. Kaum, daß ich es mit ansehen konnte. Marei erhob sich, und später, Tage später, als die Glocke geschlagen hatte und als der Mann sagte: *Komm!* hieß es bei Marei: *Nein.* – Selbiges bei Sibille. (Lieber mit dem Pferd als mit dir, Mann.) Auch bei Katharina, die dem Angetrauten bald nicht mehr den Rock öffnen wollte. Und so ähnlich auch bei der Bäckermeisterin. Zwischen den Bäckertrögen stehend, buk sie eine auftreibende Sehnsucht mit ins Brot, und der Bäcker selbst hatte, wenn der Teig hochkam, nichts übrig dafür. Ich hörte und sah zu. Unzufriedenheit breitete sich im Volke aus. Anfangs wollten die Männer den gewöhnlichen Rhythmus in ihre Frauen wieder einbringen, zwischen Glockenbaumel und Stallgeruch, wöchentlich, sonntäglich, die Stunde vorm Schlafengehen. Die Befriedigung ihrer kleinen natürlichen Lüste, die sie sonst verrichten wie die tägliche Arbeit, die notgedrungen sein mußte (denn noch immer galt das Ehegesetz, und der König hielt daran ausdrücklich fest), wurde ihnen bald nicht mehr von den Frauen gestattet. Was war los mit den Weibern?

Grillig waren sie des Abends in den Stuben, liefen hin und her, statt sich zur Ruhe zu setzen. Manchmal weinte eine von ihnen, manchmal zerschlug Sibille in der Küche Geschirr. An einem Sonntag, als der König gerade wieder auf den Marktplatz fuhr, um sein, wie es ihm dünkte, wegen der Witterung spärlich erschienenes Volk zu begrüßen, um ihm die Hände zu reichen, schlug die kleine Marei wie wild die Kirchturmglocke. Sie riß den Strick herunter und ließ sich mit hochreißen, der Schwengel drosch gegen die Bronze, die Glocke klang gewaltig über der Stadt, tönte voll bim-bam. Was ist da los, fragte der König anbedacht des Lärms. Und ich, der Lakai, der hinten auf der Kalesche stand, sagte: Man heißt Euch willkommen, Majestät. Bim-bam brüllte die Glocke, bim-bam! Mißtrauisch ließ der König die Kutsche weiterrollen. Und die kleine Marei fuhr im Glokkenturm auf und ab wie eine Hexe im hohlen Baum. Ich ahnte, was das bedeuten sollte. Es war der offene Angriff. Schneller als sonst fuhren wir ins Schloß zurück. Während Otmar blaß im Polster saß, drängte es neben ihm seiner Frau Lucie Blutröte ins Gesicht. Na also, flüsterte sie, na also!

Am Nachmittag setzte Otmar II. kurzfristig Berichterstattung fest. Noch immer brannte er auf die Nachricht, die die Späher aus der Stadt brachten. Aber auch sie sahen, mir gleich, der ich verbotenen Dienst tat, was in Sankt Veits los war. Wie war ich froh, daß ich nichts berichten mußte, denn das, was die anderen über ihre Lippen brachten, wäre mir kaum mehr gelungen. *Sie schlafen nachts, Majestät.* Ja, sie schlafen. Nichts Auffälliges. Kein Fremder zu sehen. Die Wachen an der Stadtmauer verstärkt. Keine Sorge, Majestät. Sie schlafen. Wie immer. Wir tun unseren Dienst. Es geht ihnen gut. Wie immer. Sie haben alles. Sie haben den Fremden vergessen. Lappalie, natürlich. Wie immer. Alles. Alles, Majestät.

Erschöpft fiel König Otmar II. in Schlaf. Die Berichte seiner Leute besänftigten ihn kurze Zeit, bis er wieder aus seinem Schlaf hochfuhr, gepeinigt von Ungewißheit.

Wenn er schlief, kam aus dem Badezimmer die Königin mit feuchtem Haar. Aber ihr Mann bemerkte sie nicht. Und während das Rosenöl auf ihrer Haut verdunstete, da sagte sie: *Du Verfluchter!*

Die Nächte in Sankt Veits wurden lauter. Die Späher des Königs mußten sich in den Straßengräben verdrükken, um nicht entdeckt zu werden. Sie begegneten sich dort mitunter, flüchtig wie Ratten, und tranken Schnaps, beratschlagten, was zu tun sei. Meldung abgeben, wie immer, es wird sich beruhigen, die Weiber sind verhext. Sie setzten die Flaschen an und tranken, bis sie den Mut hatten, ins Schloß zurückzugehen. Sie wankten durch helle Straßen. Die Weiber stellten Kerzen auf, überall. *Los komm!* konnte ich in den guten Stuben hören, und die Männer, erschlafft und mutlos, kamen mit vorgeschriebenem Maß oder hießen die Frau Wasser tragen, daß ihr Blut sich abkühle, oder schlossen sich ins Zimmer ein oder versuchten Teller und Tassen zu retten. *Los komm!!* Und wenn sie endlich auf ihren Frauen lagen, kam ihnen von unten ins Ohr: Du bist es nicht nein du bist es nicht nein du bist es nicht ... Da gingen sie entsetzt auseinander und fragten *aber* und *warum*. Und die Weiber kirrten oder schnürten sich zu oder rasten mit vollem Haar durch die Stadt.

Bald stellten sich die ersten Mängel an Gütern ein. Die Männer kamen mißmutig zur Arbeit, hingen irgendwelchen Gedanken nach. Manch einer schlug sich in einem Anfall von Wut und Ratlosigkeit den Hammer auf den Daumen, einer verglühte sich am heißen Hufeisen, ein anderer stürzte die Kirchentreppe herunter, Stufe für Stufe, beinahe bis in den Himmel hinein. Es gab Männer, die wußten nicht mehr, welches Handwerk sie betrieben. Keine Gesellen boten sich an, es zu erlernen. Manchmal gab es tagelang kein Brot zu kaufen, ein andermal fehlte es an Tuch. An einem Sonntag schlug die

Glocke drei Viertel vor zehn anstatt zur vollen Stunde, kurz darauf erkrankte der Küster an einem Knochenleiden. Die Bewohner des Königreiches Otmars II. waren matt. Kaum, daß einer noch mit zur Kalesche erhobener Hand auf dem Markt erschien. Zwar kam man wie jeden Sonntag, aber mehr der eingespielten Pflicht gehorchend als dem Wunsch, von hoher Stelle aus gerühmt zu werden. Die Frauen stellten sich in Grüppchen und raunten allerhand dumpfes Zeug. Selbst in Frauen, die Herrn Johannes nie kennengelernt hatten, wuchs jene Gestalt, die sie glühend machte. Der Name *Herr Johannes* lief, ein Feuerball, durch die Stadt. Die Weiber forderten, die Weiber riefen, die Weiber jubelten, wenn sie sich ihn nur vorstellten. Maßlos war alles geworden, maßlos die Lust, aber maßlos auch bald die Armut des Volkes. Schon meldeten die Späher erste Bedenken beim König an. Und diesem zuckte die Unterlippe, als würden tausend Blitze hineinfahren. Er schlotterte und wachte jede Nacht mehrmals auf. Dann versuchte ich, ihm kühlen Traubensaft zu reichen, aber er verschluckte sich beim Trinken und mußte husten. Leo, sag mir, was tun die Leute heute nacht? – Keiner weiß es, Majestät. – Leo, sie werden mich umbringen. – Ihr habt keine Schuld an ihrem Verhalten. – Wirklich, Leo? Sie sind wie Tiere! – Wenn ich es sagte! – Und ich sagte es nächtlich, bis der König wieder in seine Kissen zurückfiel. Nachts erschien auch Lucie. Meistens badete sie viele Stunden lang, ich hörte sie traurige Lieder im Badewasser singen, einsam wie eine Nixe. Ihre Haut wurde weich und sog sich voll. Duftend und unmutig streifte sie, wenn alles schlief, leicht bekleidet durch das leere Schloß. Ich sah ihr lange dabei zu, und einmal wäre es fast geschehen, daß ich sie in ihrem Gang angehalten hätte, um sie zu beruhigen. Aber ich schluckte nur und wagte es nicht.

Ich und die übrige Dienerschaft hatten Tag und Nacht zu tun, den König aufrechtzuerhalten. Oft drohte er, auf der Stelle umzufallen. Krähte ein Rabe vor seinem Fenster, glaubte er, der fremde Wüstling wäre auf einem Rachezug in seinem Schloß. Fiel ein Stuhl beim Saubermachen um, hielt er das für ein Zeichen kommenden Verfalls. Mir schenkte der Herrscher hauptsächlich sein Vertrauen. Er wußte meine Ruhe und Klarsicht zu schätzen und war dumm genug, nicht hinter mein Gesicht zu sehen. In meiner Gegenwart war er meistens ruhig und entschlossen. Eines Tages sprach ich es dann zum erstenmal aus: Holt Herrn Johannes wieder zurück in die Stadt, Majestät. – Die Majestät zuckte entgeistert, wand sich, stöhnte und gab schließlich zu: Recht hast du, Leo, aber es ist der Teufel! – Daß er mir recht gab, schmeichelte mir und hob meinen Mut, ihn weiter zu bedrängen: Wir sind verloren, wenn er nicht in der Stadt ist. Man wird das Schloß anzünden! – Jajajaja, mein Gott, jammerte der König und versuchte, bevor er meiner klugen Bitte Erfüllung gab, einen letzten eigenen Schritt.

Ich hörte es durch den Kamin. Er war bei Lucie. Fand sie frischgebadet vor und riß sich selbst den Mantel vorne auf. Offenbar hatte der König zuvor einen Wermuttrank genommen, denn seine Bereitschaft gab sich so schnell zu erkennen, wie ich es selbst bei Johannes nicht so oft gesehen hatte. Auch Lucie war etwas verwundert und glaubte wohl an einen Zauber. Otmar gab sich ganz wild nach ihr. Mit unköniglicher Härte wollte er nun seine Herrschaft spüren lassen, so wie es Lucie immer gewollt hätte, den absoluten Monarchen, den Löwen auf dem Thron. Lucie nahm ihn auf, aber blieb kalt. Der König schnaufte in ihr rosenölduftendes Haar, hob sich auf und ab, rasend wie der Schwengel im Glockenkörper, nur tönte die Lucie nicht mehr. Sie blieb still, wehrte den Maßlosen ab. Was er ihr eingab (einen Prinzen vielleicht), wusch sie in der braunmarmorierten Wanne heraus. Der König war außer sich gewesen und stand nun geschlagen. *Du bist es nicht nein du bist es nicht.* Im Badezimmer schäumte die Seife. Mir lief, als ich meinen König so liebestoll erlebt hatte, der Mund über. Aber es war zu Ende mit ihm. Er hatte seine eigenen Gesetze übertreten. Und wieder erinnerte ich: Holt ihn zurück, Majestät!

So könnte Leo abermals geendet haben, daß der Hausherrin ein Lachen ankam, so daß sie die Bluse vorn zuhalten mußte, da die Knöpfe absprangen. Es könnte aber auch der Herr Leo gewesen sein, der (falls die Mädchen sich weiterhin in der Küche aufhielten) sich daran festhielt. Und da die Frau wissen wollte, was weiter geschah, gab er es ihr auf verständliche Weise kund, etwa so.

Ich war der erste, der ihn wiedersah. Er lief plötzlich vor mir, groß und schön, mit seinem Schlapphut voller Augenlöcher. Er trug sein Haar etwas länger, das die Frauen wild machen mußte. Ruhigen Schrittes ging er langsam die Straßen entlang, den Kopf gesenkt. Wieder folgte ich ihm und spürte, wie mir die Angst und die Freude wie ein Balken unterm Halse saß. Es war leibhaftig der Herr Johannes! Sankt Veits würde gerettet sein. Die Frauen und Mädchen wären wieder glücklich. Es würde im Gesetz stehen: Rettet den König! Liebet euch, spürt euch, treibt es! – Unmäßig verrückt würde das Leben werden, gestattet das Maßlose! Herr Johannes lief, und es zog mich hinter ihm her. Dann sahen ihn die ersten Frauen. Jubel brach durch die Straßen. Von den Fenstern aus riefen sie ihm zu: Johannes! Johannes! Er ist zurückgekommen! Aber Johannes ging an ihnen vorbei, ging unterm Blumenregen hindurch, schob seinen

Hut ins Gesicht. Berge von Blüten fielen auf ihn. Mädchen zerrten ihn am Mantel. Ich war glücklich. Das Weibervolk jubelte. Es würde alles wieder gut werden. Ein wohlanständiges gutes Land. Man mußte ihnen nun alles erlauben. Die Männer würden wieder gefahrlose Frauen haben und die Frauen ihre Freude. Ein Segen war er, dieser Herr Johannes. Da kam der König selbst auf ihn zu. Mit süßsaurer Rührung begrüßte er den verhaßten Mann in seinem Land und überreichte ihm die Urkunde auf Wohnrecht und einen Gewerbeschein. Schweigend nahm es Johannes entgegen, schweigend wollte er seinen Gang fortsetzen.

Marei stand vor ihm und sperrte den Weg. *Komm!* sagte sie, und ihre Augen strahlten derart vor Freude und Erwartung, daß mir die Zunge schon wieder unter Wasser stand.

Johannes ließ sich mit ins Haus ziehen. Irgend jemand schlug die Glocke Triumph. Wir könnens jetzt tun, es ist nix mehr dran, Johannes. –

Marei war rot und voll und zog den Geliebten zu sich. Aber da sagte der Herr Johannes: Ich kann nicht. Sagte es und ließ die kleine Marei sitzen und ließ das Haus hinter sich.

Auch der Duft der Backstube schien ihn abzustoßen. Die Bäckerin wartete zwischen reifen Broten und Blechen süßen Streuselkuchens. Sie lockte Herrn Johannes mit ihrem begehrlichen roten Öfchen, allein: er wollte nichts mehr hineinschieben. Als die Bäckerin wütend den Teig klatschte, hieß Sibille bereits ihr bestes Pferd nach dem Wiedergekehrten treten. Herr Johannes wich dem Hufschlag aus und den Frauen der Stadt. Er fühlte sich fremd. Er hatte hier nichts mehr zu tun. Erschöpft sah ich ihn in einem Straßengraben hocken. Seine schönen braunen Augen waren umrändert, die Kraft, welche in den Frauen solch ein Entzücken ausgelöst hatte, schien dahin. Was war es nur, was ihn so plötzlich zu dieser unheilvollen Entsagung trieb?

Wieder verlangte der König täglich Meldung von uns: Sie sind es jetzt zufrieden, Majestät. Sie gehen wieder zur Arbeit. Sie wissen, was sie tun. Der Weizen ist bereits geerntet. Sie schlafen nachts, Majestät! Es ist alles in Ordnung. Alles. – So sagten sie es. Nur ich schwieg, denn seit Herr Johannes wieder in der Stadt war, ging in mir eine Veränderung vor. Herr Johannes entzog sich meinen Blicken. War ich hinter einen Türpfosten getreten, verließ Herr Johannes gerade das Haus. Folgte ich ihm auf dem Wege, bog er in eine Gasse ab und ließ mich weit hinter sich. Ich verlor meine Fähigkeiten langsam.

Dunkel huschten die Frauen über die Straßen von Sankt Veits. Kein noch so flehentlicher Blick traf den Fremden, keine Tränen rührten ihn, kein gewaltloser Zorn, kein gewaltsames Zerren. Er war der unglücklichste Mensch, den ich je gesehen habe. Er wollte vertrieben sein. Seine Sehnsucht waren nicht diese Weiber, das begriff ich jetzt. Es war zu spät. Herr Johannes hatte nichts mehr zu holen. Die Stadt kochte und brodelte und gebar nichts als Unmut und Unlust. Die Weiber waren von krankhafter Gier angesteckt, aber gleichsam ungefährlich für ihre eigenen Männer. Der Erreger übertrug sich nicht. Die Frauen verweigerten sich forthin, hingen ihrem Erlöser nach, der keine Erlösung bringen wollte. Ihre Wildheit tötete. Herr Johannes konnte nichts tun. Er litt unter seinem erneuten Aufenthalt in der Stadt und in der Einsicht: Die Frauen haben mich nicht geliebt. Ich, der königliche Lakai, verlor ihn aus den Augen.

An einem Sonntagmorgen sah ich vor dem Eingang zum Schloßpark seinen Hut liegen, löchrig und verschmutzt. Der Besitzer verschwunden. Da wußte ich, daß auch ich nicht mehr bleiben konnte. Ich nahm den Hut auf und verließ das Schloß, in dem ich dreißig Jahre meines Lebens gedient hatte. Wohin ich ging, konnte ich mir nicht sagen. Wem zu folgen war, trug mir keiner zu. Um mich herum brütete die Luft. Es war still in Sankt Veits. Keine Glocke schlug. Alles Lebende, Wachsende wurde schliefig und dumpf. Ein Mann lag am Wegrand und schien zu schlafen. Herr Johannes war es nicht. Es war ein alter, untätiger Mann, einer, der ein Recht auf Schlaf hatte. Ich mußte weg, schnell, bevor auch mir die Augen zufielen. Plötzlich lief jemand vor mir. Es mußte eine Frau sein. Ein Duft ging von ihr aus, nach trockenen Blumen oder Anis. Jedenfalls lief sie vor mir her, getrieben wie ich von einer unbekannten Furcht und Unrast. Besessen wie alle Frauen der Stadt. Lange gingen wir so hintereinander, bis sie ans Stadttor gelangte.

Die Wachen davor waren eingeschlafen. Das wunderte mich. Auch stand das Tor spaltbreit offen. Die Frau vor mir hielt inne. Heftig atmend, streifte sie ihr Kopftuch ab und lehnte sich an das Tor, das aus Sankt Veits herausführte. Es war Lucie, die Königin. Blaß ihr Gesicht, und die herrischen Züge verschwammen im aufkommenden Nebel. Einen kurzen Moment lang hatte ich den Verdacht, sie würde die Stadt verlassen, durch das Tor treten, klammheimlich diesem Ort entfliehen, der ihr keine Macht erlaubte. Da spürte ich es das erste Mal an mir selbst. Der heftige Drang überkam mich, sie zu retten. Ich sah es: Die Stadtwachen schliefen nicht, sie waren leblos. Ich hörte es; ein Weib stürzte sich vom Kirchturm ... Ich roch es: Dort brannte ein Fuder Korn vor der Mühle ... Es war nichts mehr, wohinter ich mich hätte verkriechen können. Überall konnte ich gesehen werden. Der Nebel gab frei, was mich bisher gedeckt hatte. Ich trat auf Lucie zu, nahm sie an mich. Der

Schlag, den ich erwartet hatte, blieb aus. Leo, flüsterte die Königin in mein Ohr, wir müssen fort hier. *Es stirbt sich bereits.* Das tut es, stieß ich erregt hervor, und meine Hände griffen schon unter Lucies Gewand, fuhren auf ihrer sauberen Haut entlang über Brüste und zarte Gelände. Leo, rief sie, und ihr Atem ging in meinen über, Leo, warum schläfst du nicht wie alle, wie alle. Da trieb ich mich lachend in die Königin und fühlte unsagbare Wonne, oder war es derselbe Ekel, den ich immer beim *Anblick* jenes Geschäftes empfand: Ausbruch erzeugen? Nichts mehr konnte ich unterscheiden, und das Stadttor knarrte in unserer Bewegung. Ich tat es das erste Mal wirklich, gab Lust ein und ließ mich empfangen. Ich hatte meine alte Stellung verlassen. Die Königin sank zu Boden, leblos wie befriedigt. Ich ließ sie so liegen, knöpfte meine Livree zu und ging durch das Tor hinaus …

Geradewegs zu mir, könnte die Hausherrin ergänzt haben, unterschwellig stolz oder auch unsicher geworden. Aber Leo müßte anderes berichten, denn als er ankam in jenem freundlichen Haus, war er ein Bettler, ausgezehrt von Hunger und Flucht, und das Kind, das er mit sich führte, wollte sich immer erinnern, wo es gefunden wurde, wo an ihn genommen. Vielleicht brachte Leo seine Geschichte so zu Ende.

Nie hatte ich mich außerhalb von Sankt Veits bewegt. Ich sah brachliegendes Land, Wälder und Gebirge von großer Schönheit. Viele Tage irrte ich umher, ernährte mich von Pilzen und Beeren. Ich wollte in ein anderes Reich, in eine andere Stadt, in der in normalem Tagesablauf Menschen lebten. Ich konnte keine andere Stadt finden. Ich hatte die Orientierung verloren, oder die Erde lief seitwärts von mir weg, warf mich in immer eine

Richtung. Überall Land, nirgendwo eine Behausung von Menschen. Halb krank, trat ich schließlich an einem milden Herbsttag auf eine Mauer zu, die eine Stadt umschlossen hielt. Ich lief um sie herum. Das Stadttor jedoch konnte ich nicht entdecken. Mühsam, mit letzter Kraft, zog ich mich an der Mauer hoch, um von dort aus (selbst die Gefahr einer Gefangenschaft auf mich nehmend) in die Stadt zu gelangen. Menschen wollte ich sehen. Es mußte doch jemand geben, bei dem ich mein Amt erneut antreten konnte. Es war doch nicht alles geträumt, ich hatte doch schon einmal gelebt, ich kann doch nicht der letzte sein – ich, ein einfacher Diener! Irgend jemand mußte doch zu erwecken sein. Ich, ein Vertriebener, wollte weiterleben, wollte zurück in meinen Ort. Nie dürstete mich mehr nach etwas Lebendem als an diesem Tag. Ich saß auf dem Mauervorsprung und hatte einen Überblick über die von mir gefundene Stadt. Aber was ich sah, brach mir das Herz: Es war meine eigene Stadt, Sankt Veits, die Stadt Otmars II., die Stätte meiner Tätigkeit und meiner Liebe. Von außen hatte ich sie nicht wiedererkannt. Aber was war geschehen? Sie war leer, ausgeraubt. Kein lebendiges Wesen schien vorhanden zu sein. Unverschnitten trugen die Bäume immer mehr und immer kleiner werdende Äpfel, Getreide war umgetreten oder vom Wind gelegt, Häuser verfallen und verschmutzt. Ich kann es keinem beschreiben, wie unsagbar traurig ich geworden bin, als ich dies einst so wohlständige Land sah. Und ich war noch immer allein, allein, allein. Besser wäre es wohl gewesen, ich wäre geblieben, um mit den anderen ins Vergessen zu gehen. Besser wäre es gewesen, mein letzter Schritt aus der Stadt wäre nicht mit Unzucht vor sich gegangen, denn schließlich hat Gott auch eine Bestimmung, und die Strafe des *Jetztlebens* war eine gerechte. Mein Mund war trocken und pelzig. Durst überkam mich, Hunger,

Lust, Müdigkeit. Ich sprang von der Mauer in jenen Rest meiner Stadt. Weit mochte ich nicht laufen. Womöglich würde auch mich noch ein Keim dieses unglückseligen Verfalls treffen. So schlich ich mich an der Mauer entlang, bis ich an den Brunnen kam.

Vor dem Brunnen sah ich einen Knaben. Er war höchstens drei Jahre alt und spielte mit Steinen und Kirschkernen. Wo ist deine Mutter? fragte ich ihn. Und da der Knabe nichts sprach und er womöglich vergessen wurde in der Stadt oder verschont vom Untergang, nahm ich ihn einfach mit mir mit. Ich trug ihn an mich gepreßt und spürte, wie ein Duft von Rosen und Lavendel von ihm aufstieg, oder es kam aus dem naheliegenden wilden Garten. Der Junge jauchzte fröhlich und zupfte an den beiden letzten Knöpfen meiner alten Jacke. So lief ich mit meinem Findling weiter, pflückte Äpfel und grub nach Kartoffeln. In einem der leeren Häuser fand ich Wein und steinhartes Brot. Du brauchst dich nicht zu fürchten, flüsterte ich dem Kind immer wieder zu und fürchtete mich selbst. Der stumme Knabe lachte nur und aß in Wasser aufgeweichtes Brot. Als es Abend wurde, legte ich ihn schlafen. Das leere Haus wurde für diese Nacht unsere Heimstatt. Nichts rührte sich, ich ging hinaus ins Freie, um beim weiten Anblick der Sterne unseren künftigen Weg zu beschließen.

Lange sah ich so ins Dunkle hinein, das ab und zu von fahlen Lichtern durchbrochen wurde. Sumpflichter könnten es gewesen sein oder meine Art Wahnsinn, der mich befallen hatte. Hinter dem Haus, in dem der Knabe schlief, lag der Friedhof. Etwas Lebendes keuchte heran. Sofort versteckte ich mich hinter dem Giebel des Hauses. Das Keuchen kam näher. Eine Frau. Lucie, die, in graues Gewand gehüllt, etwas hinter sich herzog. Einen Baumstamm oder einen steifgewordenen Menschen. Die Königin (ich erkannte sie sofort) stellte den Gegenstand in die Nähe der Grabsteine. Es war eine Statue, der in weißmelierten Marmor gehauene Herr Johannes. Sie stellte ihn auf den Friedhof im Irrlicht meiner Augen. Und sie waren zwei geworden, die nächstens sich trafen – und mir schien, daß sie ineinander übergingen, verboten und verflucht. Und das Unwetter, welches plötzlich aufkam, riß den Giebel über mir weg, und ich stand sichtbar. Er stürzte krachend zu Boden und traf mich am Oberarm. Die Statue glänzte und nahm alles in sich auf, zwischen Donnern und Regenschauer. Ich aber verließ die Stadt, die Stätte meines Unmaßes. Ich ging durch die Mauer, mein Kind an mir, einen augenlöchrigen Hut auf dem Kopf. So vertrieb ich mich. Ein Lakai könnte es einmal gewesen sein.

Die Mädchen eilten nun wahrscheinlich von der Küche in die Stube. Aber Herr Leo, Sie reden ja die ganze Nacht hindurch. Ach? fragte er verschmitzt und goß sich eine Neige Wein in den Hals. Die Hausherrin könnte ihm das alles geglaubt und ein wenig Sehnsucht empfunden haben. Und vielleicht hat sie die Mädchen einfach wieder hinausgeschickt und zu ihrem Gast gesagt: *Komm.* Und der Gast, der sich gestärkt hatte, könnte zur Antwort gegeben haben: *Ja.* Oder, was wahrscheinlicher ist, der unmäßige Genuß an Wein hat ihn zu Boden getrieben, selig und beflügelt für den kommenden Tag.

1987

Grus

Maikel Koserczek huckt auf.

Seit Wochen geht der Antrag auf Reparatur des Fahrstuhles verschiedene Stellen des Betriebes ab, verweilt danach irgendwo, steckt fest und kocht heftig die Gerüchte an: *Nisch vor Abrüll, Kollegn!* Dabei läuft der Fahrstuhl, schnurrt auf und nieder, von der 6. zur Kelleretage; aber zwischendurch will er nirgendwo verweilen, nicht haltmachen, um etwa wunschgemäß die Mitarbeiter des Hauses zu befördern. Der Fahrstuhl ist nicht einmal zum Feststecken zu bringen, sondern er fährt unablässig herauf und herunter, vom Heizungskeller zum Dachboden, vom Dachboden zum Heizungskeller. Er hat einen Defekt, die Steuerung ist im Arsch, sagt der Hausmeister und fahndet nach dem Antrag auf Reparatur, während die Sekretärinnen des Hauses fliggrich nervös werden, denn der Fahrstuhlschacht befindet sich genau neben ihren Büros, und die Züge klicken und rattern pausenlos und in mürbender Regelmäßigkeit.

Maikel Koserczek huckt also seinen Packen Zeitungen auf und läuft treppab. Von der 4. Etage zum Erdgeschoß. Das Haus ist groß und modern, durch das er so läuft. Es werden Zeitungen darin gemacht: drei lokale Tagespressen des Leipziger Bezirkes, nebst etlichen Sonderdrucken und Messematerial. Im untersten Geschoß befindet sich die Druckerei, Redaktionen und Versand in den oberen Etagen. Neben Maikel läuft der Fahrstuhl. Leer, mit nutzloser Energie. Auch der Abschalter ist im

Arsch, sagt der Hausmeister. Tägliches Treppabsteigen verursacht Wadenmuskelschmerzen. Der Zeitungspakken drückt auf den Schultern, und der Geruch nach frischer Druckerfarbe macht Maikels Kopf duselig. Maikel ist Austräger. Seit zwei Jahren trägt er im Stadtbezirk Südwest die Tagespresse aus. Von früh halb sieben Uhr bis mittags gegen zwölf.

Zum Stadtbezirk Südwest gehören Plagwitz, Schleußig, Groß- und Kleinzschocher. Es ist ein alter Bezirk mit alten Häusern und alten Fabriken. Durch den Bezirk fließt der Kanal. Im Herbst dunsen die Katzen, die Junge geworfen haben. Die Dächer lassen Farben jeglicher Himmel ein, in den Fabriken baut man die Konstruktionen ewiger Meister, die Betriebsküchen bereiten Mastente mit Speck. Wer die Hallen stützt, dem bricht der Buckel, von den Händen der Arbeiter fließt Öl ab, wollten sie etwas halten, rutschten ihnen die Tage weg wie Späne. Sie bauen Schicht um Schicht an ihren losen Dächern, durch die der Kanal fließt, so weiß es Maikel Koserczek, wenn er halb sieben Uhr die erste Zeitung in den ersten Briefkasten der Emilienstraße 2 steckt.

Schon zwei Jahre lang. Die Kästen mit dem schwarzen Schlund aus blauem oder grünem Blech oder aus Holz oder aus Preßpappe. Durch die man die Zeitungen drükken muß, heftig schieben, bis sie mit mattem Hohlton auf den Boden des Kastens fallen oder – bei der mehrblättrigen Wochenendausgabe – steckenbleiben. Schon zwei Jahre lang für Maikel. Den Packen abhucken, in die linke Armbeuge legen, mit der rechten Hand das Blatt falten und, ohne niederzusetzen, es in den Schlund drücken. Tag um Tag. In die alten abgenützten Schlünde. Aus denen es Tag für Tag wieder herausgeholt wird. Das Blatt oder das Papier oder der Aufruf zur Erdbeerernte oder die Zeitung oder der fehlgeleitete

Lappen, der ein fremdes Nasenbluten gestillt haben mußte, oder das Blatt oder das Papier oder der Aufruf zur Erdbeerernte oder die Zeitung.

Nach zwölf Uhr steigt er unter das Dach. Er hat ausgetragen. Schon zwei Jahre, und trotzdem zittern ihm Tag für Tag die Knie. Die Industriestraße 9 hat ein Dach aus Spinat. Maikel streift seine Tramperschuh ab und wirft sich aufs Bett. Feierabend. Über ihm das Grüne, weich Beruhigende. Wenn es nicht regnet, hat man nichts zu essen. Spinat ist Regengemüse. Das Dach gibt ab davon, es pfatscht nach dem Regen, grün weich beruhigend. Spinat auf der Bettdecke oder auf den Dielen. Maikel nach zwei Jahren. Das Zittern hört beim Liegen auf. Maikel starrt in den Spinathimmel. Wenn er ihn stützen würde, stürzte das Haus. Maikel schläft bis zum Abend. Dann friert er im Winter, dann schwitzt er im Sommer. Dann legt er Briketts in den Ofen oder reißt sein Dach auf. Maikel Koserczek, der den Abend beginnt, den Tag. In der Küche findet er Brot, eine Büchse Sülze und Zwiebeln. Maikel ißt zu Abend. Er löffelt Sülze mit Zwiebelringen. Er korkt Rotwein auf und spült hinter. Wenn es Spinat pfatscht, deckt Maikel sein Bett mit Wachstuch ab. Er bezahlt 10 Mark Miete im Monat – ein Dreck für so viel Raum! Maikel kratzt die Büchse aus, wirft die Zwiebelschalen in die Asche. Der Abend der Tag. Südwest, Plagwitz, vielleicht der Ratskeller, später. Zum Druckhaus führt Maikel eine viertel Stunde mit der Straßenbahn, zum Ratskeller läuft er. Neben ihm läuft der Kanal. Und die Katzen dunsen. Unterm Dach hört alles auf. Nicht alles wohnt unterm Dach.

Nachts donnert es in den Betrieben. Wenn die Straßen abgefahren sind, hört man die Maschinen lauter. Nachtschicht. Nachtzuschläge. Mastente auch um diese Zeit in den Küchen. Früh, wenn man nach Hause kommt, wird man die Tagespresse vorfinden oder die Zeitung oder das Nasenblutentuch ... und ins Bett fallen, während das Donnern zurückgeht und die Straßen vorgehen und abgeladen wird und aufgeladen wird, bunte neue Maschinen, Kisten mit Kleidern, Anzügen, Stoffballen, Wollfärbeprodukten, Feldfräsen.

Maikel meidet den Ratskeller. Er dreht eine Runde durch das Viertel, verspürt Appetit auf Bier, aber meidet.

Wo Plagwitz aufhört, schießen die Neubauten hoch. Die Neubauten haben Fugen, die jeden Himmel einlassen, nur ohne die spinatweichen Decken. Sie schießen in den Himmel, böllern, umkreisen die Altstadt und bieten bieten bieten Orte für Betten und Tische für Mann Maus Kind und Kegel. Auch sie werden sich Plagwitz nennen, und Maikel wird austragen müssen. In einem halben Jahr, wenn all die Betten und Tische belegt sind.

Jetzt aber sucht er unter den Dächern. Alles meidet er heute, was er sonst hinnahm: den Ratskeller, Bier und Kartenspiel, das Abendprogramm meidet er. Zwei Jahre lang trägt er schon Zeitungen aus, immer zittert er danach in den Knien, obwohl die Briefschlünde alle am Hauseingang angebracht sind und nicht, wie vorzeiten, ihre Füllung an der Wohnungstür verlangten. Kein Treppauf. Kein Treppab. Nichts davon im Dienst, nur nach Mittag treppauf. Und jetzt, nachdem Maikel Koserczek alles Übliche gemieden hat. Er läuft treppauf unter sein Dach, an dem der Spinat hält, da es nicht regnet. Maikel hilft dem Bierdurst mit Rotwein ab. Etwas Ungeheures steigt über Plagwitz auf, ein gespaltener Uraltmond. Er setzt sich genau auf das Dach der Industriestraße 9, und Maikel stößt durch den Brei in ihn.

Maikel korkt die Flasche zu. Maikel faltet den Zettel, steckt ihn in ein Kuvert, steckt es in seine Hemdtasche. Uralt der Mond, *gespalten*. Maikel ist Austräger. Zwei Jahre. Wenn der Abend der Tag zum Ende hingeht, wenn die Straßen den Lärm anstellen, kommt mit der ersten Straßenbahn Uschka, die Süße aus Connewitz. Wenn es Spinat pfatscht, rücken sie das Bett unterm Dachgeloch weg oder besetzen die Küche.

Uschka kommt, als Maikel gerade den Mond scharfkantig hält, das alte Bild, den zauseligen Sündenbock. Das Mädchen faßt den Mann unter, hebt ihn herab. Da es nicht regnet, könnte das Bett sogleich dienen, auf so einem Bett unterm Dach fängt alles an, aber Maikel meidet. Alles.

Er hat zwei Jahre lang immer nur die Schlünde am Hauseingang gefüttert mit druckfrischen Zeitungen, Blatt um Blatt. Jetzt liegt er auf Uschkas Armen, und wenn sie gekonnt ihre Hand auf seine Brust legt, hört sie etwas knistern. *Issn das?* Maikel windet sich ab. Er dreht sich aus ihren Armen heraus, der Spaltenmond rutscht nach oben und wird banal. Uschka fragt nicht weiter. Er ist immer so ein geheimnisvoller Mensch, der Maikel, er gibt nie viel zu unterm Dach. Das Papier an ihm – was gehts sie an. Uschka, die Süße aus Connewitz, schmollt. Sie zieht eine Flappe, setzt sich auf die Bettkante. Er will heute nicht mit ihr reden, er redet überhaupt nicht viel, das weiß sie doch! Maikel küßt. Er riecht nach Zwiebel und Sülze. Uschka dreht sich barsch um: sie will beredet werden, verdammich noch mal, Maikel, unterm Dach kann doch nicht alles aufhören! Da gibt Maikel recht. Er zieht Uschka neben sich, und während der Spinat trocken über ihnen bleibt, weiht er die Süße in das Papier ein. Er wird es austragen. Treppauf treppab.

Er haßt die Hauseingänge, über die er nicht hinauskam bis heute. Diese dünne hohle Gefräßigkeit der Briefkästen! Diese widerstandslosen Schlösser und Riegel, die den täglichen Inhalt widerstandslos freigaben, bis heute. Maikel haßt seinen Packen, dessen Geruch ihn duselig machte, den er sich selbst TagfürTagfürTagfürTag abnahm, einwarf, vergaß. Seine bezahlte Aufgabe, seinen Arbeitsvertrag. Nie treppauf treppab bis heute. Nie einen Menschen gesehen. Weil: morgens arbeitet Plagwitz, des Mittags, des Nachts arbeitet es, schichtweise des Morgens des Mittags des Nachts.

Er haßte es, bis heute.

Uschka sagt er, er würde losgehen. Mit dem Kuvert an seiner Brust, mit dem ersten, mit dem zweiten dann, dann mit dem dritten und so fort. Treppauf treppab. Wer wohnt unter den Dächern. Wer wie er. Er wird seine Zugabe machen, versuchsweise. Uschka staunt mit spinatgrünem Blick. Der Lärm beginnt die Straßen zu füllen. Heller Morgen wirds. Uschka müde. Maikel küßt Zwiebel Sülze und Rotwein. Sie müßte ein bißchen schlafen. Alles Süße kommt aus Connewitz. Ein Papier an Maikels Brust läßt heute vieles meiden.

Treppauf an der Wand entlang. Maikel hat den Packen Zeitungen am Hauseingang abgelegt. Der Tag hat begonnen. Ein Donnerstag in Plagwitz. Die Wand in der Nummer 10 ist moosgrün und wird von Parterre hochgehend speckig. Maikel Koserczek kennt diese Wände. Er steigt treppauf. Durch dustere Gräue, auf hölzernen Treppen. Die knirschen. Wer wohnt unter den Dächern. Wer wie er. Während draußen die Neubauten ungefugt schießen, steigt Maikel im Alten nach oben. Ein wenig hastig, ein wenig überrascht über sich selber. Was ihn doch nur so absonderlich anfiel vergangene Nacht an seinem Tag! Plagwitz produziert. Das tägliche Verladen seiner Güter beweist alles. Und täglich werden in den Küchen Enten gespickt.

Die Wand hört auf, speckig zu sein. Eine Etage unter dem Dach. Maikel nimmt die beiden letzten Stufen auf einmal. Hastig. Er rutscht mit dem Absatz, stolpert, stürzt nach vorn. Sein Fall hinterläßt einen matten Streifen auf dem Holz. Frau Ruth Richter hatte gebohnert.

Frau Ruth Richter wohnt unter dem Dach, Maikel schmerzt das rechte Knie. Hier oben duftet das Haus. Maikel will was hier oben. Aber er weiß nicht. Plötzlich. Gar nichts. Er hatte ein Papier beschrieben, vergangene Nacht, und sich danach der Süße hingegeben. Nun steht er mit pochendem Puls vor seinem ersten Empfänger und weiß nicht mehr. Hinter der Wohnungstür stößt etwas. Rrrrkk! Rrrtsch! Rrrrrkk! Maikel hält sein Papier fest. Frau Richter wird die Zeitung erwarten, unten im Kasten, am Hauseingang. Maikel Koserczek hat beschlossen, seinen Dienst zu liquidieren. Dann wagt es Maikel nicht. Die blanke Messingklingel hält ihn zurück. Womöglich wurde sie nie benutzt, so sieht sie aus. In Maikel verdrängt sich der Plan. Er schwitzt. Würde er klingeln, hinterließe er unweigerlich auf dem Messing einen Fleck. Hinter Ruth Richters Tür ruschelt es nun. Maikel tritt auf der Stelle. Er hat Nachricht zu geben. Das hat er sich vorgenommen, sich eingefleischt in seinen allnächtlichen Tagen, an denen Plagwitz in ihm hochgekommen ist, aus dem Hals heraus wie Asthma. Maikel pocht zaghaft. Hinter der Tür ruschelt es stärker. Etwas klatscht an die Kehrleiste (es muß die Kehrleiste sein! denkt Maikel). Maikel pocht. Gegen das Klatschen geht nichts an. Da bückt er sich, öffnet den Briefschlitz der Wohnungstür und sieht sein erstes: Nichts. Nur Blaues, etwas aus Stoff, eine Nylonwand. Die Wand bewegt sich, das Hintere von Frau Richter. Rrrschttsch! Kurz und heftig klatscht etwas. Daraufhin läßt Maikel das Kuvert durch den Schlitz fallen. Dann dreht er auf dem Absatz um, quietscht im Bohnerwachs und eilt treppab.

Maikel stürzt förmlich. Unten angelangt, huckt er seinen Packen Zeitungen auf, nimmt mit dem rechten Arm ohne abzusetzen und füllt die Briefkästen. Die Schlünde schlucken, und wenn Maikel fertig ist mit seiner Arbeit, kommen die Nachtschichtler heim. Und die Frühschichtler gehen aus. Und die Straßen nehmen den Lärm auf. Und Plagwitz produziert.

Die Nummer 12 hat ein Dach, das lernt. Hinter der Tür wohnt ein großer Bruder mit einer kleinen Schwester. Die Klingel ist abgestellt, Maikel treppauf gestiegen mit dem zweiten Kuvert in der Hand. Hier ist unterm Dach alles aus Holz. Hier duftet der Staub. Hier führt eine Hühnerleiter hinauf in den Himmel. Hinter der Tür lernt es. Vielleicht ist die kleine Schwester krank, so daß sie vom großen Bruder lernen muß. Die Schule schenkt nichts. Der große Bruder läßt schreiben. Maikel hört es durch die Tür, wie der Bruder sich eine tiefe Stimme macht. Wie die Schwester in kleinen Tönen die Wörter wiederholt. Vielleicht aber lernt die Schwester auch nur schlecht, und der Bruder hilft nach. *Mi-Mi-Am-O-Fen. Ma-Ma-Im-Bett.* Maikel lauscht eine Weile. Wer wie er unterm Dach. Die Kinder üben ihre Aufgaben, Satz für Satz. Wieder und wieder. Was *Mimi* ist, will das Mädchen wissen. Scheuerpulver, erklärt der Junge. *Mi-Mi-Am-O-Fen.* Die Lippen der Kinder klappern. Maikel wirft seinen Brief ein. Er wirft ihn durch die Sprossen der Hühnerleiter direkt in die Tür.

Uschka wundert sich schon lange nicht mehr. Wenn Maikel alten Spinat vom Boden zusammenkratzt und ihn trocknen läßt wie Kuhfladen, so merkt sie es schon nicht mehr. Spinatjahre. Wenn Maikel um Mitternacht ruft: Heute ist ein wunderschöner Tag!, so steht sie mit auf aus dem Bett, um sein Leben zu beginnen, obwohl sie am nächsten Tag in der Kaufhalle Connewitz Wurst verkaufen muß. Obwohl sie morgens immer stinkend faul ist und obwohl auch Maikel morgens raus muß und stinkend faul ist. Und wenn das Zimmer unterm Dach stinkt (bei warmen Sommerregen beispielsweise), so sprayt Uschka Süßes aus Connewitz: Zitronenhaine oder Föhrenwälder. Im Aerosol träumen sie dann von ihren Verträgen: Zeitungen und Wurst Wurst und Zeitungen Zeitungen für die Wurst Wurst für die Zeitungen ...

Maikel schreibt. Mit einem Tintenfüller, der noch aus der eigenen Schulzeit stammt, geht er über das Papier. Uschka neben ihm füllt den Kühlschrank mit Konserven auf. Rotwein vom Lindenauer Markt. Was der Maikel bloß hat! Dabei gibts ja so viele noch unterm Dach! Jeder Spinat vergeht einmal, das weiß man doch. Und wie das Neue schießt! Maikel faltet die Bögen und klebt die Kuverts zu. Er wird es bringen, irgendwo müssen doch die Leute zu Hause sein. Irgendwo er. Irgendwo alles anders.

In der 14 säuert es. Hinter allen Türen nistet der Schwamm. Das Treppenhaus ist weich, und wenn Maikel nach oben läuft, sinkt er ins Holz. In der 14 wohnen die alten Leute. Sie sind sehr alt und sehr leicht geworden mit den Jahren, so daß die Treppen auch nicht brechen, wenn sie diese besteigen. Maikel geht vorsichtig. Fragt sich manchmal, ob das Kuvert einen Sinn hätte, hier, wo schon alles so sehr leicht geworden ist. Und unabänderbar. Unter dem Dach riecht es stärker. Hier gärt es bereits. Maikel blickt durch das Gebälk des Daches. In der Dachrinne wachsen Birken und ein Haselstrauch. Maikels erster Blick streift ihn, und er wünscht sich etwas. Plagwitz produziert Gold und Edelsteine. Alles fällt auf Maikel Koserczek. Er klopft an die Tür der Dachwohnung. Sie wird augenblicklich geöffnet, und er steht vor dem Kopf einer sehr alten, sehr leichten Frau. Und der Kopf friert und ruft: *Ich bin nicht tot.*

Treppab reicht das Holz der Nummer 14 bis fast über die Knöchel. Der Pilz schwammt. Maikel kennt das.

Aber Beton schwammt nicht, sagen immer die Kollegen aus dem Versand. Was kommt, ist Beton, sehr jung, sehr schwer. Die Kollegen sagen das so hin, während im Druckhaus unablässig der Fahrstuhl auf und nieder schnurrt und nichts als sich selbst transportiert und der Hausmeister nach dem Auftrag auf Reparatur fahndet und Maikel müde ist von der Nachtarbeit.

Unten angelangt, füllt Maikel die 14 mit den üblichen Zeitungen auf. Pünktlich die 10, die 12, die 14. Maikel ist Austräger, und sein Puls schlägt gegen die heimlichen Zettel an seiner Brust.

Ulzeroth liest Maikel unterm Dach der Nummer 16. Hier ist es hell. Hier ist ein Himmelreich. Ein reicher Himmel. Hier steht alles offen: die schrägen Wände, die Balken, das Verdeck, die Tür. Über allem hängt Zellophan, knisternde Klarsichtfolie. So kann hier das Licht durch. Nie war es so hell unter einem der Dächer. Aber Ulzeroth läßt sich nicht sehen. Der Austräger öffnet die unverschlossene Tür und steht zwischen Kunst. Maikel dreht das Kuvert in der Hand. Ulzeroth ist eindeutig nicht zu Hause, aber Ulzeroth tritt direkt auf ihn zu. Maikel weicht hinter eine Staffelei aus. Ulzeroth riecht nach Öl und Terpentin. Er blickt den Besucher finster und umwölkt an. Ein Vollbart rauscht, das Gerümpel, das Atelier scheppert unter Maikels Tritten, das Zellophan fängt Regenwasser auf und hängt durch, Maikel wirft den Brief neben eine Palette und flieht. Hinter ihm her gibt der Maler krachendes Gelächter von sich.

Weiter weiter, Maikel. Uschka, die Süße, verkauft bereits Wurst. Plagwitz pufft Grus in die Luft. Bauleute setzen eilig die Wohnblöcke. Weiter weiter schnell, damit keiner mehr so unterm Dach. Damit die Frage gelöst. Aber im jungen schweren Beton spreizen sich bereits die Fugen, und die Stahlklammern geben seidene Fäden ab, und der Grus legt sich schwarz und federleicht auf das Land, in das Maikel sich hineinpult mit lästigen Mitteilungen. Also wieder treppauf unters Dach. Die Industriestraße entlang, 10, 12, 14, 16, 18.

Der Mann ohne Namen schläft. Maikel kommt früh am Morgen, und der Mann schläft in seiner unteren Schicht. Er hat am Dach eine Klingel, die ist abgestellt. Dieser Mann würde die Zeitungen mittags aus dem Kasten holen. Die tägliche Presse, die er dann überfliegt, zusammenfaltet und danach oder am Tag darauf in den Ofen knüllt. Um sich warm zu halten für die nächste, die andere, die mittlere oder die obere Schicht. Maikel hört ihn lange schlafen. Und steckt gegen Mittag den Brief an die Tür. Und der Brief wird dem Mann in die Hände fallen, das hofft Maikel, bevor er treppab läuft.

Uschka versucht ihren Maikel. Sie umzuckert ihn, wärmt ihn auf. Sie wundert sich nicht mehr. Sie riecht noch am Abend nach Geräuchertem. Sie wünscht sich eine Hochzeit. Aber Maikel sitzt über den Briefen. Erst, wenn er einen fertig geschrieben hat, kann er unter Uschka kriechen, und er gibt sich stark und des öfteren in einer Nacht. Aber im Traum hört er manchmal ein Geräusch,

so als ob jemand an den Zügen des Fahrstuhles dreht, eine Bremse einsetzt oder einen neuen Ablauf speichert. Die Nächte mit Uschka sind mondig, und die lauten Träume gehen vom Weg ab. Uschka will heiraten und nichts sonst. Heiraten, raus unterm Dach, ab nach Connewitz, wo alles ein wenig heller, oder ab in einen der Blöcke, wo es keinen Spinat gibt. Maikel aber läßt, was in ihn gefahren, in sich. Uschkasüße bringt Konserven, aber kein Verständnis auf für Maikels Schreiberein. Ob er sich strafbar machen wolle, alles was er tät, wäre Nötigung der Leute. – Er wüßte. Er mache sich strafbar, wenn ers nicht wenigstens versuche. – Uschka wartet also die Briefe ab, wartet im Bett unter der Decke und hechelt gehorsam Leidenschaft, wenn er kommt. Sie kann das so, daß er glaubt, sie täten Gemeinsames.

Maikel hält den Packen Zeitungen in der linken Armbeuge und drückt mit dem rechten Ellenbogen die schwere Holztür der Nummer 20 auf. Sie knarrt in den Angeln. Der letzte strenge Winter hatte sie verzogen. Nun klemmt sie und knirscht über den Hausboden. Maikel wirft sich dagegen. Die Tür gibt Platz frei. Maikel Koserczek mit den Zeitungen befindet sich im Haus und trifft auf einen Menschen: L. L. steht vor den Briefkästen. Er steht nur davor, großbullig mit leicht gekrümmten Unterarmen. Er steht. Läßt die Arme hängen und feixt dem Austräger ins Gesicht. Maikel grüßt. Maikel wundert sich: Wieso ein Mensch.

L. steht und lacht und hört nicht auf, mit den krummen Armen zu hängen. Er redet sehr langsam: Guuuuuten Moooorgen, weicht nicht von der Stelle. Maikel pariert nicht, er will treppauf. Das kann er aber nicht, wenn L. so zwischen Treppenabsatz und Briefkästen stehen bleibt. Maikel grüßt noch einmal, vorsichtshalber. Der freundliche Mensch bleibt vor ihm ragen. L. hebt nun für einige Sekunden die Hand, bevor er sich Maikel vorstellt: Elll … So kommt es käsefadig aus ihm heraus. Maikel will die gebotene Hand nehmen und greift ins Leere. Ähnlich wie bei der Begegnung mit dem Maler Ulzeroth überzieht Maikel ein leichtes Unbehagen, ein Schrecken – er würde womöglich nur träumen, was er tun will, und gerade mal mit seiner *Einbildung* existieren: er gäbe den Menschen Auskunft über sich oder das Leben unter dem Dach oder – L. steht noch immer und grinst. Er hat einen großen breiten Mund mit flachen Lippen und neuen, schneeweißen Zähnen. So einen Mund hat Maikel noch nie gesehen. Und er findet die Hand nicht, die L. ihm reicht. Maikel möchte nach oben. L. steht im Wege. Daaa oooben biin iich, zieht er aus seinem Mund hervor. Maikel: und ich bin Postbote, Austräger, wenn Sie so wollen … Jaaa. L. setzt behäbig ein Bein auf die unterste Stufe und beginnt gleichfalls aufwärts zu steigen. Er steigt ohne Geräusch. Maikel friert. Aber er muß hinterher, kann den Brief nicht einfach diesem Kerl unterschieben, hier, zwischen Tür und Dreck. Es geht langsam voran. Dabei wirkt L. keinesfalls alt oder gebrechlich. Er gibt eher den Eindruck eines Athleten ab. Jetzt will Maikel überholen, links vorbei mit seinem Schreiben an der Brust. Das kann doch nicht L. sein, der unterm Dach wohnt. Der braucht doch Stunden, bis er oben! Maikel kann durch L. hindurchlaufen. Wie durch Luft. L. lacht dabei lautlos. Er bleibt weit hinter dem Postboten. Er wird nachkommen. Er ruft: Iiich wiiill zuurück!

Nun ist es doch Panik, die Maikel aus der Nummer 20 mit heraus auf die Straße nimmt. Beim Treppab war ihm noch einmal L.s Erscheinung begegnet, die schweratmend in der 2. Etage stand. Er brach durch sie hindurch wie durch nichts.

Auf der Straße ist Messe. Vorm Druckhaus im Stadtzentrum ist viel Messe, in Plagwitz nicht, da wird produziert. Es sind Straßen gekehrt worden, auch hier draußen, die Fenster der Fabriken geputzt und das Beerdigungsinstitut mit frischen Blumenbuketts bestückt worden. Aber nur wenige Messebesucher werden in Plagwitz untergebracht, die Häuser sind belegt und weitab von allem. Maikel hat ausgetragen. Messe ist und Herbst. Jetzt kann Maikel warten. Daß etwas geschieht.

In einer Nacht, seinem Tag, war er auf solche Ideen gekommen. Nach zwei Jahren täglicher Presse. Nach zwanzig Jahren Leben in Plagwitz. Nach hundert Jahren Wind in allen Häusern. Maikel, der keine Hochzeit will, nur wissen, wer wie er unterm Dach. Über Leipzig pulvert es. Die Messemännchen haben große Hüte auf und Koffer voller neuer Verträge in der Hand. Die Kohle herrscht. Windstille. Maikel war sechsmal treppauf treppab, ohne Fahrstuhl, ohne Erlaubnis, ohne Auftrag auf Reparatur. Er reibt sich die Hände und bekommt Appetit auf Spinat mit Spiegelei. Maikel steigt seinen Empfängern hinterher. Er ist erregt. Er hat so viel nicht zu fassen bekommen, noch vor dem Beginn.

Über die Industriestraße dackelt Frau Ruth Richter. Es ist bereits dunkel, und Frau Ruth Richter macht hastige, winzige Schritte. Ebenso hastig, wie sie läuft, schaut sie ein paarmal sich um, faßt ihre schwarze Ledertasche fester und steuert auf ihr Haus zu. Sie hat einen engen guten Rock an, der von Lack glänzt und ihr diese winzigen Schritte abzwingt. Sie läuft nur mit den Unterschenkeln. Die oberen, so weiß man oder weiß man nicht, haben ihre Arbeit bereits getan. Unterm Grus ist Messe. Und Frau Ruth Richter wohnt unterm Dach der Nummer 10. Mit knallenden Absätzen steigt sie die Treppen nach oben. Sie ist die erste, hinter der Maikel her ist. Frau

Richter hat Glück. Sie ist nicht gesehen worden, die Messe dauert sechs Tage, und es ist ein schweres, nie gesehen zu werden. Sonst dauert das Jahr ohne Ende, und Frau Richter wird nie von jemandem gesehen, außer (und dies kann bestätigt werden) ein paarmal in *Barthels Drogerie*, wo sie einkauft. Sie schließt die Tür hinter sich ab, fährt aus den roten Knallstiefeln und dem engen Rock. Ihr Fleisch kann jetzt nachgeben und breitet sich wohlig aus. Es ist auch bereits Zeit zum Heizen, doch Frau Richter hatte es vergessen gehabt oder war nicht mehr dazu gekommen am Morgen. Sie sucht nach Papier. Ein wenig dünnes, seidenes findet sie noch auf der Toilette. Was noch? Da, auf dem Tisch. Ein zusammengerolltes Kuvert – diese idiotische Annäherung der vergangenen Woche! Man hatte Schabernack mit ihr getrieben, dumme Kinder wahrscheinlich oder ein verflossener Messeonkel ... In Strümpfen und Unterrock feuert sie an. Ein Frösteln durchzieht Frau Richter, und sie prüft sogleich noch einmal, ob die Tür fest verschlossen ist. Während der Ofen faucht, packt sie ihre Tasche aus. Etwas in weißes Papier Eingeschlagenes. Eine Flasche. Frau Ruth Richter fröstelt noch immer. Bevor sie die Flasche aus dem Papier wickelt, kehrt sie die Aschekrümel vom Ofenblech. Sie tut es gewissenhaft, aber hastig. Danach wedelt sie den Besen zum Fenster hinaus, wischt mit dem Küchenlappen über das Fensterbrett und eilt in die Stube zurück. Inzwischen gibt der Ofen Wärme. Die Strümpfe kleben an Ruth Richters Oberschenkeln. Sie hat die Flasche verdient. In der Messe. In der Zeit, vor der es ihr graut, zweimal im Jahr, aber dennoch ist es ja *ihre* Zeit und die Chance für ein Glück. Frau Richter öffnet die gelbe Flasche mit dem bunten Etikett und riecht. Zitroniges riecht sie, gelbfrischen Wirbelwind. Der breitet sich durch die Stube aus, verdrängt den Geruch nach faulen Eiern, der aus dem Ofen kommt. Frau Richter tunkt den Zeigefinger in die Öffnung der Flasche, schmiert eine Fingerspitze der sämigen Flüssigkeit auf die Tischplatte und beginnt gespannt zu reiben. Sie reibt und reibt, während ihr die Tränen in die Augen steigen, während der Lack vom Tisch geht, während die Augen überfließen. Vor lauter Freude, vor lauter großer großer Freude und Glück.

Maikel sieht durch den Schlitz an der Tür. Was eine blaue Nylonwand war vordem, ist jetzt nylonweiß. Es reibt hinter der Tür, und der Ofen verheizt Zitronen. Frau Ruth Richter beginnt zu singen. Sie heult die Lieder aller Nationen. Jetzt klatscht es auch wieder. Wie vordem. Bis an die Kehrleisten klatscht es und reibt und klatscht. Frau Richter schmantet. Maikel Koserczek hat sich parat. Der erste Brief wurde, als Kinderulk abgestempelt, zur schnöden Rolle geformt und ebenso kindisch benutzt (als Pfeife, Fernrohr oder zum Anheizen, so vermutet es Maikel). Aber er läßt sich nicht abbringen. Er steigt ihr unters Dach, schiebt das zweite Kuvert in die weiße Wand hinein, die vor seinen Augen wartet.

Die Kinder in der 12 haben das Schulbuch durchgebetet. Jemand hatte ihnen gesagt, sie sollen von vorne. Die Kinder in der 12 lernen von vorne. Der große Bruder mit der kleinen Schwester. *Mi-Mi-Am-*, Maikel ist auf die Hühnerleiter gestiegen. Sie führt in den Himmel hinein, der so groß und erreichbar aus den Büchern kommt, so offen ist für einen schnellen irren Ausflug in das Weltall, wenn sie nur lernen lernen und nochmals und es immer wieder *Mi-Mi-Am-O-Fen* lernen und immerfort immerfort von vorne. Der Bruder mit der Schwester. Der große Bruder und die kleine Schwester aber haben einen Brief erhalten. Vor drei Tagen, mitten in der Übungsstunde, die sie einen Schritt weiterbringen soll. Der große Bruder hat neugierig das Kuvert geöffnet und läßt es lesen von der kleinen Schwester. Und sie buchstabiert immer und immer wieder die Zeilen durch, stockend von Silbe zu Silbe, liest irgend etwas, das ihr in die Stube geflattert kam, liest es wie einen Aufruf zur Erdbeerernte; und da ihr das alles zu mühsam ist, legt sie es weg und nimmt *Mi-Mi-Am-O-Fen* wieder auf, und auch der Bruder weiß mit dem Brief nichts anzufangen und malt mit Buntstiften Sonne und Sterne darauf und fängt nach kurzer Pause von vorn an zu lernen mit der kleinen Schwester, das Schulbuch, das schöne weltallgroße Schulbuch durch.

Maikel hofft und steht oben auf der Leiter. Die Kinder sind über das Buch gebeugt. Sie können nicht lesen. Sie erklären *Mimi* für Scheuerpulver. Aber sie sind unterm Dach. Es muß eine Chance geben. Wir lernen doch alle gerne, sagen die Lehrer. Maikel wirft das zweite Kuvert von oben. Es segelt pulverweiß auf die Köpfe der Kinder, die sich über die Silben beugen.

Maikel glaubt tatsächlich an Uschka. Sie kann Leidenschaft. Wenn Maikel seine Botschaft treppauf treppab unters Dach gebracht hat, wenn der Tag verschlafen und die Nacht sein Tag geworden ist, kommt sie und brät Spiegeleier. Konserven stinken mich an, sagt Uschka. – Nichts gegen ein gutes Miasma, sagt Maikel und rammt den Öffner in den gewölbten Konservendeckel. Unterm Dach verdaut man viel. Uschka will endlich die Hochzeit. Maikel aber besucht die 14, die leicht und staubhölzrig unterm Dach eine Frau wohnen läßt, die zu frieren scheint.

Sie öffnet, wie beim ersten Mal, lautlos die Tür. Wenn sie aufrecht steht, reicht sie Maikel bis kurz über die Hüfte. Die Alte hat Augen, die sind aus Zement, so grau und dumpf und schwer. Maikel bittet um Einlaß.

Maikel will schnell wieder hinaus, als er im Flur steht. Greisenweibgeruch umgibt ihn, nach scharfem Ausfluß, Wundgrinden und müder alter Luft. Aber die Alte bittet. Ihn. Ich möchte nur einen Brief ... Maikel muß weiter vorgehen. Die kleine leichte Frau schiebt ihn in die Küche. Sie ist die erste, die ihn einläßt. Die Küche riecht beißend, so daß Maikel würgen muß. Er blickt nur die Alte an, die sich gegenüber ihrem verkommenen Mobiliar ansehbar ausnimmt, wenngleich auch sie Grauen erweckt. Die Alte bittet voran. Nötigt den Gast, sich zu setzen. Er tut es auf etwas Flockiges, Hölzernes, auf einen Stuhl aus Sägemehl. Wenn er sitzt, reicht ihm die Alte bis an die Augen. Maikel möchte nichts als gehen ... Hier unterm Dach wird man auch nicht lesen können ... Die Alte hebt ihre rheumagekrümmten Finger und beginnt, sich unter der fleckigen Filzmütze zu scharren, die ihren Kopf bedeckt. Sie kratzt und schiebt die Mütze hin und her. Dabei brabbelt sie. Maikel sitzt und fühlt sich elend. Der saure Geruch nimmt zu, die Luft liegt wie ein alter Hund über allem. Als Mädchen war ich schon einmal tot gewesen, sagt die alte Frau und guckt steinern. Maikel schweigt. Das zweite Kuvert knistert bedeutungslos an seiner Brust. Er möchte sich jukken. Die Alte reibt unter ihrer Mütze. Ein wenig Blut sickert hervor. Maikel will nichts als gehen. Aber die Alte kann ihn nicht. Als Mädchen war ich schon einmal tot gewesen. Maikel erhebt sich. Es kribbelt am ganzen Körper. Er legt den zweiten Brief auf den Küchentisch, worauf bereits ein Stück trockener Kuchen liegt, Brot und eine halbgeleerte Flasche Wein. Maikel findet zur Tür. Die Alte bleibt zurück. Brabbelt. Als sich der Postbote noch einmal umdreht, hat sie ihre Mütze abgenommen und läßt einen roten offenen Schädel frei, Maikel stürzt das leichte Treppenhaus hinunter. Er stolpert, fällt jedoch weich, rappelt sich auf. An den Briefkästen am Eingang wartet der Packen Zeitungen. Etliche Briefkästen sind hier überfüllt, die 14 ist ein hundiges, nicht leerzukriegendes Haus. Und als Maikel die letzte Presse in einen Kasten gesteckt hat, hört er es von ganz oben herab schrillen: Aber ich bin nicht tot! Ich bin nicht tot!

Maikel fällt aus der 14 in die 16, hastet nach oben und bricht bei Ulzeroth ein. Die Gerüche betäuben ihn. Das ekelsaure der 14 wechselt scharfes Terpentin ab – aber es tut Maikel wohl. Die können ihn doch nicht nur peinigen, die unterm Dach! Und: das können die doch nicht sein, die er meint mit seinem kleinen irrwitzigen Aufruf. Aber das hieße auch: Uschka, die Süße, hat recht. Und das liefe auf eine Hochzeit hinaus.

Diesmal sitzt der Maler Ulzeroth. Er sitzt vor sich, läßt seinen Bart über sich hinwegrauschen und spielt mit einem Tier. Musekätzchen hat einen Schwanz und einen Weiberkopf, lange Fingernägel, eine linke Brust und ist im allgemeinen eine spindeldürre Erfindung. Es kichert, wedelt umher, flirrt durch die Pinsel und kackt, gleich einem Wellensittich, kleine Krümelchen auf die herumstehenden Holzrahmen. Maikel stellt sich vor, sagt, er wäre nur Austräger und das seit zwei Jahren und er hätte etwas und er wollte etwas wissen und – Ulzeroth tätschelt das Musekätzchen, das nunmehr einem Hexlein ähnlich sieht. Es feixt und kriecht kichernd unter die rechte Armbeuge des Malers. Das wollen alle, sagt Ulzeroth und feixt auch. Maikel steht unsicher. – Ich will dir etwas zeigen! Der Maler erhebt sich schwer von seinem Schemel, tritt auf eine große verhangene Tafel zu und bemerkt: Ich werd es für die Kunstausstellung einreichen. – Ulzeroth zieht das Tuch herunter und erscheint wiederum selbst. Das Hexlein löst sich beim Anblick des Bildes erregt vom Körper des Malers und springt feurig auf und nieder. Es läßt seine kleine Brust wippen, das Schwänzchen kreisen und holt alles Blöde der Welt aus sich heraus. Maikel gafft und kann sich nicht helfen. Ulzeroth von sich: Wenn mein Zahn nicht ankommt, gebe ichs auf. – Tatsächlich ist ein Zahn das Bemerkenswerteste an Ulzeroths Selbstporträt. Teuflisch, braun und scharf sticht er plastisch aus dem Gemälde hervor. Selbstbildnis mit teuflischem Zahn. Ulzeroth sieht Maikel an und lacht los, als ob eine Tür zuschlägt. Das Hexlein saust nervös gegen eine Palette, rammt sich den zerzausten Schädel und bleibt betäubt liegen. Auch bei Maikel gluckst es vom Bauch aufwärts. Hier unterm Dach wohnt der Aufruhr! Maikel faßt sogleich Mut und fragt nach dem Brief. Was Ulzeroth meine dazu, ob er mitmache. Ulzeroth läßt alle Türen seiner Brust krachen. Er hätte nie etwas gesehen von einem Brief, nie, nie! Das sei nicht sein Metier, er, Ulzeroth, wird ins Auge stechen! Maikel latscht beinahe auf das sich hochrappelnde Hexlein. Er trägt doch schon seine zweite Nachricht in der Tasche. Er ist auch nichts anderes als teuflisch, man könnte doch gemeinsame Sache machen, hier, unterm Himmel aus Zellophan! – Der Maler hat keine Ohren. Er wird sich zur Ausstellung einreichen, basta. Das ruhmsüchtige Hexlein nickt heftig. Ulzeroth deckt das Selbstbildnis wieder mit dem Tuch zu. Dann setzt er sich, mattgelacht, auf den Schemel, nimmt das Hexlein in seinen Bart und kitzelt versonnen das eine Brüstchen, das sich hart aufrichtet. Maikel steckt entschlossen den zweiten Brief zwischen die Pinsel. Metier hin, Metier her, Maikel hat sich etwas in den Kopf gesetzt, das gilt! Die tägliche Presse ist längst verbraucht. Plagwitz schüttet Gold aus. Das bleibt an den Menschen hängen, ein Leben lang, und geht nie wieder ab. Würden sie es umsetzen, verkauften sie ihre Haut.

An der Haustür angelangt, huckt Maikel Koserczek seinen Packen wieder auf. Und gerade, als er seine

Schritte in die 18 lenkt, steht plötzlich Uschka, die Süße aus Connewitz, vor ihm. Isch kriegn Kind, sagt sie sauer.

Maikel ist nervös. Briefe über Briefe muß er schreiben, und da kriegt die einfach'n Kind. Einfach so von ihm, unterm Spinat erzeugt, im verrückten Bett. Maikel ist hilflos süß zu Uschka. Uschka hat sich etwas in ihren Kopf gesetzt, das gilt nun. Sie wandeln durch Plagwitz, zum Ratskeller. Uschka hat Appetit auf wagenradgroßes Schnitzel mit Erbsen. Sie hüpft, klammert sich bei Maikel ein, zieht ihn mit. Laß die Zeitungen warten, ich hab'n Sauhunger. – Daß du für zwei essen mußt! – Maikel versteht nichts. Ein Schnitzelfladen wird heiß serviert. Maikels Hals ist verschlossen, er trinkt lieber zwei braune Schnaps. Kurz hintereinander. Uschka mampft. Dieser Ratskeller ist göttlich: Schnitzel für nur drei Mark und dicke, mulmige Vergessensluft. Uschka schiebt große Bissen vom Fleisch in sich hinein. *Ich will endlich heiraten,* kommt dazwischen, danach ein Löffel gebutterte Erbsen. Maikel bestellt den dritten braunen. Das Schnitzelrad überrollt ihn. Uschka mit ihren Bedürfnissen! Sie ist wirklich süß, aber Maikel huckt seinen Pakken auf und geht.

Leicht wankend in die 18. Es ist spät geworden, schon Nachmittag. Maikel hört, wie der Mann ohne Namen schläft: Seine schmale Brust saugt Bettluft ein. Der Ofen kühlt. Es herrscht mittlere Schicht. Die untere ist leer. Das Dach, unter dem der Mann wohnt, hat drei Etagen. So wird es optimal ausgenutzt, rund herum um die Uhr, Arbeit und Schlaf, Grus und Goldregen. Der Schichtarbeiter schläft. Immer, wenn die Presse kommt. Die Klingel ist abgestellt. Tagsüber lärmen die Straßen von denen, die in der unteren Schicht arbeiten. Maikel hört das Schlafen. Und er sieht: sein erster Brief an der Tür steckt noch immer! Fest und ungelesen. Maikel steht davor, ihm bummert das Herz, und die braunen Schnäpse kreisen Walzer. Der erste Brief ist nicht gelesen worden, Maikel sagt *Scheiße*, dann hängen ihm Windeln vor den Augen, plötzlich vom Dachboden herunter. Maikel pocht. Er will den Arbeiter aus dem Schlaf. Aber Maikel kann nicht lauter als die Plagwitzer Straßen. Verschossene Kraft. Er hätte Schnitzel essen sollen. Maikel steckt den zweiten Brief zum ersten. Bum! Bum! Trara, die Post ist da! Das ganze Haus hört schwer. Das ganze Haus hat keinen Namen. Und keine Augen, denn es liest nicht. Oder es liest nur die tägliche Presse. Maikel beschließt, zu verweigern. Unten nimmt er seinen Packen und verläßt das Haus. Die Schlünde der 18 bleiben leer. In der mittleren Schicht gähnt es, und Uschka bezahlt im Ratskeller die Zeche.

Vor der 20 ist der Rausch verflogen. Jener wahnvolle Gedanke, etwas anderes könne die Menschen erreichen, als das täglich Eingeworfene. Die Idee, ein geheimer Weg würde beschritten werden, mit heller Erleichterung. Denn Plagwitz dunkelt und kann seine Wände nicht halten. Aber Maikel ist nüchtern. Er fordert zum Nahkampf heraus. Nun, da keiner lesen will, was er – ! Maikel wirft sich gegen die Tür.

Im Treppenhaus steht bereits L. auf der unteren Stufe. L. steht auch im Zwischengeschoß. L. auch im zweiten, dritten, vierten Stockwerk. Er hat die Rechte gewinkelt, als wolle er einen Schlag kontern, duckt statt dessen, als Maikel sichtbar wird, ab und jammert. Ihn würde nichts mehr treffen! Maikel kennt das, er geht unbeirrt nach oben, durch die Erscheinung hindurch. L. will noch immer irgendwohin zurück. Er ruft es durch die neuen Zähne hindurch mit dröhnender Behäbigkeit, und Maikel weiß nicht, wohin. L. haust ganz allein unterm Dach. Jetzt steht er im Ring. Die 20 steht auf Abbruch. Ist leergezogen und L. ein erfundenes Zitat. Im Dachgeschoß ist nicht geheizt, L. kommt und geht in die Kälte, ohne den Gedanken, sich wärmen zu müssen. Maikel tritt ein, L. ist bereits oben. Er bittet Maikel Platz zu nehmen, irgendwo, wenn er Platz fände zwischen Abflußrohren und einer alten Matratze. Daraufhin entdeckt Maikel sein erstes, vor Tagen abgeliefertes Schreiben. Es ist ungeöffnet und liegt hingeworfen auf dem Boden neben einer toten Stromleitung. Maikel hebt es auf und hält es L. fragend hin. Vorwurfsvoll tut ers, beleidigt. Er schnaubt auch ein bißchen an aufsteigenden Tränen. L. springt zurück, ruft *Uuuuch!* – und schlägt eine linke Gerade, *Neiiin!* und beginnt zu schlottern. Daaas iiist Papier! Maikel zuckt zusammen und geht zum Scheinangriff über. Auch er kann! Nach einer kurzen Parade folgt ein gekonnter Dreierschlag – allein: er trifft in Luft. Maikel setzt ab, guckt verdattert, starrt Löcher in die Löcher des Daches. Hast dus nicht gelesen? – Leeesen? Ich werde geleeesen werden, Mann! Icch bin geschriiieben worden, Mann! – Maikel weicht im Sidestep aus. L. scheint nicht ganz klar zu sein. Jahrelange Kämpfe haben offenbar nicht nur seine Ellen und Speichen verbogen, sondern auch sein Gedächtnis zertrümmert. L. pendelt jetzt erregt mit den Armen. Seine Lippen lachen in einem fort, doch er wütet herum. Maikel will Erklärungen. Er, der selbst gesunder Vater eines gesunden Kindes sein wird, fordert L. heraus. Die zweite Runde ist eröffnet. L. rennt gegen die Wände. Ich will zurück! ruft er in langgezogenen Vokalen und geht immerfort wieder über in Luft. Seine Schläge treffen nicht, seine Haken verfangen sich im Gebälk. Er ist einem zukünftigen Roman entlaufen. Hat sich einfach aus den Seiten gestohlen, weil er es haßte, geschrieben zu werden. Er, der der Inbegriff eines Boxers gewesen war, wirklich lebend in den bitteren Zeiten des Beginns, wurde nun geschrieben. Mit einem einfachen Federhalter. Invalid! Sein achtundsechziger Kampf *aus* der Masse *gegen* sie, war das erste Kapitel, und schon da schlug der Autor ihm die Fresse breit, zerschlug sie zum ewigen Lachen und erfand ihn so neu. L. war aufgewachsen in einfachem Hause, doch hatte er sich sonderbar herausgemacht – ihm waren Fäuste eigen gewesen, wie keinem seiner (später) Studiengenossen (L. hatte Geschichte studiert). Zu allem, wo es gegolten hatte, hochzuhalten, war er es gewesen, der Stangen und Transparente hart umschlossen hatte. Er hatte alles vorangetragen, Buch um Buch gelesen, ein Mädel unter sich gezogen und war auf die Dächer gestiegen, um alles zu richten im Namen des ... Er hatte sich im Angriff geübt, was er zurückbekommen, hatte er eingesteckt, Schmerz auf Schmerz war gefolgt, dann waren die Sinne taub geworden, dann hatte er sie herausgespuckt, dann ...

L. wird geschrieben und geschrieben, irgendwo in der Stube eines brutalen Chronisten. Er wird total invalid geschrieben, denn er unterlag in der achtundsechziger Runde einem einfachen Kopf-K.o., hatte es nicht geschafft, und danach war er totgesagt und flog mit einem letzten Tiefschlag gegen den Ring. L. ist eine Figur, und die will wieder zurück in ihren Roman, denn die Angriffe gegen sein erst so gesuchtes Dachversteck sind ein Ekel geworden. Ekel, wie Papier Ekel geworden war. L. soll ein neues Leben haben, davor graut ihm. Schon Maikels Brief macht ihn verrückt, weil er geschrieben worden war. Man hat L. entdeckt! Immer wieder aufgestöbert, hochgezerrt ans Licht der Öffentlichkeit. Er ist ganz allein, aber wer braucht ihn schon – eine Romanfigur! –

Auch Maikel findet es lächerlich. Der Mann gebärdet sich, anstatt einen handfesten Kampf zu liefern! Nach allen Regeln der Kunst. Er will statt dessen in die Erfindung zurück, zum Totlachen ist das! Er wird weitergeschrieben, er wird weiter so breit lachen müssen und in sich alle Komik der Geschichte bestehen. Maikel wirft seinen zweiten Brief zum ersten. L. heult jetzt. Aber Maikel ist kein Unmensch. So nüchtern er treppab läuft, läßt er L. im Ring liegen. Ohne zu schlagen, hatte er ihn getroffen, heftig wie in Magen und Unterleib. Das hatte Maikel nicht gewollt. Er will die helle Erleichterung.

Maikel Koserczek läuft seit Wochen unter die Dächer. Winter wird es. Eines Sonntags kommt er über Plagwitz, weißes Scheuerpulver. Die Fabriken heizen sonntags nicht. So bleibt der Schnee einen Tag lang und macht alle Dächer anmutig. Wenn es Minusgrade sind, gibt es auf der Industriestraße 9 Feinfrostspinat. Dick und grün verdichtet er das Dach bis zum Frühjahr, wo er herabtaut und Flecken aufs Bett pfatscht. Uschka futtert. Sie lehnt Konserven ab, auch Rotwein, den so geliebten. Soll Maikel alleine! Das Kind braucht Milch, Äpfel und Karamelbier. Maikel hockt unter dem grünen kalten Himmel und findet nichts, was seinen Appetit anregt. Wer wie er unterm Dach! Diese wüsten, unterkühlten Ideen, etwas zu tun! Das Kind haste gemacht, sagt Uschka, die Süße, un nu is gut damit. Heckmeck!

Als Winter wird, bleibt im Druckhaus der Fahrstuhl stehen. Plötzlich mit einem Ruck. Die Sekretärinnen nehmen erleichtert Wattepfropfen aus den Ohren, der Hausmeister ruft: Abrüll! Abrüll, Kollegn! – Nichts regt sich mehr. Der Transport bleibt aus. Der Leerlauf bleibt aus. Alle Anträge auf Reparatur sind verschwunden. Das Druckhaus aber druckt. Die Leute schleppen treppauf treppab ihre täglichen Rationen. Die Leute bekommen Arme wie Athleten. Sie messen sich aneinander und bemerken, daß sie gleichstark geworden sind in der Zeit der Havarie. Sie können sich sehen lassen mit ihren Muskeln und ihrer Ausdauer und ihrem Glauben, der Fahrstuhl wäre repariert. Und sie hoffen auf neue, auflockernde Ereignisse, da die Messe vorbei ist und der Winter gekommen. Sie drucken und liefern aus. Sie setzen die Schrift fett oder super, setzen setzen an ihren Maschinen und denken an Weihnachten oder lutschen Eukal-Bonbons gegen den kratzigen Hals. Plagwitz macht den Winter zu. Das Kraftwerk zum Heizen der Neubauten stößt durch den Himmel. Der Mond gespalten. Ein eisklares Verhältnis. Maikel friert unterm Dach. Uschka, die Süße, erwartet. Wenn die Tinte im Federhalter gefriert, taut sie Maikel über dem Ofen auf. Er schreibt noch immer, gibt pausenlos Nachricht. Durch Ruß und Schneelawinen, über die Gletscher der defekten Dachrinnen. Er steigt bis unter das Dach der Leute, die auf Erwartung aus sein müssen. So hat es Maikel in sich, so lebt er doch, so kommt er doch über den Winter.

Im Mai öffnet sich Leipzig für ein Fest. Über alle Straßen und Bahnhöfe schleust es Gäste ein. 12000 meldet die Presse. Die Straßen lärmen. Maikel vom Dach aus: Viele Leute trittrittritt junge bunte Menschen tritt laufen darauf in vielen bunten tritttritttritt Reihen jung und ganz jung und nicht mehr so ganz jung tritttritttritt. Die Straßen produzieren sich. Die Bäume klingen tritttritt 12000 Anzüge 12000 Schuhe mit Streifen 12000 Capes gegen Regen 12000 Übungstaschen 12000 tägliche Beutel mit FrühstückMittagAbendbrot Millionen tritttritttritt 24000 Augen 24000 Augen die Straßenbahn fahren wenn tritttritt die Straße zu lang geworden ist 24000 Augen die sich auf die Konturen heften auf die unter den Anzügen auf die –

Maikel fährt mit der Straßenbahn Richtung Druckhaus. Eine Viertelstunde. Er steht, zwischen die Leute gekeilt, die zum Fest nach Leipzig gekommen sind. Die Bahn ruckelt über das alte Schienennetz, die Gäste kreischen, lassen sich schieben und fallen, halten sich aneinander, die Anzüge sind bunt und glatt, und jeder Bezirk des Landes trägt eine andere Farbe. Neu sind sie und glatt, und die Mädchen, welche gelbe Reifen über den Armen tragen, fallen im wooling der Straßenbahn gegen die Jungen, die sich zu wölben beginnen unter den neuen bunten Hosen und sich das Fallen gefallen lassen und dann, beim ersten Einzug in das Stadion, der Fülle Herr zu werden versuchen, doch die Mädchen kickern und starren und bringen die helle Erleichterung.

Maikel wird mit aus der Bahn gespült. Aus allen Teilen Leipzigs kommen sie. In allen Teilen haben sie Quartier. 12000 Jungen und Mädchen und Trainer und Sanitäter und Ordnungshüter. Leipzig blüht. Messe der Lebensfreude. Maikel versucht, durch die Straßen zu brechen. Reihenweise ziehen die hellen erleichterten Leute hinein in ihre Kämpfe und Muster. Kameras werden in die Bäume gehängt. Megaphone an allen vier Ekken des Himmels. Fanfaren irdischer Heerscharen. Maikel versucht durchzukommen. Aber es spült ihn von dannen. Zwei halbwüchsige Mädchen nehmen ihn am Arm und tritttritttritt einfach mit. Das Druckhaus muß Maikel nun meiden. Er hat nur die Briefe an seiner Brust, die unter die Dächer sollen. Aber die Dächer haben alles schon erhalten.

Frau Ruth Richter liest die Zeitung. Sie hockt in lindgrünem Nylon am Ofen und liest. In der Küche beginnt ein Kessel Wasser zu kochen. Frau Ruth Richter weiß es. Sie wußte es immer schon. Das Fest ist ausgerufen. Hastig erhebt sich Frau Richter, sie hat nicht mehr viel Zeit, die ersten werden bald kommen, mein Gott, und wie das hier aussieht: sie gibt heißes Wasser in einen Eimer, tut *Imi* hinein und beginnt zu schmanten. Sie klatscht den Scheuerhader, wischt danach mit einem kleinen Läppchen die Ecken ihrer Wohnung aus. Wenn die kommen, muß es sauber sein. Was sollen die denn denken. Sonst. Frau Richter stöhnt. Sonst! Ach, sie hat keine Aufforderung, keine Bestätigung erhalten, daß sie eine Einquartierung bekommt, aber sie will es ahnen. Ihr Leben lang war sie dieser Ahnung aufgesessen, einmal würde jemand zu ihr kommen, durch ihre eigene Tür treten und staunen: schön hier, wie schön! Nun soll es sein. Zum Fest der 12000, von denen doch einer abfallen muß für Ruth Richter, einer! Das ist doch nicht zuviel verlangt! Sie holt nun die kostbare gelbe Flasche hervor, Zitronenwirbelwind pustet über alle Möbel, die keinen Staub je kannten, keinen Fleck noch Kratzer, Ruth Richter schwitzt. Nylon klebt an der Haut. Auf den Straßen lärmt es. Frau Richter spürt Schweiß. Er läuft an ihr zusammen und macht sie bereit. Wie die Presse berichtet. Sie geht ins Bad und wäscht sich. Der Wirbelwind erfrischt, sie scheuert ihre Haut, die andere Berührung zweimal im Jahr kannte, und sie wußte nie, welcher Art sie diese zu erwarten hatte. Aber jetzt, zum Feste, wird es wieder so sein. Ruth Richter prustet. Ihre Haut schäumt. Dann zieht sie sich ein neues Kleid über, tapst auf Zehenspitzen hinaus in den Flur. Ob sie etwas vergessen hat? Die Gäste sind für Klarheit, das weiß sie. Einer wird schon abfallen für die Frau unterm Dach, einer von 12000! Die Fanfaren dringen bereits bis zu ihr. Schnätteräh tritttritt kommt etwas die Treppe hoch, eine von 12000 Fanfaren schnätteräh tritttritt, Ruth Richter schwitzt schon wieder. Sie harrt vor der Flurtür, eine Hand auf der Klinke, um sogleich einlassen zu können, den man ihr zugedacht hat als Quartiersgast, einen jungen oder nicht mehr ganz jungen Kämpfer, Trainer oder Ordnungshüter. Sie harrt, und an ihr läuft die Hoffnung zusammen. Aber die Hoffnung riecht. Sie riecht ein wenig, wie Frau Richter riecht. Etwas dunstig, nach Fisch und Schmalz. Würde sie jetzt ins Bad laufen, müßte der Gast warten vor der Tür. Kämpfer sind auf die Sekunde, das weiß man doch. Also läßt Frau Richter ihre Hand auf der Klinke, und die Hoffnung läuft in Strömen; sie könnte einen Löffel weiße frische Medizin gebrauchen, aber die Flasche steht in der Küche, gleich wird Frau Richter die Klinke niederdrücken, es riecht, riecht nach Fisch und Schmalz und Blüten vom Schellenbaum, die Hoffnung läuft die Beine herab auf den Flurboden. Das geht nicht an! denkt Frau Richter und rappelt sich.

Tritttritttritt alle laufen mit. Die Eröffnungsveranstaltung ist für Montag festgelegt. Im Stadion, kurz vor Plagwitz. Frau Richter wischt den Boden ihres Flurs. Der große Bruder und die kleine Schwester stehen hinter den Fensterscheiben unterm Dach und wollen nicht mehr lernen. Der Bruder klopft mit den Fingerknöcheln, tritt schnätteräh! quäkt die kleine Schwester. Das Lehrbuch liegt auf dem Tisch. Heute ist lernfrei. Heute sitzen die Silben schon, die Sätze, die Deklinationen. Die Briefe sind buchstabiert, *Mimi Ofen Scheuersand*! Die Hühnerleiter führt durch das Fenster zum Himmel. Der große Bruder nimmt die kleine Schwester an der Hand und führt sie nach oben. Von oben kann man besser sehen, Leipzig im Mai, das bunt gefüllt ist mit 12000 in neuen Anzügen und einer Musik, die einfach nach oben steigen läßt, hoch hoch bis in das Weltall, von dem die Lehrer erzählen, von der hellen erleichterten Zukunft. Die Kinder steigen. Hand in Hand, der Bruder führt die Schwester. Sie haben alles gelernt, die Worte, die Briefe sind in ihren Hirnen eingegraben, sie haben sie immerzu wiederholt, weil sie diese geschrieben unterm Dach vorfanden. Sie steigen und kommen auf die oberste Sprosse und sehen in den Jubel des Stadions. Ich möchte fliegen, sagt die Schwester. Er müsse erst fragen, sagt der Bruder. Er hält sie fest, und an seinem dünnen Hals rötet sich der Adamsapfel. Bitte, fliegen! die Schwester trampelt mit den Füßchen. Erst fragen! Der Bruder ist schon so groß, daß er die Schwester gut festhalten kann. Von oben sieht das Stadion aus wie Frühlingssuppe. Der Junge zieht seine Schwester wieder nach unten. Sie haben heute noch nicht gelernt. Fliegen! ruft die Schwester und ningelt dabei. Die Hühnerleiter führt durch das Fenster in das Zimmer unterm Dach. Fälle beugen! fordert der Junge und wischt sich etwas aus den Augen. Nich weinen! ruft die Schwester erschrocken, als sie das gemerkt hat. Komm. Na, komm schon. *Schön.* Na komm. *Schöner.* Na! *Am schönsten.* Die Schwester kommt. Sie beugt. Sie lernt gut. Der Junge gibt Nachhilfe. Flennt ein bißchen, aber nicht schlimm. *Zu* fällt der Schwester ein. Das steht nicht im Buch, sagt der Junge. *Zu. Zuer.* Ein Beispiel. Die Schwester will ein Beispiel. Was hast du gelernt für Beispiele. *Land.* Na gut. *Das Land. Das zue Land.* Quatsch! Doch! *Das zuere Land. Das zuste Land.*

Schnätterräh, fauchen die Fanfaren im Stadion. Beugen ist einfach. Beugen beherrscht jedes Kind. Die Kinder hängen ihre Köpfe über die Bücher, flennen ein ganz klein bißchen und lernen. Ins Weltall steht eine Leiter. Tritttritt macht Plagwitz und eröffnet das Fest.

Eine Mannschaft stürmt nach oben. Sie stürmt über staubweiche Treppen, daß es stiebt. Das ganze Haus staubt unter ihren Füßen, die in neuen Schuhen mit Streifen stecken. Die Mannschaft besteht aus 12 Kindern. Die Kinder haben gutgebaute Arme und Beine und Haare mit farbigen Bändern. Sie tragen grüne Anzüge mit gelben aufgenähten Taschen und sind frisch und satt und locker. Sie stürmen unter das Dach, das ihnen zugeteilt worden war. Die alte Frau, so klein wie sie selbst, erwartet sie. Sie macht einen kurzen Schritt aus der Tür und bittet voran. Die Kinder ziehen Nebel hinter sich her in die Küche. Überall stiebt es. Die Mannschaft erwartet im beizenden Geruch der Dachwohnung ihre Anweisung. Doch erst mal brabbelt es aus dem Mund, in dem vor Jahren Zähne gewesen sein müssen. Die Kinder kichern, treten auf der Stelle. Die Mädchen verlangen nach einem Klosett. Die Jungen stemmen ihre Brust raus und motzen. *Solln ditte hier?* Die Alte wackelt am ganzen Leib. So viel Besuch hatte sie nicht erwartet. Es macht sie seltsam glücklich und erregt, so daß ihr schon wieder die Kopfhaut zu jucken beginnt und sie die Mütze ein wenig anlüften muß, um zu scharren. Die Kinder drehen sich, kichern, drängen sich zusammen. 12 von 12000. In einer Stunde beginnt die Eröffnung, bis dahin müssen sie ihre Taschen abgelegt und sich gewaschen und präpariert haben. *Issn Fehlschuß* murmelt ein Junge aus der Mannschaft. Einige beginnen zu springen. Die Alte hält sie zusammen: Ich bin wirklich noch nicht tot. Dann springen auch die anderen Kinder, machen sich locker, warm, holen die vertane Zeit auf. Aber als Mädchen war ich schon einmal tot gewesen, ruft die Alte, so laut sie kann. Durch das Springen der Kinder dröhnt der Boden. Als Mädchen lag ich schon im Grab, doch dann war der Krieg aus, dann kam ein Soldat und schnitt das Grab wieder auf, einfach so von rechts unten nach links oben. Mit einem Koppelschloß, längs. Da war ich wieder lebendig und stieg heraus, und der Soldat bettelte: Sing! Und ich sang auch, mit ihm zusammen: *Ich bin nicht tot! Ich bin nicht tot! Ich bin nicht tot!* Und wir tanzten und freuten uns, daß ich noch nicht tot war. – Die Mannschaft geht in die Hocke, schnellt nach oben und landet wieder weich. Aber da geht eine durch die Decke. Ein Mädchen, das der Boden nicht aushält. Mit einem zarten ratschenden Laut fällt es durch alle Stockwerke und kommt im Erdgeschoß weich zu liegen. Es ist nicht tot. Denn der Boden hier ist so weich wie eine Turnmatte. Die Kinder singen: *Es ist nicht tot! Es ist nicht tot!* Auf den Straßen wird der Beginn ausgerufen.

Die Treppen zerfallen. Die 24 neuen Schuhe mit den Streifen haben sie durchgetreten. Ziegelstaub nebelt im Haus. Die Mannschaft läuft treppab, oben bleibt ihre Quartiersfrau am Geländer lehnen und ruft: Bis dann, Kinder! Und merkt euch: Ich bin nicht tot! Ich bin noch nicht tot! Durch ihren Kopfschutz dringt die Entzündung, es juckt unerträglich, und die Mütze färbt sich von innen heraus blutfarben.

Die geplante Einquartierung der Mannschaft bei der alten Frau war glatte Fehlorganisation gewesen. Der Gruppenleiter wirbelte beim zuständigen Komitee. Man muß sich beeilen, in einer halben Stunde ist Eröffnung, eine Schau ohnegleichen, und dabeisein ist alles. Ab mit euch unters Dach! Der Gruppenleiter hat diesmal Zeit zum Begleiten. Die Mannschaft fegt einszwei davon, wieder zurück unters Plagwitzer Dach, auf dem die Kohle Böller schießt. Ulzeroth steht baff.

Man hatte ihm nichts gemeldet, aber, so die tägliche Presse: zum Fest muß jeder bieten, was er kann. Auf jeden Fall aber Quartier. Er klebt gerade. Er fährt mit dem Leimpinsel über Papierfetzen, Briefblätter und Stoffreste und klebt eine Collage. Gestaltet den Mist seines Ateliers, was weg muß, muß weg, der Abfall, das Fortgelegte. Neben der Collage ragt der teuflische Zahn. Und auf dem Zahn turnt das Hexlein. Es schwingt am Reck, fledert herum und freut sich auf Abwechslung. Die Mannschaft steht auch baff. Hier sollen sie – ? *Hier?* Das einzige, was anders ist, ist der Gestank. Ulzeroth rührt den Leim. Er läßt sich von seiner Arbeit nicht abhalten. Was weg muß, muß weg. Über die Collage aber wird Latex gezogen. Damit hält, was weg muß. Ulzeroth weiß das. Das Hexlein setzt sich mit gegrätschten Beinen auf das Zahnreck. Von den Kindern ist allerhand zu erwarten. Sie sind bunt und sprühen Kraft. Sympathisch. Aber die Mannschaft will nicht mehr. Sie will nur ihre Sachen ablegen und los zur Eröffnung. Diesmal ist der Gruppenleiter mitgekommen. An seinen Anzug ist der rote Streifen des Leiters angenäht und hält ihn zusammen. Der Leiter tritt vor Ulzeroth: Was er sich denke, solln hier vielleicht unsere Leute schlafen? – Ulzeroth rührt den Leim, bis er Bläschen wirft. Besser gehe es ihm leider nicht, auch wüßte er nichts von der ganzen Sache. – Nichts wissen! – der Gruppenleiter zieht Luft ein, getroffen von einem gekonnten Tiefschlag. Die Kinder ergehen sich inzwischen im Atelier. Lustig finden sies, herrlich bekloppt, was'n erwachsener Mensch alles so tut. Das soll Kunst sein soll das! Der Gruppenleiter schnaubt. Scheißorganisation! Draußen wartet das bereits gefüllte Stadion. Ulzeroth rührt Leim auf. Das Hexlein schwingt sich nach oben, dreht einen Doppelsalto und landet vom Zahn aus genau im Leimtopf. *Glattschsch!!* Die Mannschaft jubelt. Das Hexlein rudert heftig und schreit um Hilfe. Ulzeroth fischt es mit dem Pinsel aus dem Klebstoff und setzt es vorerst ins Waschbecken zum Abtropfen. Jedes der Kinder hätte einen besseren Salto vollführen können, jedes! Der Gruppenleiter stößt vor. Der Gaukelei ein Ende machen. Aber der teuflische Zahn ragt. Er ragt nun mal von der Leinwand aus in die Welt und reißt dem Mann die Augen auf. Getroffen von so viel Schmerz, fällt dieser zurück. Die Mannschaft jubelt erneut. Das Hexlein im Waschbecken traut seinen verklebten Augen nicht: Ulzeroth wirkt! Er hat Erfolg! Seine Kunst berührt die Menschen! Der Gruppenleiter flucht jetzt. Ab durch die Mitte! Der Gruppenleiter wankt. Seine Augen brennen. Ulzeroth telefoniert. Leipzig hat zum Fest totale Bereitschaft. Sofort fährt auch ein Unfallwagen vor das Atelier. Mit Tatütata wird der Gruppenleiter samt Mannschaft abgeführt, und Ulzeroth lacht krachend hinterher. Das Selbstbildnis mit teuflischem Zahn ist vollendet. Die

Collage aus Abfall mit Latex haltbar gemacht. Zwei Briefe, die mit hineingeklebt sind, werden lesbar. Dabei hat Ulzeroth sie einfach nur so bei sich gefunden gehabt. Da kann ja jeder kommen und was wollen. Wenn er, Ulzeroth, schon was will, genügt das.

Die Eröffnung des Festes hat begonnen, und die Mannschaft hetzt noch immer durch Plagwitz. Sie ist naßgeschwitzt, hat den Gruppenleiter vor der Klinik St. Georg abgesetzt. Inzwischen haben die Kinder auch neue Anweisung: abermals unters Dach. In die Wohnung eines Arbeiters, der ist zuverlässig, korrekt, mit der nötigen Einstellung! Während also eröffnet wird, ertappt die todmüde Mannschaft einen Mann, der kein Namensschild an der Türe hat, beim Schlafen. Der schläft in seiner oberen Schicht. Er hatte in der Nacht zuvor noch Kisten verpackt, Kisten aus der Kleiderbude mit bunten Anzügen oder Kisten aus der Großbäckerei oder … Er hatte die ganze Nacht verpackt oder die Maschinen gewartet, mit seinen schmalen müden Armen, und er hatte sogar noch nachts Mastente bekommen in der Kantine, getrüffelte Mastente mit Reiskrusteln. Er arbeitet immer von fünf Uhr bis vierzehn Uhr oder von vierzehn Uhr bis vierundzwanzig Uhr oder von vierundzwanzig Uhr bis sieben Uhr. Er arbeitet Montag Dienstag Mittwoch Donnerstag Freitag Sonnabend Sonntag Montag Dienstag Mittwoch, er arbeitet voll, er arbeitet in der rollenden Woche, in seiner unteren, mittleren und oberen Schicht. Der Arbeiter rollt sich nach Dienstschluß zusammen und schläft. Das Dach ist dicht über ihm, er schläft und besitzt kein Namensschild. Er liest täglich die Zeitung von hinten nach vorn. Er liest das Fettgedruckte und die Annoncen. Manchmal ist etwas dabei für ihn. Manchmal, an freien Tagen, hebt er den Kopf. Da hört er von der nahen Parkbühne Musik oder vom Stadion her die Pfiffe der Zuschauer. Manchmal geht er dann dorthin und kehrt unterwegs auf ein Bier in den Ratskeller ein. Einmal steckten zwei Briefe an seiner Tür, die er stecken ließ, denn er war noch nie neugierig gewesen in seinem Leben, denn es stimmte, was er tat, und die Ente war abgesichert. Die Mannschaft stellt Taschen und Beutel ab, zieht die Schuhe aus. Die Kinder sind zum Umfallen müde. Der Gruppenleiter ist in der Klinik, man kann tun, was man will. Die Mädchen und Jungen nisten sich in der unteren und der mittleren Schicht ein. Ganz oben schläft der Quartiersherr. Einigen fallen sogleich die Augen zu. Ein paar Jungen, die schon in das vierzehnte Jahr gehen, strecken sich auf dem Rücken aus. Sie wollen sehen, was wird. Es wird was oder wird nichts. Ein paar Mädchen ihres Alters fummeln oder fummeln nicht. Das macht müde. Schnätteräh macht das Stadion. Die Mannschaft schläft eine Runde. Hell und erleichtert erwachen sie gegen Abend, rechtzeitig zum Höhepunkt des ersten Tages: zur Fakkelweihe auf dem Karl-Marx-Platz. Sie stehen auf, fahren in Schuhe und Anzüge. Sie rütteln auch den in der oberen Schicht wach. Sie nehmen ihn mit, haken ihn unter und schleifen ihn aus dem Haus. Alle sind zu allem bereit. Durch Plagwitz gehts, runter in die Stadt zum Karl-Marx-Platz. Pingtäräh machen die Schellenbaumalleen. Der Platz ist gerammelt voll. 20000 und der Minister. Alle stehen und wimmeln. Leipzig blüht, und die ersten Kämpfe sind ausgetragen. Das Siegerehrungspodest ragt auf der Tribüne. Zwei Mädchen und ein Junge werden nach oben gehoben. Sie stehen auf 1, 2 und 3 und tragen Medaillen. Der Minister redet. Dann reden die Vertreter von Stadt, Staat und Sportbund. Zwischendurch tanzen ein paar Mädchen. Die jungen Kämpfer gucken auf die Brüste unter ihren Anzügen. Der Minister klatscht mit allen. Noch nicht sichtbar für die Zuschauer, läuft vom Völkerschlachtdenkmal her der Fakkelträger. Er federt durch die Straßen. Noch reden die Vertreter, und noch werden die ersten Sieger geehrt. Dann taucht jemand hinter dem Podest auf. Einer, der alles übertrifft. Der Rekord. Er steht mit hochgezogenen Lippen weit oben und grinst und schwankt ein bißchen. L. ist auf Stelzen gekommen. Taktaktak von Plagwitz in die Stadt. Man will ihn da sofort herunterziehen, aber wer ihn greift, greift ins Leere. Die Erfindung L. hat selbst seinen Abgang gefunden. Jedoch während er hinter dem Podest stelzt, wird er weitergeschrieben. Unermüdlich in der Stube des Chronisten. L. macht Parade. Er teilt keine Schläge mehr aus, er tänzelt nur, will nur zurück in den Roman. Mit ein bißchen Ruhm, mit ein bißchen Ehre. Der Minister gibt ein Zeichen: Schöne einfallsreiche Einlage, warum nicht, Sportsfreunde? Der Minister hat eben Humor. L. lacht, ohne daß er es tut. Mit breitgeschlagenem Mund blickt er von oben herab auf die Menge. Er ist es auch, der den Fackelträger zuerst sieht. Er ist immer allem voran gewesen. Die Zuschauer geraten in Panik. Der Zwischenfall mit den Stelzen nimmt kein Ende. Da man L. nicht fassen kann, versuchen nunmehr einige Sportfreunde, ihm die Stelzen unter den Füßen wegzuziehen. L. fällt zu Boden. Mit einem halben Salto mitten hinein in die Menge. Die Stelzen brechen. L. wird getreten. 24000 neue Schuhe mit Streifen an der Seite stampfen L. ein. Sie stampfen und stampfen, während er irgendwo brutal weitergeschrieben wird, unablässig, mit Titel, Kapiteln und einem ersten und einem zweiten Teil. L. wird geschrieben, und 24000 Schuhe kratzen sich an den Bordsteinen Papierschlamm ab. Der Fackelläufer trifft ein, man macht ihm Platz, er zündet das ewige Feuer von Olympia.

Während Frau Ruth Richter ihre Stellung verläßt und sauberen Kleides mit der überfüllten Straßenbahn in die

Stadt fährt, um nachzufragen im Organisationsbüro, wieso man sie vergessen hat, lodert Olympia. Während Ruth sich durchboxt und mit den Stöckelschuhen zornig den Boden tritt, schleppt Maikel Koserczek Uschka, die Süße aus Connewitz, durch die Straßen. Ein Verkehrsstau am Waldplatz läßt keine Straßenbahn mehr durch. Aus Uschka will etwas heraus. Während in der Klinik St. Georg der Gruppenleiter einer fehlgeleiteten Delegation von einem leichten, aber schmerzhaften Augentraume mittels Borwasser kuriert wird, öffnet sich Uschka ein wenig. Nach einem langgezogenen Uuuuh!, das sie ausstößt, ergießt sich ein Schwapp Fruchtwasser auf ein schon von 24000 Schuhen zertretenes Löwenzahnbüschel am Wiesenrand Ecke Friedrich-Ludwig-Jahn-Allee. Während Maikel Koserczek hilflos herumsteht und hilflos um Hilfe ruft, steht hoch oben auf dem Plagwitzer Dach eine alte Frau mit roter Mütze und ruft: Wartet, Kinder! Ich bin noch nicht tot! Während Olympia mit blauer Flamme lodert und der schweißtriefende Läufer in die Reihen der Tribüne aufgenommen wird, preßt Uschka. Während Uschka preßt, kann Maikel nicht mehr zusehen. Ihm wird schlecht, und er läuft davon. An seiner Brust knistert etwas. Briefe, die er geschrieben hat. Während Uschka durchatmet und preßt, erholt sich der Löwenzahn auf der Wiese. Maikel weiß, daß heute die Chance für ihn ist. Er wird lesen. Er wird öffentlich werden. Von der Tribüne herab wird er seinen Brief kundgeben. Unterm Dach ist doch sinnlos, nur unter freiem Himmel! Der Himmel stinkt nicht, das ist Maikels Erfahrung. Maikel drängelt sich in die Stadt. Während ein Arbeiter gerade aus seiner obersten Schicht erwacht und sich in den Armen junger Kämpferinnen findet, steht Uschka breitbeinig am Zaun. Ein Sanitäter aus der Menge hat sie bemerkt und ruft: Pressen! Pressen! Während Maikel kühn den Redner von der Tribüne stößt, stößt ihn die Menge von hinten. Und während er zu reden beginnt, hält der Sanitäter unter der süßen Uschka ein Handtuch auf. Schnätteräh macht Leipzig. Maikel schwankt. Ihm wird heiß, neben seinem Kopf lodert das ewige Feuer. Während L., der invalide Boxer eines zukünftigen Romanes, eingestampft wird, erscheint überm Löwenzahn das Köpfchen eines Kindes. Maikel liest seinen Brief durch das Mikrofon. Er liest, was er täglich geschrieben und täglich unters Dach getragen hat. Während er in die johlende Menge hineinruft, wird Maikel Koserczek Vater.

Der Minister bittet um Abschaltung des Lautsprechers. Die Weihe ist beendet. Maikel brüllt sich den Hals rauh. Während die Menge wimmelt und abtreten will in alle Straßen Leipzigs, wird Uschka über die Köpfe gehoben. *Hoch! Hoch!* Hier wird nichts beendet! Der Sanitäter stellt sie auf die 1 des Siegerehrungspodestes. Ein Abgeordneter hängt ihr die Medaille um. *Hoch! Hoch!* Uschka fordert, daß der Lautsprecher wieder angestellt wird. Sie hält ihr Baby auf dem Arm und läßt es schreien, 60 Phon laut, frischgeboren, mit guten 7 Pfund Gewicht. Während das Baby schreit, dreht sich alles um Maikel. Uschka empfängt Blumen und huckt sie Maikel auf. Maikel versucht, sich neben ihr zu halten. Der Beifall und die Blumen machen ihn ganz duselig im Kopf. Während er gerade stürzen will, fängt ihn die Menge und richtet ihn auf.

Der Spinat war einmal. Der Antrag auf Reparatur des Himmels ist gefunden worden. In der letzten Hintertür. Keine nutzlose Energieverschwendung mehr. Maikel Koserczek hält sein Kind auf dem rechten Arm und in der linken Hand den Schlüssel. Der Schlüssel ist für eine neue Wohnung. Neben ihm steht Uschka, die Siegerin. Vor ihnen allen stehen zweieinhalb Zimmer im Neubau.

Nicht mehr Plagwitz, sondern Connewitz. Nicht mehr pfatschendes Dach, sondern Fugen in den Wänden. Leipzig produziert. Grus dichtet alles ab. Vor Maikel stehen Uschka, das Kind und die Hochzeit.

Zur Hochzeit geht Maikel in den Ring. *Ja,* sagt er gemäß allen Kampfesregeln zum Standesbeamten. Dann ballt er die Fäuste und winkelt den rechten Arm. Den Punkt fürn Kopf-K.o. kennt er genau. Mit kurzen kräftigen Haken schlägt sich Maikel unter das Kinn. Aber er wankt kein bißchen. Etwas richtet ihn immer wieder auf, immer wieder, solange er lebt. Der Standesbeamte bittet um Ordnung. Maikel läßt die Rechte zur Faust geballt, und Uschka schiebt den Ring darüber.

1988

Ritter Rosel oder Das nullte Gefecht

Diether: Wo hast du her die Frage nach dem Grab, mein Kind?

Harald: Von Reinhard, Bote unsres edlen Herren, Botho von Stötteritz.

Diether: Vom Landsfürst, eh! Was soll ich Schmied dann sagen.

Harald: Was ists nun, Vater, dieses heilige Grab.

Diether: Nun was. Gesehen hab ichs nicht. Frag deinen Herrn.

Harald: Gesehen hast dus nicht.
Und weißt es nicht. Das Land,
Jerusalem, wo ists.

Diether: Gott weiß es. Warum bohrst du *mich*
so nach dem Heilgen an.

Harald: Bist doch mein Vater.

Diether: Bin ich.

Harald: Also sag: Wo find ich Ort und Ziel.

Diether: Gott weiß, daß ich nichts weiß.
Ein Grab, auf dem ein Stein ruht,
da spricht man großes Wort.
Sein könnt es – oder nicht. Ich schmiede.
Frag nicht viel, bin Schmied.

Harald: Das heilige Jerusalem, sag mir, was da der Reinhard will.

Diether: Jerusalem, als ob ichs schon einmal gehört.

So nahm Diether, der Schmied, seinen Hammer und ließ Eisenglut stieben. *Deng!* Die Funken schwirrten durch die Düsternis der kleinen Schmiede, prallten irgendwo ab und verloschen. Das sind die Sterne von Bethlehem, die deinem Vater erscheinen, sagte Mutter Regina zu Harald, dem Sohn! *Deng!* Duster war die Schmiede, wie ein Schafstall, *Deng!* Die Sterne sausten, und der Vater schmiedete feste Ringe daraus, Reifen für Wagenräder, Bolzen und Ketten. *Deng!* Was kam der Sohn mit solchen Fragen dazwischen. Unter den Hammer damit! Die Sterne sah man und widersprach der Mutter nicht: Echt Bethlehemsche. Aber das Heilige Grab? Bei Gott, das ließ der Schmied nicht zu. Nur Sterne, die anschaubare Vorstellung des Stoffes. *Deng!* Da fragte der Knabe, nahm etwas einfach nicht hin, was er gehört hatte – und wollte nun gerade von ihm, Diether, dem Schmied, eine Antwort erheischen. Diether knallte den Hammer. Bei mir nicht! Geh spielen, Harald. Jerusalem ist überm Mond, und die Sterne sind Eisenfunken. Ach! Harald kauerte in der Ecke. Eisenfunken über dem Jesuskindlein. *Deng!* Das saß. Und der Vater klopfte die verbogenen Spitzen der Lanzen gerade. Der Hammer wurde schwer dabei. Schwitzen tat der Schmied, wenn er Lanzenspitzen zurechtbog. Schwitzen mehr als bei Ringen und Wagenketten. Frau Regina stand prall an der Tür, die Hände gestützt: Was steht dir das Wasser am Kopf, Mann! Schon schlapp? Um drei Zinshühner wirst du uns wieder arm machen. Soll ichs dir zeigen? – Regina hob den Hammer mit ihren baumstarken Armen und ließ ihn kurz vor Diethers Nase herabsausen. *Deng!!!* Die Lanzenspitze brach, Diether ging in die Knie. Bei Gott! rief Harald mit hoher Kinderstimme. Und der Vater wollte ihm keine Antwort geben.

Immer, wenn Diether derart am Boden war, lachte es. Die Tür zur Schmiede ging auf. Bauern und Mägde, die vorbeiliefen, lachten: Eh, der Weibs-Mann! Nun schaut den doch an! Liegt und kann den Hammer nicht halten! – Nicht nur den! – Hahahaha! – Eh! Eh! – Diether, laß dir doch ein Hebezeug schmieden von deinem Weibe, wirst sehen, wie du hochkommst!

So lief das Gelächter mitten durch die Schmiede, die manchmal so sehr einem Schafstall ähnelte, daß einem ganz entzückend wurde. Aber Diether lag und Regina schwang den Hammer. Immer bei den Lanzenspitzen war es so. Und immer, wenn es so war, lief Harald davon.

Auf der Wiese am Ulmenteich traf er auf Reinhard, den jungen Fronboten. Reinhard zählte vierzehn Jahre und war ein hochgebauter Bursche. Seine Stimme klang wie die eines Wolfes so tief und machte sich komisch aus zu der noch immer kinderhellen von Harald. Es war Sonntag. Fürst Botho von Stötteritz, ein strenger junger Adliger, der eine mittlere Niederburg behauste, gab dem Boten diesen Tag frei. So war es Gottes Bestimmung, und Gott wollte niemanden ausnehmen. Nur Diether, der Schmied, schmiedete. Er lästerte Gott, es stoben sonntags die Sterne. Er schmiedete gegen den Hunger an.

Reinhard aber lief jeden Sonntagmorgen mit eiligen Schritten aus seinem Stübchen quer über den Burghof. Meistens war es noch still im Palas, der mächtig den Platz einnahm. Reinhard stahl sich vorbei, ehe der Hahn krähte, ehe Botho, der Herr, ihn abfangen konnte an der Zugbrücke und womöglich sagen:

Nu, Reinhard, an Gottes freiem Tag, wohin so schnell?

Spielen, Herr.

Da konnte Botho sich oftmals nicht fassen und lachte und zog seinen Boten zurück ins Burginnere. Bis in den Palas, der ihm an Wochentagen verschlossen blieb.

Sonntags lehrte Botho ihn, Entzücken einzutreiben: Hols raus aus mir, nimm dirs, gibs deinem Herren, zwing ihn, hols dir, raub mich aus ...

So war es, bis Reinhard noch fast in der Dunkelheit die Burg verließ, um seinem Herrn nicht zu begegnen.

Am Ulmenteich wartete er auf Harald. Es war, als würde die frische Morgenluft ihm pfundweise grauen Staub von der Haut nehmen. Die Schwerarbeit der Woche, die Eintreiberei der Fron in gottserbärmlichen Häusern! Reinhard, der das Vieh aus den Ställen reißen muß: Der Fürst hats befohlen! – Die Woche lang. Das eingetriebene Vieh auf der fürstlichen Tafel, gesotten und gebraten. Die schlingenden Rittersbrüder und Botho, der mäßig aß und herrisch. Keine Burgdamen, nur in der Küche zwei Alte, die den Braten spickten. Die Hände des Herren, die Reinhard anfangs mit denen Gottes verwechselte. Doch Gott hatte keine Hände. Und zu ihm betete Reinhard nächtlich: Lieber Gott, hab Dank für den Tag und schlag dem Herrn Botho doch bitte die Hände ab, die sind so schrecklich weiß, die fassen sich so furchtbar an, die kann ich nicht erleiden!

Das alles lastete auf Reinhard, das alles warf er sonntags in den Teich. Harald kam aus der Schmiede, riß sich eine Gerte vom Weidenbaum und rief: *Los!* Das Spiel begann. Reinhard schwang einen Knüppel. Schwert gegen Lanze. Die Gerte zirrte, zerschnitt die Morgenluft, der Knüppel brach, ein Knochen. Dieses Geräusch hatte Reinhard schon einmal bei einem Turnier auf dem Burghof gehört: des edlen Herrn Gerhard von Henningsruh brach der Arm durch die Rüstung, ein dumpfes stöhnendes Knacken, das der Fronbote seitdem im Traum auf Bothos Hände verlegte. Aber die blieben so weiß und gefällig wie immer, wenn sie etwas verlangten. Sie winkten sanft und entschieden, sie konnten so fein nehmen und geben und waren jeden Morgen wieder da, trotz Gebet und Traum.

Der Traum schwang sich in die Morgenluft zum Staub, und Reinhard schwang den Knüppel. Sie ließen Köpfe rollen. Halboffene Heckenrosen, Hagebuttenfrüchte von den Sträuchern. Sie fielen, rote Eisenfunken in das Gras. Ritsch ratsch Ritter. Die Jungen kämpften gegen den Sonntagmorgen. Weidengerten brachen oder fetzten sich flachsweich. Erschöpft und froh legten sich Harald und Reinhard an den Teichrand. Das vollbrachte Tagwerk hieß sie ihre jugendlichen Glieder langstrekken. Wie stark sie waren, wie schön auch. Schauten sich an, der Reinhard spöttisch, der Harald bewundernd. Reinhard, der in seinem langen Haar den Schweiß trocknen ließ. Harald, der heimlich Brombeeren auf seiner Zunge zerdrückte, um endlich von dieser hellen Stimme loszukommen. Wie ein Wolf klang der Freund. Aber das Kind in Harald wollte sich durch die Beeren nicht fressen lassen. Als die Sonne endlich Haar und Gras trocknete und in Stötteritz die Glocke anschlug, rüsteten sich die Jungen um: Ritter Reinhard stellte sich auf: Nu, folg mir!

Doch an diesem Sonntag wollte Harald nicht. Wußte nicht, wohin und warum folgen. Weil er doch noch keine Antwort auf seine Frage hatte: Was ists nun, das allerheilige Grab? Reinhard aber wollte spielen. Wollte Ritter und Knappe spielen, was so seine Richtigkeit hat. Nur heute sagte eben der Freund: Nein, Knappe nicht. – Ritter Reinhard steckte seine Lanze in das Gras und schaute blauäugig auf den Aufsässigen: Nicht Knappe? – Tauschen wir, sprach Harald, und plötzlich hieß er einen großen Wunsch sich nahe: den Reinhard neben sich zu sehen, auf allen vieren laufend, so wie man landsläufig Knappe spielte. Er, Harald, hatte es oft getan, war mit den bloßen Knien durch das Gras gerutscht, hatte dem Ritter die Schuhe gebunden, ihm die Rüstung angelegt (die aus Lattichblättern und Stroh geheftet war) und manchmal auch das Pferd abgegeben ... Heute also nicht Knappe, sondern Herr. Reinhard zog die Lanze wieder aus der Erde. Ärgerlich kniff er seine Augen zusammen: Knappe, ich? Das nicht.

Ich auch nicht.

Die Jungen standen sich gegenüber. So konnte kein Spiel daraus werden. Reinhard kniff noch immer die Augen. Das konnte er nicht ertragen: Der Harald wollte nicht Knappe sein! Er war bloß ein Schmiedesohn und wollte nicht! Reinhard trat ein paar Schritte zurück: Gut, spielen wir was anderes: Du bist dein Vater, der Schmied. Ich Botho, mein Herr. – Harald brach einen Ast vom nahen Ahornbaum und schwang ihn. Also Schmied! Soll der Freund seinen Willen haben. Harald haßte Zänkereien und wich ihnen gerne aus. Den Traum vom Knappen Reinhard zerschlug er mit dem Ast. Rindenbrocken stoben hoch. Der Herr Reinhard gelangte um den Ulmenteich herum zur Schmiede. Kam als Landsfürst und Eintreiber. Wollte zwei Kannen Honig, die verpaßte Fron. Her damit, Schmied. Willst du, daß ich verhungere?

Harald hämmerte mit dem Ast und spielte nicht mit. Reinhard gab den Herrn Botho ab: Schmied, du weißt, wer die Fron nicht leisten kann, dem steht der Strick. Zwei Kannen Honig! Harald mochte nicht mehr spielen. Er wollte zum Ende kommen, riß zwei Kuhblumen aus der Wiese: Hau ab mit deinem Honig! Reinhard schlug ihm die gelben Blumen aus der Hand. Honig hab ich gesagt, zwei Kannen! – Harald hielt mit Hämmern inne: hast sie nicht gewollt.

Das sind Kuhblumen! Honig, sage ich.

Der kleine Schmied lachte mit hoher Stimme und ließ den Arm sinken. Es ging auf Mittag zu, und die Sonne stach vom Himmel. Sie war es wohl, die Reinhard ganz rot im Gesicht machte. *Honig!* brüllte er, und der Wolf wollte aus seinem Rachen treten. Auch er mochte nicht mehr spielen, wollte nur noch die Fron haben. Warum begriff dieser verfluchte Kindsschnabel es nicht. Harald wich erschrocken zurück. Jetzt sah Reinhard wie der Teufel aus, er glühte so, es floß Schweiß von ihm. Honig! Honig! Harald lief los. Er floh über Steine und Distelbüsche zur väterlichen Schmiede. War nicht Knappe, war nicht Ritter, war nur raus aus dem Spiel.

Reinhard aber holte sich den Honig. Am Sonntagnachmittag, als in Diethers Stube gerade die Suppe auf den Tisch kam, stand er, der Fronbote, vor der Tür und forderte im Namen des Fürsten Botho von Stötteritz zwei Kannen Honig. Er stahl ihn sich aus Reginas Hand, war nicht Knappe, war nicht Ritter, war nur raus aus dem Spiel.

Am frühen Abend verlangte Herr Botho von seinem Boten Rückkehr zu melden. Reinhard tat es diesmal mit klebrigem Mund. Bis zum Hals war er mit braunem Honig gefüllt, der erlogenen Fron. Botho streckte zum Willkommen seine weiße Hand vor: Was er getrieben hätte!

War spielen, antwortete Reinhard und stieß nach der Süßigkeit auf.

Daß du noch immer spielen mußt.

Ja, Herr.

Der Burgherr hob die Hand und führte seinen Boten über den Hof. In den Ställen scharrten Pferde, vollblütige Tiere, die jedem Gesinde Respekt abverlangten. Reinhard hoffte, bald zwischen ihnen stehen zu können. Das tat er manchmal, wenn ihn Botho von sich entließ. Die Leiber der Pferde umschlossen ihn duftend warm. Zwischen ihnen konnte er träumen, konnte von drei Dutzend Hufen zwei weiße Hände zertreten lassen, fein krachend, wie er es noch nie gehört hatte. Auch als an diesem Sonntag Reinhard, noch immer mit süßen Lippen, den Palas verließ, kroch er zwischen die Pferde. Ihm war übel geworden, der Kopf heiß und voller schliefer Qual. Warum war er aus dem Spiel gegangen. Den Sonntag hatte er verloren, der Tag war nicht mehr frei. Die Pferde schnalzten. Es waren ritterliche Pferde, unfähig jeder Rührung, aber mit edlem Mut. Reinhard fiel zwischen ihnen aufs Stroh. Er steckte den Finger in seinen Hals, aber der Honig kam nicht wieder. Der Junge wand sich, bis er einschlief. Über ihm ein junger Rappe blies ihm ins Gesicht.

Obwohl es den Honig in der Familie des Schmiedes nicht mehr gab, schob Regina ihrem Sohn einen abermals gefüllten Teller zu: Iß, mein Harald, das soll dir nicht zum Schaden sein. Iß, mein Sohn, in teutschem Lande stehts nicht an, so eine Stimme kinderhell auf weite Zeit mit dir herumzutragen, nicht in teutschem Lande! – Das sprach sie bitter durch die Zähne, während Diether, der Mann, ein wenig in den Schultern zusammenfiel. Er war bereits satt und müde, seit der Honig so ungeahnt geholt wurde. Harald riß den in Butter gebackenen Teig auf dem Teller auseinander, stippte ihn in Brombeermus und schob ihn mit den Fingern großbissig in den Mund. Iß, mein Sohn. Regina steckte ihm zu. Iß deine Stimme weg! Harald schlang, die Kinderstimme blieb im Halse stecken. In Regina kochte es. Was sie da am Tisch hatte! Blutlose, tölpische Bauern! War sie von anderem Schlag? Regina brodelte, schäumte, rührte einen Teig an und drückte Brombeeren zu Mus. Iß! Harald brachte keinen Bissen mehr herunter. Der Honig kam so nicht wieder. Belogen hat er uns! rief Regina vom Feuer her. Schweig du, Frau! – Diether krümmte sich. Hieß es doch, daß seine Schwäche bereits im Lande bekanntgeworden war. Was er nicht bringen konnte an Lanzenspitzen, brachte man von ihm fort. Zwei Kannen Honig heute, morgen ein zusätzliches Huhn, am Tag darauf vielleicht das letzte Leinentuch. Aber Regina wußte es besser:

Belogen, Mann, ich will das wissen!

Der Mann stand vom sonntäglichen Tisch auf, wusch sich die Hände und ging an die Arbeit. Wollte sehen, was dran war. Und kannte sein Weib, das so absonderlich wünschen konnte, hielt sie sich hintergangen. Regina baute sich vor ihm auf: Wenn du gehst, tu, was ich dir aufgetragen hab. Es ist Zeit dafür, Schmied.

Der Schmied erschrak. Daß es jetzt kommen mußte! Dieser Auftrag seiner Frau. Den sie ihm in den finstersten Nächten eingebleut hatte mit ihrem Maulhammer. *Tus für deinen Sohn!* hatte sie immer geflüstert und wollte sein *Ja* hören in jeder dieser Nächte. *Schmiede für deinen Sohn.* Der Schmied aber brachte es nicht fertig, wenn ihm sein Weib diesen Wunsch in den Schädel hämmerte. Regina blieb mit ihrer Lust allein, der Schmied schlief, Regina zerrte ihn hoch. So ließ er sich überzeugen. Eines Tages bog er das erste Stück Eisen. Schwer war ihm der Hammer und unhörig, schlug oft daneben, beulte die Ränder aus. Regina stand in der Tür. Sie dampfte vor Glück und rieb sich die Hände: Schmiede, Mann, es wird dein glänzendstes Werk sein!

Diether sollte eine Rüstung schmieden. Ein vollständiges metallenes Exemplar edelster Güter: das väterliche Erbe an seinen Sohn. Gott will es, sagte Regina und drehte nach Stunden einen fertigen Diechling in der Hand. *Ich kann nicht!* brüllte der Vater und ließ den Hammer auf den Boden fallen. Was will der Harald, das Kind, mit solchem Harnisch! In Regina kam Feuer hoch: Eh, Mann, ein Ritter wirds! Du tust, was so ein Ritter braucht. – Ein Ritter! Diether stand, sein Sohn von simplem Blut ein Ritter! Da war es auch schon wieder, jenes

Lachen, das durch die Schmiede lief. Von innen kam es, aus der Feuerglut hervor, aus dem Werkzeug, aus den Armen den Beinen dem Kopf und dem Mund des Schmiedes. Hahahahaha! Es dröhnte wie Donner, es lachte der Schmied, und das war seine einzige wirkliche Kraft. Er lachte, und unter diesem Lachen verbog sich der Diechling, der Schutz des Geschlechtes eines noch unbekannten Ritters. Die erste Schutzhaut seines zukünftigen Sohnes, den er bald nicht mehr kennen sollte, den er unter frowlichem Zwang umschmiedete. Hahahaha. Diether heulte vor Lachen, und Regina nahm ihm den Diechling aus der Hand. Hastig wischte sie mit dem Hemdsärmel die Tränen vom Eisen. Gar zu schnell kam der Rost durch. Dann bog sie ihn mit eigener Kraft wieder gerade. Dann schlug sie das Stück in einen Lappen und wahrte es bei sich auf. Halb totgelacht hatte sich der Schmied, war ausgeheult und dürstete nach Wagenreifen für seine Kraft. Beim Diechling blieb es vorerst. Beim Anfang, denn vor allem, so meinte die Mutter, müsse das Kind aus Harald heraus sein.

Nachdem Harald den halbgeleerten Teller mit den Teigstückchen von sich geschoben hatte, folgte er dem Vater. Er wollte schon wieder mit einer Frage kommen. Sie liefen in Richtung Schmiede. Ganz heiß aber war Regina mit ihrem Vorgefühl zukünftiger Eroberungen geworden. Er sollte seine Rüstung haben. Jetzt, heute noch, für den Kreuzzug gegen den gestohlenen Honig. Los, Schmied, an die Arbeit! Aber der Schmied lief an der Schmiede vorbei. Ließ den Sohn stehen, lief ganz einfach vorüber, über den Dorfweg hinaus, durch den Wald, bis zur Stadt Libz womöglich. Ja, er lief vor dem Auftrag seiner Frau davon. *Diether!* brüllte es hinter ihm her. *Vater!* kirrte eine unbrüchige Kinderstimme. Es wurde Abend und Nacht. Der Himmel blau und wegsperrend und steinschwer. Diether, der Schmied, blieb davongelaufen. Der kommt wieder, sagte Regina, die Frau.

Harald wollte es wissen: Was habt ihr für mich?

Was stellst du immer Fragen? Ein Ritter wirst du, so, genügt dirs? – Ein Ritter! Mit dieser Zukunft schlief Harald in jener Sonntagsnacht ein. Er war raus aus dem Spiel. Er wußte Bescheid. Seine Mutter schob ihm das dünne Haar aus der Stirn und klebte es mit Spucke fest. Warum sollst du kein Ritter werden. Vergiß, von wem du unadlig geboren bist, vergiß und sprich nicht. Doch iß Brombeeren, Junge, vergiß und iß und adle dich!

Regina betete für ihn, und Harald nahm seinen Traum auf, der aus grauem Eisengespinst gewebt war, doch zwischendurch gab er sich leer, großlöcherig und unzumutbar.

Der Vater kommt wieder, er weiß, was er will. – So redete Regina ihrem Sohn von oben herab zu, bis er eingeschlafen war.

Da war es auch wieder, das Heilige Grab, die Stadt Jerusalem, von der Reinhard, der Fronbote, erzählt hatte. Mit sehnsüchtig schwimmenden Augen. Vor der Morgen graute, erwachte Harald. Neben ihm die Mutter schlief mit tiefen Schnarchtönen erschöpft, Vaters Schlafstelle war leer. Leise erhob sich der Junge und tastete sich zur Tür hinaus. Er wußte, wo es lag. Das Geschenk, von dem ihm träumte, das er nie zu benennen wußte – er ahnte aber in diesem Augenblick, wo er es zu suchen hatte. Im Haus roch es sauer und nach Knoblauch. Die Lehmwände hielten es kühl, und im Strohdach nisteten Spinnen. Es knisterte und zirpte des Nachts, Harald hörte sein erstes Abenteuer in der Kehle schlagen. Er wollte sich sein Geschenk nehmen, die komplette Rüstung. Mit jenem Geschenk würden die Rosenköpfe vergehen. Endlich. Sie werden echt und von warmem Saft sein. Keine Übung mehr, keine Kinderei.

Aber das war noch weit hin – vorerst hieß es: aus dem Stand herauskommen. Mit Taten nur, so glaubte Regina (und übertrug es auf ihren Sohn), käme er, fußvölkig, ins Rittertum. Nun seis! Harald schlich sich voran. Er trat durch das breite Haustor in den Hof. Die Morgenluft spürte er wärmer als die Kühle des Hauses. Wohl hatte er schon einmal ein in Lappen geschlagenes Gerät in der Nähe des Hühnerstalles entdeckt. Aber er hielt es für unbeschlagenes Eisen, das der Vater für die Schmiede aufbewahrte. Nun aber hielt Harald das Geschenk in den Armen. Der Diechling glänzte in der aufgehenden Sonne. Und er war kühl und edel in der Form. Harald schlug ihn wieder in das Tuch und stöberte weiter. Eine ganze Rüstung hatte die Mutter versprochen. Der Beinschutz war schön, doch nicht alles. Was Harald weiter fand, war nichts als Hühnermist und Stroh. Ganz kalt wurde Harald bei dem Gedanken, der Vater könne für immer auf und davon sein, und die versprochene Rüstung beschränke sich auf dieses eine, wenngleich sehenswerte Teil. Enttäuscht nahm Harald das eingeschlagene Stück und lief zum Ulmenteich. Doch war kein Sonntag mehr, und kein Reinhard ließ sich sehen. Harald stand allein mit dem Diechling. Der Ulmenteich, ein kleines Gewässer, in dem sich Weiden und Sträucher spiegelten, wurde dem Jungen trotz seiner Einsamkeit vertraut. Vorsichtig holte er das metallene Panzerstück aus dem Tuch. Schwer wog es in seiner Hand und versprach Sicherheit. Es war nicht, es war wirklich nicht aus Lattich und Strohgarn! Es war so echt, daß Harald wiederum ein Frösteln überzog. Der Ulmenteich lud seinen Freund zum Spiel ein: Mehtiger friund, leg an! Ich will dir zeigen, was du so wunderschön nie erfahren hast! – Und so streifte sich Harald, vor Aufregung schluckend, seine Kleider vom Leib und zog den Diechling über. Schön saß er, doch kaum, daß die schmalen Schenkel des

Jungen ausfüllten; auch ließ der Unterleib zwei Fingerbreit Raum. Harald hielt das Rüstteil mit einer Hand fest. So gepanzert, war sein Leib ihm neu. Jedoch, was für ein Fühlen machte sich breit! Mit einem schweren Schritt, bei dem das Eisengelenk knirschte, beugte sich der Junge über den Rand des Teiches. Nu, spiegel mich, Freund! Der Teich zeigte ihm von unten her sein Bild: nackig, bis auf die bedeckten Schenkel. Sehenswert auch die Beintasche, gedacht für allerlei Hilfszeug beim Gefecht. Harald drehte sich leicht vor seinem Bild. Schon wieder kam ein Traum über ihn, der deckte ihn in den gewaltigen vollzähligen Harnisch, legte sich über das Nackte, schloß sein Gesicht ein, seine Füße und die Brust. Was für ein Bild, Freund, zeigst du! Jetzt war es Harald, als fülle sich der fingerbreite Raum zwischen den Schenkeln im Diechling aus. Ein Gefühl, das er so wunderschön nie erfahren hatte. Er nahm die Hand vom Eisen – das Stück hielt am Leib fest. Harald schauerte es. Ein Gottesgeschenk wars, geschmiedet von Diether, dem Vater. Könnte das Reinhard sehen, neidgelb würde er werden. Da platzte das Bild. Das Gefühl zog sich in Harald zurück, und der Diechling rutschte von der Blöße. Schreie flogen über die Ulmenwiese. Steine klatschten ins Wasser und zerstörten das noch eben wundervoll Sichtbare. Harald fuhr herum. Hastig zog er den starren Diechling wieder über, voller Scham, daß die ritterliche Straffheit vergänglich gewesen war. Was auf ihn zukam, war ein Ziegenbock. Ein graues verwildertes Tier, das ein junges Weib vor sich herjagte. Es war Rosel, die Tochter von Werner dem Kaufmann und seiner Frau Gislinde. Rosel hüpfte vor dem Ziegenbock in panischer Angst. Das Vieh war ausgebrochen, und womöglich hatte es die Bißwut. Sein Gesicht war finster wie das eines Muslims. Mit vorgestreckten Hörnern jagte es die Frau im Kreis. Harald stand eisern. Das war es! Gott

schickte den Ziegenbock, das heillose Tier! Bevor dem Jungen Helm, Visier und Armzeug, Bruststück, Kniebuckel und Beinröhren zustanden, stand vor ihm der Ziegenbock. Schnaufend ging er von seinem Ziel, der Rosel, ab und richtete sein Gehörn gegen den seltsamen Eisenverschlag um Haralds Unterleib. Harald hielt diesen einhändig und mit der anderen Hand den Ziegenbock ab.

Großherziger Ritter! rief Rosel erleichtert. Der Bock schnaubte noch einmal, drehte dann um und trabte Gras fressend davon. Rosel sank vor Harald auf die Knie. Es schüttelte sie, und sie vergrub das Gesicht in die Hände. Da saß sie, und Harald, noch benommen von seiner ersten siegreichen Verteidigung, legte ihr seine Hand auf das Haar: Hör auf zu zittern, die Gefahr ist vorbei. Rosel riß ihr Gesicht hoch, und Harald sah zwei Dinge, die ihn abermals lähmten: Rosel zitterte nicht, sie kicherte, kicherte unablässig und hemmungslos. Und sie tat es mit einem furchtbaren Gesicht. Wie gelb und fleckig es war! Bei Gott, schief saß es auf dem Hals, mit bräunlichen Narben überwachsen und einer Nase, die der Teufel gemacht haben mußte. Natürlich, das war Rosel, die kannten doch alle im Dorf Stötteritz! Bis nach Libz hinein war sie bekannt mit diesem Gesicht – und er, der junge Ritter, hatte sie nun vor Schlimmerem bewahrt! Nu, gut. Der Junge stieg um die Kichernde herum. Wie sollte er bloß aus seinem Panzerteil wieder herauskommen. Möglich, daß es das Weib verschreckte. Jenes Weib, das bislang nur Schrecken verbreitete. Was man ihr nachsagte und -rief, Harald kannte es, hatte es gehört, wie er vom Heiligen Grab gehört hatte seit seiner Kindheit. Nun sollte er entblößt davor stehen? Unmöglich. Also hielt Harald weiter mit einer Hand den Diechling fest und stellte sich hinter das Weib. Es war häßlich, die Ziege selbst – er konnte es nicht anschauen. Von hinten jedoch, ja, von hinten war es ganz hübsch. Das braungelockte Haar fiel ihr rein auf die Schultern, der Rücken war nahezu gerade, die Füße klein und fraulich. Gott will es! dachte Harald und beschloß – Rosel zu seiner Dame zu erheben und ihr fortan nur von hinten zu kommen.

Nun war es in jener Zeit am Anfang des 13.Jahrhunderts im Nachbardorf Plagwitz bei Libz, daß ein passendes Bett ausgehoben wurde. Freudig aufatmend nach jedem Spatenstich, stachen und gruben Männer und Frauen ein zehn Ellen langes und drei Fuß tiefes Loch. Es war ein trüber und nebliger Tag. Die Wolken zogen grau und versperrten den heiligen Scharen die Sicht. Doch sollten sie! Zorn grub sich mit in die Erde, Wut gab den Schaufelnden Kraft, Wut, vor der die Engel flüchteten.

Lang genug hatten die Plagwitzer ihre Kräfte vergeben an den, dem sie nunmehr zum letzten Mal etwas tun wollten, den letzten Fron liefern in aller Süße. An einen Baum gebunden, stand der Frevler: Fürst Niklas von Plagwitz, feist in einem dünnen Hemd. Nun sollte er in den Schlaf getrieben werden. Auf Gesicht und Brust zierten ihn natürliche Diamanten: Spuckfladen und Rotz. Wer vorüberging, gab sie freimütig von sich. So viel hatte das Volk davon, daß es gerne abgab – und Fürst Niklas, der immer so gierig genommen hatte, rückte nun verzweifelt in den Stricken. Zwischen seinen Tränen troff Auswurf der wütig Schaufelnden. Plagwitz machte ihm das Grab. Bis zu diesem Tag hatten sie ihn erduldet. Abgegeben hatten sie, was von ihnen eingetrieben wurde, zu beißen blieben ihnen meistens nur Knochen und ein Rübchen vom eigenen Feld. Und die Frauen blieben den Männern – einige Zeit, bis auch diese heimlich verschwanden, gerufen und genommen wurden von Niklas, dem Landsherren. Der erste aber, der seinem Weib nachlief in einer Nacht schändlicher Verführungen, war Ulrich, der Gerber. Flatternd am Leibe vor Zorn und Entsetzen, eigenfüßig dem Herren gefolgt zu sein, schlich er sich an den Wachen der Plagwitzer Burg vorbei, hörte und sah von den Hochzinnen aus, was der Landsherr seinem Weibe machte.

Niklas: Beiß nicht, Weib, bist du ein Tier.
Weib: Wohl.
Niklas: Ein heidnisches Tier.
Weib: So oder so.
Niklas: Weib, daß ich gegen Heiden zu Kreuze ziehen muß, weißt du.
Weib: Du kriechst, Fürst, wie jetzt vor mir.
Niklas: Wenn du schweigst, glaub ich an einen Christen. Willst du. Ich vergeß mich, dich. Heut noch mal. Morgen kannst du, hexisch schnell, versuchen, vor Ort zu kommen.
Weib: Als Spaß für deine Häscher.
Niklas: Als mein Spaß.
Weib: Ich beiß.
Niklas: Ich komm jetzt.
Weib: Teufel du.
Niklas: Sag das noch mal.

Und Ulrich, der Gerber, sah, wie der Fürst sein Weib hörnisch stieß und seine teuflische Länge in sie hineinschob – auf freiem Burghof in freier Nacht. Ulrich sprang von den Zinnen. Die Wachen, eisern umhüllt, begriffen zu spät erst das Schauspiel. Ulrich schlug ein. Auf seinen Landesfürsten mit Schuhsohlen und Ledergürtel. Er drosch ihm das Fell aus, Rücken und Arsch – das Weib schrie und verdeckte sich schnell – Ulrich aber gerbte das Fell. Grünblau ließ er den Fürsten liegen, stieß sein Weib nach Haus und trug noch in derselben Nacht stürmisch die Kunde ins Dorf.

Jetzt schaufelten sie das Grab. Ulrich vornean. Heftig warf er die Erdquader hinter sich, so daß sich Niklas noch mit diesem Dreck bedeckte. Das geschändete Weib spuckte sich trocken. Nicht genug konnte es bekommen. Und die anderen taten es ihm nach.

Als das Grab fertig war, hieß man den Fürsten einsteigen. Käsig wurde er im Gesicht. Was war er für ein Narr inmitten der Narren: stieg hinab in die Erdgrube, ohne den geringsten Widerstand zu tun. Das Hemd schlotterte über seiner Fülle – umstellt war er von denen, die ihm bisher alle Dienste leisteten, so umstellt, stieg er einfach hinab. Hinlegen! befahl Ulrich, und schon legte der Fürst sich wie zum Schlafen in die Erde. Legte sich auf die rechte Seite, winkelte den Arm unter den Kopf und nahm die erste Schaufel Erde kühl auf. Ulrich war es, der sie warf. Danach die anderen. Schon war Niklas von Plagwitz bis zum Geschlecht bedeckt. Nur im Hemd lag er in der Erde, mühsam irgendein Ende herbeiwünschend. Man schaufelte, grub ihn ein. Das Weib, das es noch einmal sagte: *Teufel, du!*, warf die letzte Schaufel Erde auf das Gesicht des Herren, das nach Luft schnappte wie vordem nach des Weibes Rockzipfel. Niklas von Plagwitz war begraben. Das Volk stimmte den Sieg an. Stampfend und lachend feierte es am Grab seine Freude.

Von Stötteritz herüber war Rosel gekommen. Immer kam sie, wenn etwas vor sich ging, wenn etwas zu treiben war oder zu halten. Der Wind trug ihr Nachricht zu. Rosel schüttete ihr langes Haar ins Gesicht und tanzte mit den anderen. Sie war immer da. Man kannte sie an allen Orten des Sachsenlandes, die Rosel mit dem Gesicht unterm Haar, das sie nie zeigte – und das, so behaupteten einige wagemutige Jungen – das Zeichen zukünftiger Mißgeburten vorwies: Wer es mit Rosel, der es mit einer Hexe. Kinder würde sie gebären mit Spiegelköpfen, kürbisgroß und Lügen zeigend. Wer diese Kinder anblickt, der würde sich selbst in ihnen sehen: verzerrt und verharnischt, seine wütendsten Träume könnten darin zu lesen sein, die verdrängten Wünsche: Verführer oder Mörder sein, Ritter oder in feinstem Adel. – Also die Rosel. Sie tanzte wild und schön, und von hinten, fanden einige, könne man sie wohl ertragen. Von Rosel ließ man die Finger. Nicht, daß man ihr nachstellte, sie zu erhängen oder, wie später üblich, den Flammen preiszugeben, doch suchte man ihr Gesicht zu sehen mit dem Schauder der Verwunderung. Rosel war überall. Sie fürchtete die üblen Worte nicht, die Verwünschungen und Wünsche, nicht die fatale Gier der Männer und Frauen, die sie beiseite schoben. Sie war da und wollte zwischen allen. Tanzen, ein Grab schaufeln, sich freuen wie lederne Wämse zerreißen. Und wollte zwischen allen doch alles anders.

Der Abend kam, als sich die grauen Wolken über der Richtstatt verzogen hatten, ohne daß es Regen gegeben hätte. Das Volk begab sich, müdegefreut, in seine Häuser. Nur Rosel blieb noch, hüllte sich in ihr Haar. Sie mochte kein Ende von Freude. Und es blieb auch das geschändete Weib. Ulrich hatte vergessen, es mitzunehmen. Vergessen vor lauter Freude. Das Weib, von dem erzählt wird, hieß Barbara.

Sie standen lange so. Das Grab war zugeworfen. Erst, so glaubte man gesehen zu haben, bewegte sich die Deckschicht noch etwas unter den Bewegungen des lebendigen Fürsten, dann aber rollte kein Sandkorn mehr davon. Still wurde es. Grabesstill. Rosel legte sich auf die Erde und lauschte: *Nein!* Es ist zu Ende. – Mein Gott! stieß Barbara hervor und hockte sich neben Rosel. Dein Gott? Die Fleckgesichtige hob erstaunt die Oberlippe.

So tat sie, wenn sie lachte, entblößte Zahnfleisch und Zähne wie eine Stute. Barbara krampfte die Hände zum Gebet: Mein Gott – weiß ich, obs Gott nicht wollte so, im Hofe unter den Zinnen? – Dann wiegte sie den Körper auf ihren Knien. Nacht wurde, und Rosel mußte den Gott ihr austreiben. Die Wahns, geschürt, geblasen seit aller Menschen Kindheit, zogen wie Nebel auf. Über den Dörfern und Burgen hingen sie, über Richtstätten, der Rausch, der verzückte Glaube an *Meingott*, der Rosels Gesicht nicht gemacht haben konnte. War sie doch an diesem Ort geblieben, Barbara, der man Schande antat und die hernach glaubte *Meingott*. Doch die Rosel von Stötteritz hatte ein Gesicht. Das wollte sie retten. Das war so anzusehen, daß alles, was war und nicht sein wollte, von ihr forttrieb. Wie von allein, wie durch irre Hexenkunst. Barbara wiegte sich, und Rosel kam heran: Frau, dir hat mans getan, nun reu nicht, was du beglichen hast.

Und wenn Gott?

Wenn Gott, so ists der Teufel in deinem Verstand.

Rosel, Geplagte, was weißt du? – Barbara hielt inne, löste die verkrampften Hände und – während es endgültig Nacht wurde über der Grabstätte – rückte sie näher an die Besessene. Die Dunkelheit verdeckte Gesichter und Vorhaben. Wieder lachte Rosel mit gebleckten Zähnen stutig. Wieder war sie auf Austreibung aus, denn man hatte sie selbst vertrieben aus der Reihe der Begehrlichen. *Gott* hatte sie für diese Nacht von Barbara weg. Doch nichts war ihr genug. Geschlagen mit tagunwürdigem Gesicht, schlug sie alles Eingetriebene aus: die Andachten, *Gottfrühundspat*, die Handwaschung nach dem Essen, den Kirchgang, die Burgfron, das Stehen bei Herd und: schön sei, was glatthäutig weiß, was hehr und ritterlich. Ihre Traurigkeit schlug sie aus, ihren Haß, das Heilige Grab und: Nun, sagte sie, öffnen wir das hiesige! Barbara fuhr zurück. Du bist des Teufels, Weib. – Das Weib des Teufels, ja, denn keines Weib. Und während Rosel mit den Händen in der noch frisch aufgehäuften Erde grub, klärte sie voller Lust auf: Nach zwölf Stunden, du weißt, fährt seine elende Seele zum Herren! – Barbara wußte es, denn Gott, *so war es*, erlangte die Seele selbst der Geächteten. Die tägliche Auferstehung fand statt. Die letzte Hoffnung eines jeden und die erste, die man, Kind noch, wörtlich zu plappern imstande war.

Nun will die Rosel da eingreifen. Ins Grab hinein, schänderisch, und will die verdammte Fürstenseele festhalten oder herauszerren, dem Landesherren die erstletzte Hoffnung nehmen. Entgeistert begriff es Barbara. Rosel wieherte: Nu, mach schon! Bin gespannt, wies aussieht. – Da glaubte Rosel, auf den Leichnam zu stoßen: die Erde fühlte sich warm an. Paß auf, Frau, ich will seine Seele haben. – Bist du Gott? flüsterte Barbara mit aufkommender Bewunderung. – Sieht Gott so aus? fragte Rosel zurück, und faßte danach – sie hatte die Seele aus dem Grab gezogen! Grün und krötig lag sie in ihrer Hand. Barbara quiekte vernehmlich. Die Grabschänderin steckte die fürstliche Seele in ein Holzkästchen, das sie aus ihrem Rock hervorholte. So. Jetzt hatte sie es. Die Seele kratzte im Kästchen. Noch immer zitterte Barbara.

Was ging hier los, warum floh sie nicht einfach von diesem verfluchten Ort, warum *wollte* sie Zeuge sein dieses seltsamen Seelenraubes? Vielleicht war auch sie, Barbara, schon fleckig und aussätzig geworden seit ihrem Beisammensein mit der Häßlichen. Schnell tastete sie über ihr Gesicht, aber es war noch immer, abgesehen von verkrustetem Schweiß, glatt und begehrenswert. Was nun? wagte Barbara in die Nacht zu sagen. Was nun, wenn der *Herr* seine Seele nicht bekommt?

Er hat die übrigen. Doch ist er arm dran, eine fehlt. *Wir* haben sie, willst du sie noch ertränken?

Barbara schauderte zurück. Das grünkrötige Ding, das zappelte – nicht um hundert Taler würde sie es zwischen ihre Finger nehmen. *Psst.* Rosel hielt die Hand warnend nach oben. – Was jetzt, ich will hier fort. Barbara begann zu jammern. Wart noch, Frau, der weiße Engel muß gleich erscheinen. Immer kommt ein weißer Engel, wenn die Seele gen Himmel soll. – So sagte der Pfaffe die Hoffnung von seiner Kanzel herab, jeden Sonntag. Er beschrieb das geflügelte Wesen in seiner weißen Reinheit, das kommen kommen kommen, das sich an den Grabrand setzen wird, weiß flügelig rein, lecker wie ein Hühnchen. Es kam vor, daß mal ein Bauer bei der Predigt von der Bank fiel, denn er glaubte, sein Weib würde ihm einen Engel vorsetzen, gekocht mit Beifuß und Kerbel, denn in der Küche roch es göttlich, und ein Korb weißer Federn war nicht zu übersehen. – Warten wir. Und so hockten sich die beiden jungen Frauen im Morgengrauen an die Richtstätte des lebendig begrabenen Niklas von Plagwitz und hofften, dem kommenden Gesandten des Himmels ins Gesicht sehen zu können, das er, nach einigem ratlosem Suchen, wütend verzerren wird, um hernach aufzusteigen zum allmächtigen *Herren* mit der Botschaft: Der hatte keine Seele, *Herr*, wir sind verloren.

Als Harald hinter ihr stand, an einem großen Tag, ließ sie sich nicht lange bitten. Sie warf ihren Kopf in den Nacken, so daß die Haare aus dem Gesicht fielen und ihre angeborene Entsetzlichkeit der Welt aussetzten. Harald schloß die Augen. Etwas saß in seiner Kehle, das stopfte wie Mutters Mehlspeise. Doch die Dame war erwählt, wenngleich in einer unglückseligen Stunde – der Eid war nicht zu brechen. *Ritter* sein, hieß es, frei jeglichen Wankelmuts. Wenn sie doch bloß das Haar vor sich lassen könnte! Wenn sie doch bloß Arsch und Rücken zeigte! Der Jüngling Harald machte Anstalten, sich selbst zu drehen – weg von diesem Anblick. Da stand er mit Rosel Rücken an Rücken. Sie berührten sich durch den festen Stoff ihrer Hemden. Harald schloß die Augen, redete, betete für sich, wünschte sich blind männlich wolfsstimmig. Rosel, was er nicht sehen konnte, bleckte die Zähne. Sie, die nach Seelen graben konnte, riß sie auch den Lebendigen heraus. Und doch war der Sohn des Schmiedes ihr erstes schönes Opfer, das sich ihr näherte – angewidert freilich, besessen von knäbischen Träumen, doch wenigstens wirklich!

Oft hatte Rosel, als in ihr die erste Regung des Weibes erwachte, den Knaben und Männern des Dorfes Stötteritz, der Umgegend und sogar der Stadt Libz zugeschaut. Verhüllt, ahnend, daß sie ewig vor ihr fliehen würden, so waren diese Fluchten doch auch Begehren. Manchmal folgte sie den vor ihr flüchtenden Knaben hinter die Bäume und Holzkisten, spürte sie in den Scheunen auf, wo sie, was sie mit ihr nicht tun wollten, doch rasend von ihrem Anblick erregt, allein taten. So war es immer. Ihr Anblick ließ die Knaben bersten. Wimmernd liefen sie davon. Rosel wieherte ihnen hinterher. Heulte Zorn und Triumph.

Warm wurde es Harald an ihrem Rücken. Jetzt spürte er es kommen. Fragte: Wieso bei dieser Gestalt? Stellte also schon wieder eine Frage, konnte sich nichts erklären. Doch dann trat er einen Schritt vor. Rosel fuhr zusammen. Sollte es ihr nicht gelingen? Dieses Opfer war keines! Es war das erste, was wirklich war – eine kurze glückliche Zeit, jetzt floh es, blödsinnig wie die anderen. Noch immer war Rücken dem Rücken zugewandt. So mußte man gegen den Wind sprechen, auf Umwegen über die Köpfe hin. Warum sprechen, fiel Rosel, bevor das erste Wort der knabenhellen Stimme ertönte, ein. Haralds Flucht war langsam, eine Entschuldigung:

Mein Vater, Rosel, ich muß ihn fragen deswegen.

Wegen meinem Gesicht mußt du?

Nicht das, des anderen wegen. Bist meine Dame ritterlich, ich halt dich auch. Und jeder Kreuzzug, den ich tu, soll sein für deine Ehr.

Daß ich nicht sterb, ich lach so gern.

Ich brauch das *Ja* bevor –

Dein Vater ist ein Mensch.

Mein Schmied. Ich brauch das *Ja.*

Wozu? Ich bin doch –

Gesetz ists, Rosel, wo lebst du.

Jetzt. Hier. Ich sag dir *ja.*

Wenn ich den Vater übergeh, bleibt nur der Diechling mir, das erste Teil.

Das also ist es, komm, dreh dich um.

Der Vater erst.

Ja! Ja! Mann, ja!

Als Harald sich, durch dieses Gespräch zu heftigem Begehren getrieben, herumdrehte, hatte er den Diechling schon übergezogen. Mit diesem Schutz um der Lende schaute er seiner Dame ins Gesicht. Tapfer. Sehr tapfer hielt er stand. Für Rosel war es der erste wirkliche. Dem mußte sie nicht hinterher. Seit sie eine fremde Seele besaß, wußte sie jegliches zu bannen. Und so kam es auch, daß es Rosel war, die den noch ungeschlagenen Ritter zu Boden legte, ins Gras bettete und es sich wirklich und zum ersten Mal erwünschte. Doch war Schutz da. Das eiserne Teil gab nichts frei. So sehr sie sich bemühte. Harald lag auf dem Rücken, der Diechling war ausgefüllt und löste sich nicht, war gebunden, geschnürt, zu. Grau vor Wut hämmerte Rosel darauf ein. Der erste wirkliche, er blieb verschalt umschlossen und unbrauchbar. Harald stöhnte. So mußte der Angriff des Feindes aussehen, den Reinhard oder wer weiß noch beschrieben hatte, der kommende, grausame, heidnische Angriff gegen das Christliche, aber bei Gott, was war das! Warum hielt er sonst dieses herrliche Teil gerüstet! Rosel schlug mit den Fäusten drauf, peitschte das Eisen mit einer Gerte – nichts kam hindurch. Was da wachsen wollte, wurde niedergehalten. Sie kämpfte gegen ihn, bis ihr der Atem ausging. Unverletzt, und so zeugte es von guter Arbeit des Schmiedes, blieb Harald rücklings im Gras. Rosel aber ging für diesen Tag davon, floh vor dem Verrückten, der sich schließlich doch noch von seiner Lust befreite – allein, ohne daß das Weib es sah.

Noch bevor der Morgen graute, stoben in der Schmiede wieder die Funken. Drei Tage war der Schmied ausgeblieben gewesen, ehe er sich abermals seinem Handwerk hingeben wollte. Seine Flucht hatte geradezu in die Stadt Libz hineingeführt, die Via regia entlang, die Hohestraße, die von Westen nach Osten verlief. Er war gerannt, schneller und gehetzter als ein Pferd, das eine Fuhre Ware zum Markt ziehen sollte. Beidseits der Straße standen Linden hoch, die der Stadt ihren Namen gaben. Sie dufteten, obwohl noch vor der Blüte, schwer und honigsüß. Diether war gelaufen, als flöge ihm augenblicklich der eigene Hammer ins Kreuz. In der Stadt wurde es ruhiger. Das friedvolle Treiben der Leute, ihre verhängnislosen Handwerke und der Anblick der Burgfeste beruhigten den Schmied. Er ließ sich am Stamm einer Linde nieder und wartete, bis ihm der Atem wieder normal ging und die Kraft zurückkam, die ihm der verfluchte Auftrag seines Weibes aus den Knochen getrieben hatte. Diether, der Schmied, kehrte nach drei Tagen in das Dorf Stötteritz zurück mit neuem Auftrag: acht Dutzend Ringe aus bestem Metall nebst etlichem Eisenzeug für Pferdefuhrwerk und Karren, drei Becken und Schlösser, zugedacht manch herrschaftlichem Schapp. So ausgerüstet, zog Diether in seine Schmiede ein und ging sogleich an die Arbeit.

Leicht hob sich der Hammer. *Deng,* das Metall formte sich widerstandslos, bald fiel der erste brauchbare Ring vom Amboß. Diether arbeitete sich durch das Morgengrauen. Als der Hahn krähte, hörte er sein Weib kommen. Das trieb ihm den Schweiß auf die Stirn, und dann tat sie die Tür zur Schmiede auf und rief: Mann, daß du noch zur Zeit kommst! – Diether schlug den Hammer zwischen ihre Worte. Unverändert stand sie da! Herrisch, unweibisch und hart. Nichts hatte sie von den stillen, im Hofe lebenden Frauen, die bedächtig Flachs kämmten und in hoher Meisterlichkeit Pfühle bestickten – nichts hatte sie von jener begehrlichen Schlichtheit der anderen, die unter Tritten und Liebkosungen nicht zuckten, schmerz- noch lustvoll. *An Weibern lieget kein Recht noch Macht nicht, und alle Ding sollen stehen in des Mannes Hand.* Nichts von diesem Gesetz in ihr! Doch auch der Mann Diether war nichts. Konnte er doch die Hand nicht erheben, keinem Weibe das Haar reißen, keinen Rücken bleuen – nichts. Nicht in des Mannes Recht war Regina bei ihrer Heirat getreten, sondern in des Mannes Untertänigkeit. Oh, wie sie spuckten und lachten, die Leute aus dem Dorf! Wie sie um des Schmiedes Haus liefen! Regina war das Weib nicht, Diether war der Mann nicht. Diether hob den Hammer, Regina (der Hahn hatte bereits gekräht) legte ihr Werkstück darunter – das Bruststück eines Harnischs. Los, zu, Schmied! Der Hammer fiel und formte. Regina warf Ringe und Becken zur Seite, ihr Mann war zurückgekehrt, der alte Auftrag stand über der Schmiede, ein Stern.

Als der Hahn zum dritten Mal krähte, konnte Regina ihren Mann allein lassen. Alle Ringe und Metallteile hatte sie mitgenommen, vergraben und verscharrt. Sie war einzig besessen von dem Wunsch, der Schmied möge in kürzester Zeit ihrem Sohn jene komplette, allem Feind trotzende Rüstung herstellen, die ihn, aus der niederen bäuerlichen Herkunft, fahrend und adlig zu machen imstande war. Hieß sie sich doch eins mit Harald, der seine noch immer kinderhelle Stimme mit kratzenden Brombeeren zerstörte, der diesen letzten oder ersten bewußten Makel aus sich herausriß – obwohl: noch machten die Brombeeren durchfällig, nicht rauhstimmig. Diether, der Schmied, duckte sich und schmiedete das nächste Teil: ein eisernes, glänzendes Bruststück. Der Zorn stand ihm im Hals und machte ihn dick und aderschwellend. *Deng! Deng!* Wie das ging! Wie sich alles gegen seinen Willen formt. Wenn der Schmied die Augen schloß, sah er die schmale, von Lattichblättern gerötete Brust des Sohnes. Sie tauchte vor ihm auf, so ungeschützt und fordernd, daß er die Augen wieder öffnen mußte und weiter schmieden. Ohne Maß zu nehmen, hielt Diether am späten Mittag das fertige Bruststück in der Hand. Schwer wog es, viel schwerer, als die Brust des Jungen selbst war. Schön und schwer. Mit einer feinen gekörnten Verzierung in der Mitte. Der Schmied war erschöpft. Im Hals pochte das Blut, als ob es heraus wollte. Seine Hände, die sonst Dutzende Ringe am Tag schafften, flatterten und schmerzten. Der Satan war in ihm. Daß er nicht schlagen konnte! Dem befehlenden Weib einfach zwischen die Stirn oder den Ziemer über den Arsch! Daß er kein Mann war und seinen Sohn – ja, das war die teuflische Eingebung – sich ähnlich wünschte, und er wußte es, daß die Zukunft desselben, träfen seine Wünsche zu, *lächerlich* und in keinem Dinge bestehen würde. Der Teufel in ihm drohte, die Halsadern zum Platzen zu bringen. Wütend warf Diether das fertige Rüstungsstück in die Ecke.

Da kam ihm die rettende Idee.

Sollten der Sohn und sein Weib die verfluchte Rüstung haben! Komplett, im Ganzen, sechzehnteilig. Selbst das Pferd sollte das Seine noch erhalten: ein eisernes Flankenblech und einen stolzen Gelieger für den angreifbaren Hintern. Sollten sie! Hoch ragend wird der Sohn aufsitzen, ganz in Metall gehüllt, und gen Osten ziehen oder am Anfang gegen zertriebene Kuhherden. Er wird, irgendwie zum Ritter geschlagen, selbst schlagen lernen, mit einer echten Lanze, dessen Spitze auch er, der Vater, härten und biegen wird. Sollten sie! Alles wird so sein am Anfang – – – dann aber trifft es den Sohn. Diether, der Schmied, nahm noch einmal das beiseite geworfene Bruststück und trieb einen spitzen Pfriemen hinein. Ohne daß es von außen zu sehen war, schmiedete er Fehler in die Rüstung. Ein mittlerer Stoß gegen die Brust würde den Harnisch zum Brechen bringen. Das eigene Eisen bohrte sich in das Fleisch oder setzte zumindest Verletzliches frei. Als der Schmied gerade den letzten Grat verschmirgelte, trat in die Werkstatt Regina und holte ihn zum Essen. Das neue Bruststück brachte sie in helle Freude. Voll lud sie des Mannes Teller mit Fleisch und Karotten, tischte Wein auf, brach dunkles Brot und nötigte ihn, zuzulangen: Iß, Mann, am Abend mach dann das Visier, ein leichtes Teil zum Tagesausklang!

Diether würgte am Fleisch, das extra mit Schwarte gespickt, höllisch gesalzen und gekümmelt war. Die Frau kochte gut und undeutsch scharf, dem Manne Feuer in den Leib zu bringen. Hing er doch stets weibisch am Tisch, liebte Mehlspeise mit Obstmus, erfreute sich am Geschnäbel der im Dachfirst nistenden Schwalben und brachte im übrigen seinem Sohn gewisse Lieder bei, die Herz und Seele gleich einem blassen Fleischklumpen zermürbten. Der Schmied schluckte den feurigen Braten. Die mit Butter geträufelten Karottenstreifen waren zudem in teuren Pfeffer gelegt und brannten den Rachen aus. Auch Harald bekam zugeteilt, Harald, der nach jedem Bissen zur Rüstung äugte, bis ihm der Pfeffer die Sicht trübte. Bestimmt schwindet die Kinderstimme, iß, Harald, der Pfeffer hilft dir, iß. Auch du, Schmied, iß!

Als die Nacht über Stötteritz kam, lagen Helm und Visier vor. Mit Kraft und Feingefühl für die Formen des Jungen bog der Schmied das Eisen für Kopf, Stirn und Kinn. Er bog, hämmerte, polierte und ölte vorsorglich die Gelenke. Wunderschön sah es aus, auch furchterweckend, was sein Zweck war. Als der Schmied im Bette lag und tief im Schlaf war, bestaunten noch im Feuerschein des Kamins Mutter und Sohn das Prachtwerk. Sie kosten die glatte Oberfläche der Rüststücke und sahen sich erregt in ihnen gespiegelt. Das Spiel dauerte bis zum Morgen. Man war nicht Knappe, war nur Ritter. Was beide nicht sahen, war ein winziger, feiner Riß zwischen Vorderhelm und Visier.

Als der gestohlene Honig den Magen Reinhards, des Fronboten, dergestalt versüßt hatte, daß ihn die Übelkeit zwischen die Pferde trieb, holte ihn der Burgherr Botho von Stötteritz am nächsten Morgen zur üblichen Lektion.

Kühl war es im Palas und Botho dick verhüllt. Im Lederwams trat Reinhard vor. Er schritt auf seinen Herren zu, nahm dessen Hände und küßte die weißen, durch die Kälte klammen Fingerspitzen. Es war kein Sonntag mehr. Botho gab ihm zu tun. Der Ritus des Morgens. Mit einem feinen Blick auf den Jungen, der so wolfsstimmig kraftvoll war, ging Botho seine Runde. So gab er den Schritt vor – mäßig weit ausholend, Waden und Schenkel gespannt. Botho tat vor, vor Anstrengung traten ihm die Augen aus den Höhlen – so – die Brust gereckt, so – am linken Türbogen kehrt und zurück – tus mir nach, Reinhard. Reinhard lief und vertrieb den Krampf aus sich. So und so – hin und her. Jeden Morgen taten sie das, liefen eine Stunde im Kreise, immer um sich herum, schauten sich dabei an, die Waden, die Schenkel, übten Haltung, die die Kälte vergessen ließ. Liefen und liefen im Burgraum mit großen aufgerissenen Augen, Schritte hallten, Reinhard lief die Süßigkeit ab. Heute zum erstenmal machte ihm dieser seltsame Tanz Vergnügen, ließ er doch jene Niederlage am Ulmenteich vergessen und versetzte ihn wieder ins Spiel. Herr gegen Knecht. Sie liefen wortlos, sahen sich nur an.

Wenn in Reinhard der Krampf vergangen war, spürte er auch seine Schritte nicht mehr. Ganz wohl und leicht wurde ihm. Den Blick fixiert auf die Vorgabe des Burgherren, stieg er ganz aus sich heraus, verschwebte zwischen Fackeln und Fensterlöchern, nur sein Körper lief, seine Gedanken verschalten sich und wurden dumpf. Reinhard mochte dieses Gefühl des Wegtretens und fürchtete sich vor dem Augenblick des Erwachens. Die Rückkehr in die gewöhnliche, brutale Umgebung des Burgherren stieß ihn dann jedesmal zu Boden. Er fiel Botho vor die Füße, stieß ein wölfisches Ohmm! aus und ließ im folgenden den irrwitzigen Höhepunkt über sich ergehen:

Heut bist du gefolgt, Reinhard, so wünsch ich das.

Ohmm!

Hältst für besessen mich, ich weiß. Ich bins, wo du mir doch zu wenig stets herausgeholt.

Ohmm!

So wirst du eines Tages bei mir sein. Ganz, doch nicht für mich, für *uns*, Reinhard. Es ist *die Zeit*. Bald, heute, als du dich von Gäulen küssen ließest, hab ich gehört, wie seine Stimme sprach.

Ohmm! Ohmm!

Nu, wie sie über mich trat, Reinhard, war ein großes, da war ein großes Bild – du – hörst du!

Ja. Ja. Ich –

Und zu mir sprach er: Botho, Landesfürst, nun erbarme dich. Für meine Ruhestatt, du weißt, sie liegt so heilig fern, Jerusalem, du weißt, wirst du erretten!

Ja. –

So sprach er mit der Stimme wie ein Kind, leibhaftig. Glaubst du mir?

Ja. Ich –

Das Grab, Reinhard, es steht so leer, es steht geschändet und besetzt von den – ooh – mmm – verfluchten Heiiiden! Gottewigverdammtgottlos.

So schrie Botho das letzte Wort heraus, blaß wie Milch war er geworden. Die Augen standen hervor, glänzend, als könnten sie mit diesem erweiterten Blickfeld den Gottessohn aufnehmen. Die grauen schütteren Haare des Fürsten hingen blöd auf den Schultern. Es war nun, als folge Krampf auf Krampf. Reinhard, der Fronbote, drehte auf dem Boden. Was für ein himmlisches Gefühl! Wie das Wort *Grab* sie verschlingen konnte, *Grab*, das wie *Happ!* klang. Süßer Honig, jeden Morgen nach dem Tanz. Und das Wort *heilig*, das *eilig* durch die Burg spritzte, eilig schnell schneller mußt du die Füße setzen, Reinhard. Jesus wartet nicht länger, eilig ist's, Zeit ists – wir ziehen bald aus, Reinhard, um das Heilige eilige Grab, das so verflucht besetzt ist! Wir werden die Elenden, was Reinhard? – Stechen! – Ja, stechen werden wir die – ? – Muselmanen! – Ja. Die Muselmanen, Reinhard, und was dann? – Dann, dann sind wir gerettet. – Ja, gerettet, und wer, Reinhard, wird das alles bestehen? – Wir, Herr, du und ich. – Ja. Ich und du. Ein Kreuzzug wird sein, wie ihn die Welt nie sah. Die Gegenden Glut, die Aschen Winddrehen wird sich die Welt. Selbst unserem Herrn Jesus wirds ein Fest sein, und das Fest, mein Reinhard, wird aus teutschem Lande kommen, von mir und dir und –

Langsam verging der Rausch. Im Burghof wurde es endgültig hell. Die Wachen lösten einander ab, und das gewöhnliche Treiben begann. Im Palas erhob sich Reinhard. Er hatte die erste Pflicht seines Dienstes getan, hatte seine tägliche Füllung bekommen, den täglichen Wahnsinn, an den er endlich glauben wollte. Jetzt durfte er draußen in der Gesindestube zu Morgen essen. Fürst Botho von Stötteritz richtete sein Wams und setzte sich, wie er es immer tat, allein an die äußerste Ecke der Holztafel. Dort verfiel er bald in tiefes Grübeln. Wahn war über der Welt, ein heiliger Rausch vom Untergang. Denn nur mit dem Untergang des Geschlechtes der Menschen konnte die menschliche Ausgeburt, das Heilige Grab, die fraglose Ferne, gerettet werden. Sehr licht wurde dem Fürsten das alles nach dem üblichen morgendlichen Exzeß, und dennoch graute er sich vor dem nächsten Tag. Wohl besaß er die Ritterehre, wie auch eine gute Rüstung und ein stattliches Pferd. Aber wie zum Trotze gegen seinen eigenen Stand, mochte er nicht wirklich ausreiten, verschimmelte die Rüstung im Keller, setzte das Pferd Fett an. War es Furcht vor der Ferne, vor den Qualen eines Kreuzfahrers? Oder war es die Angst, abermals Jesus' Stimme zu hören, die sagen könnte: Da entlang geht es, Botho, du reitest den falschen Weg! – Und obwohl besseren Wissens, würde Botho einfach den falschen Weg wählen, gezogen von Unsichtbarem, weil seine Augen so heraustraten, als glaubten sie nichts …

Der Fürst stützte die Hand an seinen Kopf. Was darin herumging! Welche sinnlosen Zweifel sich häuften! Dann wußte er es: er würde den Kreuzzug zur Befreiung des Heiligen Grabes führen, und zwar von hier aus, von der Stötteritzer Niederburg. Binnen kurzer Zeit wird er den genauen Plan vorlegen, und ein Heer tapferer Ritter zöge von dannen, Recken vom Schlage Reinhards; denn er glaubte an den Jungen und wußte doch nicht einmal, daß diesem schon einfacher Honig zuwider war.

Als die zehnte Stunde herankam, bat ein junger Mann in der Burg um Einlaß. Scharf musterten ihn die Wachen und fragten schließlich um sein Ersuchen.

Edlen Wachen! rief der Ankömmling, und die bärbeißigen Gesichter der Männer verzogen sich: Das war ja ein Kind noch, ein Knabe mit Fistelstimme. Ein hübscher Braten mit hübschen, dummen Manieren. Zwei Faß Wein wären sicher, wenn der ... Schon rasselten die Ketten, und die Männer ließen die Zugbrücke nach unten. Schnell sagten sie sich, die Ankunft des Jungen sei gemeldet gewesen, und prüften nicht weiter die Frechheit seines Ersuchens, denn ein Grund zum *Saufen* lag nicht oft so einfach am Wege.

Harald betrat zum ersten Mal in seinem Leben den Burghof. Mächtig ragten die Mauern, und gezackte Zinnen ließen einen weiten Ausblick ins Land zu. Ohne ihn zu beachten, gingen etliche Männer an ihm vorbei, schleppten Wassertröge, brachten Getreide und Früchte heran. Im Marstall dampften die Pferde. Harald stand und ließ die Macht auf sich wirken. Leider gab es um diese Zeit keinen Ritter zu sehen. Sie legten gewiß gerade ihre gewaltigen Rüstungen an, um hernach auszuziehen, das christliche Pommern zu erobern oder die erste Wegstrecke nach Jerusalem. Harald mußte sich beeilen.

Am Morgen, als der Schmied schon wieder hämmerte, hatte ihn die Mutter bestärkt: Geh sofort, Harald, eile! – Da war der Junge gegangen, mit einer halben Rüstung auf dem Buckel und dem geschworenen Eid auf Rosel, die aussätzige Ritterdame.

Er stand noch unschlüssig in der Nähe des Palas. Alsbald öffnete sich vor ihm die Tür, und Fürst Botho trat auf ihn zu. Edler Fürst! sprach Harald und wich zurück. Das dünne lange Haar des Herrn verwirrte ihn, auch daß er keine klirrende, eher lederknirschende Erscheinung war.

Edler Herr! Um Gnade bitt ich. Herr, schlagt mich – zum Ritter! – Da war es heraus, was ihm die Mutter eingeträufelt hatte. Heraus, was er selbst wohl dutzendmal am Ulmenteich durchgespielt und bestanden hatte.

Fürst Botho schaute den Ankömmling lange und unverhohlen an, bis es ihm den Mund aufriß und ein Lachen folgte, das die Burg erschütterte.

Harald lief der Schweiß. Schon begannen rote Ringe sich vor seinen Augen zu bilden, doch bevor er abkippte in ohnmächtige Enttäuschung, ging er vollen Bewußtseins zu Boden, um etwas aufzuheben. Etwas, das der Fürst soeben verloren zu haben schien. Harald tastete durch den Staub, fand es, rollte es prüfend in seiner Hand – es war ein Auge! Durch das wilde Gelächter war es dem Burgherren aus dem Gesicht gefallen und hinterließ darin eine dunkelrote Höhle. Erschrocken, doch noch immer von prustendem Lachen geplagt, näherte sich Botho halbblind dem Jungen. Dieser hob das herausgefallene Auge vom Boden auf, zog es flink durch den Mund, leckte Staub und Partikel Pferdekot ab und reichte es feucht glänzend dem Herren zu. Als es an Ort und Stelle saß, als der Fürst wieder alles sehen konnte, zog er den Jungen Harald in den Palas.

Und somit begann das Vorstudium der Ritterschaft eines einfachen Schmiedes Sohn; denn es war noch alles möglich in dieser Zeit, und die Dinge und der Wahn kannten keine Grenzen; und Worte, die wie Hoffnungen durch das Gebäude zogen, waren bekannt, hießen *Jerusalem, heilig* und *Grab*, schwangen als Fahnen und verlangten nicht die kleinste Frage mehr ab, und Fragen war das erste, das Botho dem zukünftigen Ritter herausschlug, und die Zeit kannte keine Grenzen, denn im Wahn war noch alles möglich, und die Dinge ergriffen den Jungen als ein heiliger Schauder.

Der Fürst hieß ihn jeden Tag kommen. Wenn der Tanz mit dem Fronboten beendet war und derselbe beim Frühstück saß, öffnete sich das Tor für Harald. Dank war er dem Jungen schuldig. Und so beschloß Botho, ihn auf seinen Wunsch hin zum Ritter zu machen. Freilich war er noch nicht Gestalt genug und – im Gegensatz zu dem hübschen Fronboten – eher gewöhnlich anzusehen – , und dann gab es noch diese übertriebene Kinderstimme, die einfach nicht schwinden wollte. Na, das werden wir! – Der Burgherr begann mit Harald zu üben. Täglich drei Stunden im Keller. Er übte mit ihm, wie Reinhard mit ihm gespielt hatte am Ulmenteich, und plötzlich – während Harald gerade eine bleierne Kette schwang, wußte er, daß ein anderer der Knappe sein würde, immer ein anderer.

Nach dem Tanz also Spiel. Botho hielt seine Manie in Spannung. Würde der Junge jetzt aufgeben, davonlaufen oder was sonst – er, der Fürst, stünde geschlagen. Selbst brachte er keinen halben Zentner mehr hoch. Das Grab, um das es ihm ging, drohte zu verschwinden, doch es war ja das einzige, weswegen er die Jahre seines Lebens verbracht hatte: es zu erretten, es erretten zu lassen. Der Unchrist, der nachts an seinem Bette saß, bähte ihn in den Träumen an: Zieh dich aus, zieh dich aus, guckt die ganze Scheiße raus! – Kindsteufelein! Reime, die nicht aufgehen wollten. Die christliche Versauerung rückte ihm auf die Haut. Er träumte und phantasierte und herrschte darin. Die Knaben ließ er darum üben. Wenn er selbst nicht, dann andere. Sie gehörten ihm wie die Fron der Bauern. Er hatte ein Recht auf sie. Nach drei Stunden entließ der Burgherr Harald. Zerschlagen, aber selig, stieg dieser nach oben. Ein paar Tage noch, dann wäre er dem elenden Stand des Schmiedesohnes entrückt und fähig zu sagen: Ich bin und imstande, einen Kopf abzuschlagen, der keine Rose mehr sein wird.

Am Tag darauf lief ihm auf dem Burghof Reinhard über den Weg:

Der Harald!

Ja. Ich bins. Und schon lange bin ichs hier.

Wie so was kommt, doch ist ein Bote schon.

Das wollte ich für tausend Taler nicht.

Ich komm wohl wieder mal in euer Haus.

Du gehst, und ich schlag dir den Schädel. Ritter werd ich, Reinhard, und werd Leben haben!

So. Dann laß das Maul gut zu.

Es ist nicht wichtig, wie ich klinge, dem Heiligen Grab ist das egal.

Du? Sohn des Schmiedes?

Ich. Sohn des Schmiedes und bins schon nicht mehr.

So sahen sich die beiden Freunde in ihre Gesichter, die ernst und hehr waren. Ein erster harter Zug um ihren Mund ließ sie sich uneins ahnen. Nicht mehr wollten sie sein, was sie waren, nicht mehr tun, was sie bisher taten. Raus aus dem Spiel. Raus aus den Fragen. Es war der Tag, an dem Harald zum Ritter geschlagen wurde. Botho, der Burgherr, trat von hinten an ihn heran, hob die Hand und ließ sie krachend in des Knaben Nacken fallen. Der ging zu Boden. Wieder einmal in des Herren Gegenwart. Über ihm der feixende Freund und Botho, der damit genug getan hatte und den Jungen entließ, denn er war am Ende doch nicht das, was *Rettung* versprach. Zu jung war er, zu allgesichtig, so daß auf ihn kein Heller kam. Doch war er genug geübt. Nur die

Stimme blieb hell und kraftlos, es wollte nichts weitergehen, nichts wachsen.

Mit dieser Urkunde verließ Harald, nachdem er sich von dem Schlag erholt hatte, die Burg. Jetzt war er Ritter, und er hatte es sich anders geträumt. Noch hielt er den Hals schief und wischte Blut von der Nase. Sein Name war im Munde des Herren gewesen, von seinem Adel bekam er nun ab, durfte sich nennen, wie sonst nur am Ulmenteich: *Ritter Harald.* Botho aber, dem das Ende nicht genug gewesen war, sann bereits auf einen Ausgleich. Und dieser sollte, wenn auch nicht Honig, so doch abermals recht süß sein.

Das Grab, mein Vater, warum hast du mir nie Antwort gegeben?

Bin Schmied, immer nur Schmied.

Die Rüstung dank ich dir. Ich werd mit ihrer Sicherung gehen.

Geh nur. Vielleicht nimmt dich der Herr noch vor der Zeit, daß ich dich nie zermetzelt und nie metzelnd sehen werd.

Was du da sprichst, wie dumm, Vater, wie feig!

Nun weißt du alles ohne meine Antwort.

Alles. Und nur das.

Der Landsfürst Botho kam in der Mittagsstunde am Sonntag vor dem Pfingstfest. Die Luft war warm und voll von feiertäglichen Gerüchen: es wurde gebacken, und die Stuben wurden gesäubert, die Weiber legten Gebände um das Haar und, falls sie hatten, ein wenig Armgold an.

Als jedoch Botho höchstselbst am Mittag erschien, schlief man gerade in des Schmiedes Stube. Der Schmied schnarchte, an seinem Fußende der ritterliche Sohn ruhte sich vor Kommendem aus. Auch Regina, die

Frau, wollte sich gerade zur Ruhe setzen, als die Tür aufging und sie Angesicht in Angesicht mit dem Landsfürsten war. Munter wurde sie wie nie zuvor. Botho gebot Ruhe. Er sei gekommen, diesmal in eigener Person, um einzutreiben.

Aber wir haben doch! entgegnete Regina heftig und war am Überschäumen. Und es war durchaus wahr, was sie sagte: die Kammer war nur mäßig voll mit Speise, und die Hühner im Hof gackerten in spärlichen Haufen.

Versteh mich, Weib, flüsterte der Burgherr, und seine lose sitzenden Augen trieben schon wieder hervor. Da verstand es Regina, und ihr Herz schlug heftig. Das mußte zu ihrem Schicksal gehören, gewiß, es muß das Recht des Herren sein, der ihren Sohn so gehoben hatte, daß nun für alle Zeiten Ruhm auf der Familie lag.

Am Abend, kurz nach der elften Stunde, als abermals alles schlief, sollte es im Rautenholz geschehen. Regina zog ihr besticktes linnenes Kleid über, salbte sich mit Honig Lippen und Wangen und eilte zum Treffpunkt. Prall stand ihr Fleisch im Kleid. Das Gebäude ihrer Brust wurde mit Bändern gehalten. Wie der Mittag, so war die Nacht warm. Im Gebüsch sollte der Fürst sie erwarten. Schon öfter hatte sie vom *Fürstlichen* ihre Träume gehabt – von edlerem, kräftigerem Losgehen, als das Schmiedsche, aber das waren eben Träume gewesen. Nun hatte der Fürst sie bestellt. Der Vorgeschmack ihres Glückes lag Regina auf der Zunge. Und das Glück war ja so groß: Der Ritterssohn und sie – nunmehr begehrenswert für den Herren. Das Rautenholz knackte. Das Glück kam näher. Schwitzend schnürte sich Regina das Kleid auf. Sie dampfte. Das Glück kam in so heißer Nacht. Und da hatte sie es auch schon: eine Hand schloß sich um ihren Mund, eine andere griff ihr unter die schlächterstarken Arme und bog sie zurück. Über ihr

Gesicht legte sich langes weiches Haar. Aber das Haar war voll wie das eines Weibes. Noch ehe Regina ihren Irrtum erkennen konnte, lag sie gefesselt und geknebelt im Gebüsch. Keine Küsse waren es, sondern harte hanfene Stricke. Dem Weibe über ihr fielen die Haare vor das Gesicht, so daß sie verdeckten, was Regina gern noch gesehen hätte, ehe sie vor Schmerzen in sich sank bis zum nächsten Morgen. Zum Rautenholz kam auch der Fürst. Er erreichte es von der anderen Seite des Dorfes. Begierig auf Rache und dennoch besetzt von der Angst, es dem Opfer nicht ordentlich machen zu können, suchte er sich den Weg durch das Holz. Die Stunde des Treffens war heran. Noch versuchte Botho, sich in Begierde nach dem Weibe zu schüren, als es auch schon vor ihm war. In der Dunkelheit erkannte er ihre Gestalt. Sie stand an einen Baum gelehnt und wartete. Wenn doch nur der Wahn kommen würde! Nur im Wahn war er fähig, zu empfinden, rasend zu lieben und zu herrschen. Nur im Wahn dürstete er nach mehr und mehr. Aber der Wahn hatte seinen Besitzer gewechselt. Schon bereute der Fürst, so schlappschwänzig an diesen Ort gekommen zu sein. Schon verfluchte er gar das Amt seines Herrentums – aber plötzlich fühlte er an sich das, worum er auf dem Weg hierher gebangt hatte. Er ließ es in die Dunkelheit stehen, näherte sich dem Weibe von vorn, und im Moment, als er in es hineinrammen wollte, rammte etwas anderes in ihn: eine Lanze, hinterrücks geworfen, mit einer festen Spitze aus Eisen. Sie fuhr durch ihn hindurch, links am Herzen vorbei, und blieb stecken. Nur wenig Blut drang durch das lederne Wams des Herren, doch der Schrecken saß tief und ließ sich nicht wieder herausziehen. Wer bist du! stöhnte Botho in die Nacht hinein, hinter dem fliehenden Weibe her, das ein Gesicht haben mußte wie der Teufel, von irrer engelhafter Schönheit.

Als das meuchlerische Wesen in der Nacht verschwunden war, als eine betrogene geknebelte Frau vor Erschöpfung im Wald einschlief, als es beinahe schon morgengraute, ging der Fürst nach Hause in seine Burg. Er lief mit der Lanze in seiner Brust, die mit der Spitze links durch den Rücken gedrungen war. So begann er seit dieser Nacht forthin damit zu leben, aufs Blut verletzt, doch in keinem vernichtet.

Ritter Harald übte die Sitten. Seit er zum Ritter geschlagen war, ließ er sich sehen. Längst war der Ulmenteich ein Ort des Schämens, denn dort hatte er ja, vor Tagen noch, als Kind gespielt. War Knappe gewesen, vierbeinig oder in Lattichrüstung. So mied Harald nunmehr den Teich und tat, bevor der Schmied die metallene Rüstung bis zum sechzehnten Teil ergänzt hatte, was Ritter, vor sie zum Kampfe ziehen, tun. Er badete. Nein, er ließ sich baden. Ein geräumiger tiefer Zuber aus Holz stand auf dem Hofe der Schmiede. Unter dem nahegelegenen Feuer prasselte dürres Holz. Im warmen Wasser saß der junge Ritter, die Beine vor der Blöße gewinkelt. Lavendel und Rosenblätter würzten sein Bad, und seine Sinne ergötzten sich schon recht ritterlich an den umstehenden Mädchen. Er hatte sie alle geladen, Weiber: Regina, Barbara, Rosel und etliche Dirnen aus der Umgegend, die sich einen Spaß daraus machten, den ungebürtigen Adligen zu bürsten und zu seifen. Mit großem Getue und Gelächter liefen sie um den Zuber herum, kratzten dem Ritter den Rücken, kämmten das Haar und rieben lüstern mit ihren Händen über seine knäbische Brust. Rosel schenkte Wein in einen Becher, reichte ihn ihm zu und lud hernach das gesamte Weibervolk zum Trunke. Regina, die Mutter, hatte Sahne geschlagen und gab die löffelweise ab. Seit dem Vorfall im Wald mußte Regina immerfort schlagen, walken oder dreschen. Sie butterte mittlerweilen für das halbe Dorf, stampfte fässerweise Sauerkohl und drosch sich buckellahm im Getreideschober. So kam sie ihrer Rache nach. Harald ließ sich das Neue gefallen. Die fromme Barbara betete zu Gott, als er Anstalten machte, dem Bade zu entsteigen. Aber die Dirnen kreischten und wollten ewigen Spaß. *Platsch!* der Jüngling versank wieder. Seine alte junge Haut war völlig gereinigt. Jetzt galt es, eine festere anzulegen, die nichts mehr hindurchließ. Vom Wein wurde ihm drehend, von der Sahne übel. Die Hände und Bürsten der Mädchen reizten ihn, bei Barbara ließ sich kein Gott sehen, und Rosel legte noch einmal Holz unter den Feuerkessel. So wurde Harald bedient. So war es Sitte. Er hatte geübt dafür.

Wie ihn die Weiber ansahen! Obwohl er noch keinen Flaum über den Lippen hatte und obwohl seine Stimme noch immer hell und ungebrochen klang, gingen die Dirnen süchtig an ihm herab. Wohlgeheiratet war so manche, die meisten ihrem engen Hofe entflohen. Halb mitleidig, halb spöttisch taten sie sich gütlich – endlich einmal frei vom Manne und frei für einen, der neu war. Nur Rosel schürte das Feuer mit bitterem Blick. Was erst auch ihr Feuer gewesen war, wollte nun für die anderen kein Ende nehmen. Der ihr Eid geschworen hatte, wollte ihr nicht ins Gesicht blicken. Der erste wirkliche! Wie die Weiber nur taten! Wäre es doch bald zu Ende! Hochzeit würde gefeiert, sie trüge den Sieg davon über all die Säuberungswütigen mit ihren vollen Mündern und den apfelroten Backen, die so zum Verwechseln ähnlich, weil so gleichermaßen süß waren! Wäre er doch endlich heraus aus dem Zuber!

Als Harald nun, in ein frisches Tuch gehüllt, neben dem Bade stand, sah er sich allein gegenüber Rosel. Ihr Antlitz war frei, sie kam von vorn und sprach:

Ich habe deinen Vater gefragt! – Das nun traf den Frischgewaschenen. Inmitten des ersten Genusses seiner

Ritterschaft handelte ein Weib ihm zuwider. *Sein Weib*, wie er geschworen hatte. Es verging ihm alle Lust. Müde und von der Sahne betrunken, ließ er Rosel stehen. Doch Rosel hatte nicht gelogen.

Noch am selben Abend erschien der Fronbote des Burgherren an der Tür des Schmiedehauses. Regina stieß ihm eine Kelle gegen die Stirn, so erbost war sie über sein Erscheinen: Wir haben nichts, Elender! Sag deinem Herren, daß wir hier nur den Harald haben, den *Ritter* nämlich!

Der Fronbote ließ sich nicht beirren: Ich weiß, Frau. Zu ihm will ich auch.

Na dann, herein. Fast hätte Regina sich nun vor dem Boten verbeugt, entsann sich aber des eigenen Adels in der Familie und führte ihn in den Raum, wo ihr Sohn gerade vom Bade ruhte.

Da waren sie wieder beisammen, die beiden Jungen, die Freunde vom Ulmenteich, die sonntags sich immer getroffen hatten, um von einem fernen Ort zu erzählen, der sich Jerusalem nannte oder Morgenland, dessen Ruf sie von irgendwoher erreichte, der sich in ihr Hirn und Fleisch setzte und bald keine Fragen mehr zuließ.

Mich schickt der Herr, begann Reinhard, und seine Stimme klang so tief, daß es Harald wohlig überrieselte.

Was will er?

Dir noch ein Geschenk machen, wie es üblich ist.

Wie er es meiner Mutter tat? *Ich* bin ein Ritter.

Eben. Darum schickt er mich. Du sollst heut nacht sein eigenes Weib zum Beilager erhalten.

Sein Weib?

Keine Frage, Harald, Sitte ists. Für eine Nacht. Und sicher Freude.

Ich lasse danken, Reinhard, aber nenn mich – Ritter.

Der Fronbote verließ das Haus des Schmiedes. Schön war er, wenn er so lief, sein blondes Haar wie von edlem

Metall – und es schien, als wollte er gern solche Botschaft bringen, denn heiter war sein Gang zurück zur Burg.

Als es Nacht wurde, lag der Ritter ausgestreckt auf seinem Lager. Die Mutter hatte ihm, als späte Mahlzeit, ein Schüsselchen ungesüßter Brombeeren ans Bett gestellt, in der Maßgabe, gelegentlich eine davon zwischen Zunge und Gaumen zu zerdrücken, denn der einzige Fehler in der Entwicklung des Recken sei seine kindliche Stimme, die, während ihm schon der Saft schoß, noch immer bleiben wollte. Harald also zerdrückte angewidert die sauren, stellenweise noch rotgrünen Früchte. Wenn er so unbedeckt zur Ruhe lag, sah er von außen in sich sein Blut pulsen. Rhythmisch, nur kurz unter der Haut, klopfte es in ihm. Ein Mückenstich hätte genügt, ihn auslaufen zu lassen. So verletzbar sah er sich, so ausgesetzt allen weltlichen Gefahren. Neben ihm lagen fünf Teile seiner zukünftigen Rüstung: Diechling, Helm, Visier, Brust- und Rückenstück. Er konnte sie unmöglich auf seinem Lager anlegen. Wußte er doch nun, wie ihm der Diechling bei Rosel den Dienst versagte. Heut nacht aber würde ihn des Burgherren Weib erwarten, da durfte er nicht feststecken, da mußte er, das erste Mal wirklich in seinem männlichen Leben, zeigen, daß er des Ritterschlages würdig gewesen war. Das Weib sollte zufrieden sein und Kunde tragen zur Burg: Ein wahrer Held, Botho, ists!

Da wurde die Tür geöffnet. Im Dunkeln kam die Gestalt des Weibes herein. Einzig ihr langes Haar konnte der junge Ritter erkennen, den Rest verdeckte die Finsternis. Das Weib stand still. Nur einen erregten Falter hörte man im Zimmer sein Ziel suchen. Das Weib sagte nichts, stand, wartete, wollte womöglich schnell und ohne Umstände. In Harald pulste das Blut. Das adlige, fürstliche Weib! Noch nie hatte er eins nur von der

Nähe gesehen! Wunderschön mußte es sein, geformt von höfischer Frauenzucht. Er wußte es, ganz im Inneren, daß es etwas ganz anderes war als jene bäurischen Frowelins, die nach tiefstem Übel rochen und zudem statt mit Liebe mit Spott angefüllt waren. Hier erwartete ihn echter Minnelohn. Hier spürte er Liebe als das, was es war: Verzückung! Die heilige Raserei. Er brauchte nichts zu wissen als: *Das ist es.* Min künniginne! flüsterte Harald in den Raum, und das gesandte fürstliche Wesen trat auf ihn zu. Noch immer sagte es nichts. Es war eine wirklich edle Frau. Harald zog sie zu sich. Seine Hand griff auf glatte feste Haut. Haare legten sich über ihn, deren Duft er von irgendwoher kannte. *Harald!* Das war ein Wolf. Der junge Ritter sprang von seinem Lager. Fasernackt stand er vor dem Tier. Und der Wolfsstimmige lachte. Er lachte und machte einen Satz auf den Freund zu, wollte ihn, forderte ihn, bat ihn um das Spiel, denn sie hätten doch immer so schön zusammen gespielt, weiß er das nicht mehr? Harald stolperte über seine Rüstung, rappelte sich auf, flüchtete in eine Ecke. Wut und Enttäuschung stauten sich in ihm. Was war er! Konnte er, ein Ritter, sich solchen Besuch gefallen lassen. Aber jener Besuch war gesandt worden, persönlich vom Landsfürsten. Sein eigenes Weib war ihm versprochen worden – und so zeigte es sich! Harald erkannte, daß nichts gelogen war. Sitte wars. Auch wenn vom Weibe keine Rede mehr. Nun? Der Fronbote stand. Er lächelte und lud ein. Eine Nacht, Harald, wenn du das fürstliche Geschenk abschlägst – – Ja, ja, der junge Ritter kam schon wieder hervor. Gewiß sollte dies sein erstes Bezwingen sein, ein ekles, doch ekel war auch die Welt. Das wußte er aus der fürstlichen Lektion – ekel war der das Christliche durchsetzende Feind, ekel die Grabschänder und Freigeister, die Frauen und Mücken waren ekel. Harald kam dem Freund näher. Sollte es sein!

Wenn er nur gute Kunde in die Burg trüge! Harald blieb nah an ihm stehen und wußte nicht, wie. Da traf ihn ein Schlag ins Gesicht. Das war die Liebe. Der Gesandte hatte sie noch für ihn übrig:

Du hättest es nun gemacht mit mir, Harald?

Was willst du?

Dich wollte ich, zum letzten Mal.

Du hättest –

Nicht den, der sich nach solchem tumben Willen fügt, *Dich* wollte ich, mein Freund.

Ich weiß nicht, wer das ist.

Ich auch nicht mehr. Leb wohl. Könnte ich von dieser Welt, ich wollte es ums Verrecken tun. Kein Freund mehr, der da ist, kein Weib mehr, das mich nähme, nun, weil ich es niemals wissen durfte, was das ist: ein Weib. Und nun scheu ich davor, wie vor dem Himmel, den wir uns gemacht haben, so voll von Gott.

Der Fronbote verließ das Haus in derselben Dunkelheit, in der er gekommen war. Die Nachtluft war stickig und brachte ihn zum Husten. Er hustete aus voller Brust, spuckte auf seine Hand und warf, bevor er das Haustor hinter sich schloß, den Spuckfladen dem Freund heran. Und er verließ in dieser Nacht seinen weiteren Weg, den man ihn beauftragt hatte zu gehen; oder von dem er glaubte, daß es ein Auftrag gewesen wäre.

Irgendwohin lief er, war kein Bote mehr, war kein Wolf mehr – war nur noch Richter und nur noch Zeuge, war Reinhard, der Sohn der Nacht. Hinter ihm rief es mit gebrochener Stimme, und es schmerzte ihn, weil er es selber gewesen war, der heimlich zu Gott gebetet hatte: sie möge *hell* bleiben. Gott hatte sein Gebet nicht erhört, und Reinhard begann ihn zu fluchen, denn alles war anders geworden, das Süße einmal zu viel und für immer vergällt.

Ich han sie mir erkoren!

Mit diesem Ruf schlug Harald beteuernd den letzten Pfahl in die Erde, die er um den Gohsehügel gehäuft hatte. Er hatte denselben einen Tag und eine Nacht lang fest umzäunt, denn getrieben von Ungeduld, alles *Stand-Hafte* nunmehr unverzüglich zu gewinnen, hieß es als erstes: eine Burg bauen. Wie aber, wenn ihm der Landsfürst alle Hilfe versagte und die Bitte um Unterkunft in der Stötteritzer Burg geradezu für eine Ehrenbeleidigung hielt. Aber der Ritter Harald brauchte seinen Platz. Er wollte Hochzeit feiern, ein Gelage, das alle bäuerlichen Gebaren in den Wind blies. Ein Platz also, eine Burg, eine Feste. Harald war durch die Landschaft gelaufen, von Stötteritz durch Probstheida über Lössnig. Dort ruhte er eine Nacht lang, verfluchte die flache wasserlose Gegend, die keinen Platz für einen Traum einer Hochburg ließ – und er sah sich so, wie er war: allein. Ein Ritter ohne Gefolgschaft, nicht mal ein Knappe lief ihm zur Seite, nicht mal ein Pferd hatte er unter dem Arsch. Da traf er auf den Gohsehügel. Ein Berglein, von gewisser Anmut, drei Hufen Land und Platz für Unterkunft. Harald bestieg den Hügel und beschloß, ihn zu erobern: Du bist min. Also setzte er Pfähle. Ganz allein. Er brach Äste, schlug Stöcke, spitzte sie. Er war des Schmiedes Sohn und besaß dessen Kraft.

Das war das erste: die Grenze seines Reiches. Sein Name: Harald von Gohsewitz. Er stand auf der Spitze des Hügels und wußte: da trifft ihn nichts, das hat er besetzt. Nun konnte er Hochzeit halten. Nun konnte er sich endlich kundgeben. Bevor es weiterging mit ihm, bevor er das Kreuz in der Hand hielt und fahrend für dessen Befreiung kämpfen würde. Schon stoben seine Gedanken daran in wirre Strudel, denn das Wort *Befreiung* saß auf ihm, eine Brandmarke, um dessen Herkunft er nicht wußte – und daran war er zu erkennen.

Ich han sie mir erkoren!

rief Ritter Harald von Gohsewitz über die mit Fackeln bestückte Tafel seiner Hochzeit. Kaum, daß sie Platz fand auf des Hügels Spitze. Sie war aus breiten Stämmen gezimmert und drohte links den Hügel abzufallen. Ein paar Stekken hielten sie, eingerammt in die Erde. Die Gäste, Bauern und Bäuerinnen, Handwerker aus dem Dorf, Dirnen und Neugierige; Vater und Mutter ließen die erste Runde kreisen. Drei Faß Wein waren spendiert, aufgetafelt Huhn und Hase, Käse und Hirsebrei, Brot und Kuchen, Butter flockte gelb in steinernen Schüsseln, Eier und Pilze türmten sich in Körben. Es konnte in Milch getitscht, in fette Brühe gestippt werden – alles war aufgefahren worden an guten Speisen. Man griff zu, biß in dieses und jenes, war recht ausgehungert nach solch einem Mahl. Und zudem ließ man es sich gefallen, auf einem Hügel, der derart umgerüstet zur Burg, ein solch prächtiges Possenspiel zu genießen. Denn es war die Zeit, die man gerade mal lachend überlebte.

Was für eine Burg! Aber wie herrlich herrenlos auch! Noch hatte Harald keine ritterlichen Gäste – die Hochzeitsbote, die er höchstselbst durchs Land trug, blieb ungehört in der adligen Kaste. Es war, als wolle keiner seinen neuen Stand erkennen, als träfe hier nur der Tölpel zusammen, um einzig in holder Freßlust zu spielen. Dorfbauern waren alle. Herb und gemein. Diether, der Schmied, mit geflickten Händen; Regina mit dem Duft von Backfett; Ulrich aus Plagwitz mit zerrissenem Schurz; Barbara, die Zugelaufene, geduckt in grauem Kleid; Dirnen, die Zotteln trugen und ärmliches Gewand; Burschen mit Gänsegerten – sie alle waren gekommen, um jenen Hügel zu besteigen, auf dem einer ein Holzhäuschen mit Lattichdach und Stroh gebaut hatte. Auf dem eine Tafel befestigt war, die zu groß war, um ohne Stütze zu halten. Und der das alles tat, hieß

Harald und war des Schmiedes Sohn. Und war es doch nicht mehr. Die Becher kreisten. Die Schüsseln leerten sich. Man wischte vom Geschirr das Letzte mit den Fingern. Man wollte Lieder hören. An diesem Tag schickte Gott, was gewünscht wurde: vom Himmel stieg ein Sänger herab, blondhaarig wie ein Engel. Er nannte sich Parzival, sang zur Laute mit einer Stimme, die Gott dunkel gemacht hatte. Er sang, doch die Gäste konnten von Bewunderung nicht einfallen, sie hörten ihm zu, fassungslos vor den Liedern, sie hörten zu und wollten doch so gerne nur fröhlich sein, in Reigen sich erlaben und hinten umkippen, wenn ihr Lachen sich dem Tod näherte. Parzival aber sang. Sang, bis das nächste Faß Wein angestochen wurde. Dann forderte endlich der Schmied das Fehlende: *Die Braut!*

Du lädst uns zur Hochzeit ein und zeigst uns die Braut nicht.

Eßt, Freunde, wozu schon die Braut?

Aber wir wollen sie sehen, jetzt, Ritter! Wer ist sie?

Mein Weib eben.

Zeig sie, los, Burgherr.

Schon grölte es rechtsseits der Tafel. Die Burschen, beseelt durch das gute Mahl, wetteiferten um das Bildnis der Erwählten. Welch Weib von hohem Stande könnte es sein, das sich erwählen ließ, ohne vom Schierling zu kosten, wenn sie *diese* Burg sähe? Na zeig schon, Harald! So holte Harald sein Weib aus der Hütte. Er hatte sie mit weißem, feinleinenem Tuch vorm Gesicht bedacht und führte sie heran. Stolz lief sie, mit hohem Rücken und den Nacken gestreckt. Das Haar fiel in Wellen über das Tuch. Ein edles Weib! Ein echtes Weib. Wieder grölte es, aber diesmal voller Bewunderung.

Zeig ihr Gesicht, Harald!

Nein, jetzt habt ihr sie gesehen.

Wie sieht sie aber aus.

Mein Weib eben. Ihr neidets mir, was?

Spiel mit, na komm.

Nein. Nehmt noch vom Schweinskopf, da ist guter Pfeffer dran.

Das wollte Harald nicht: jenes erwählte Gesicht der Menge zeigen. Doch hielt er sich getreu dem Ruf eines Ritters, der ein ordentliches Maß an Eifersucht vorzuweisen hat.

Ich han sie mir erkoren!

Da riß sich das Weib aus seinen Griffen los, sprang auf die gedeckte Tafel – und just in dem Moment, als Parzival, der Sänger, gemeinsam mit Ulrich dem Gerber noch einmal dem leckeren Schweinskopf zu Leibe rückte, hielt sie sich selbst hin: raffte den Rockschoß und hockte sich schnittgerecht mit blankem Arsch gegen die Messer.

Da kippte die Tafel ab. Die Stecken knickten seitwärts weg, und ein Ranft Brot landete im Gras. Die Schüsseln und Teller rutschten klirrend nach, der Schweinskopf klatschte heftig nach unten. Laut schrien die Gäste und bekreuzigten sich. Das kann Gott nicht gewollt haben! Der Teufel mußte unter ihnen sein, der sich so auftat. Wer hatte sie geladen! Harald aber brüllte: *Zu den Waffen!* Wie ein Vogellaut kam dieser Aufruf aus ihm. Von irgendwoher hatte er ihn schon einmal vernommen, war er durch die Lande gedrungen, weither von metzelnden Heeren. Denn es war eine Zeit, in der man jedwedes blutige Geschehen auf die Ferne verlud, und immer war Ferne genug fern auch, und nie brach ein Panzer direkt knirschend vor eines Bauern Ohr, und nie sah man es wirklich: das sind die lebenden Ritter, die sterbend fürs Kreuz ziehen. Das alles spielte sich in den Weiten ab, in den schaurigen Märchen abends vor dem Feuer. Nur wenn mal ein Mädchen ausblieb, plötzlich, aus eines Bauern Haus – da könnte es gewesen sein, daß es einem Heer sich angeschlossen hatte, von Lust gepackt, wahrnehmen zu wollen eine wirklich männliche Brust – küssend oder von Schwertern gerissen. Das kam vor, und für Momente glaubten einige, weinten kurz auf, um zu verstummen. Parzival wußte davon zu singen. Er kam von einem fremden Weg, vom Himmel oder von der einfachen Ferne. Er sang, wie Haralds Freund Reinhard davon zu reden gewußt hatte. Aber Reinhard war nicht unter den Gästen. Nun wußte er, der Ritter Harald, und fühlte, angesichts des weißgespaltenen Schweinskopfarsches seiner Braut, die ganze Pein vor der Welt, und schlug drein: Zu den Waffen! – Die Gäste an der Hochzeitstafel brachen aus. Mühelos rissen sie die Festung nieder, wütend und angefeuert. Einige versuchten während der Flucht, den Finger in den Hals zu stecken und zu speien. Sie hatten Teufelsbraten genossen. Regina haute auf ihren Mann ein: *Du! Du! Du!* Komm mit, du! Aber Diether ließ es geschehen. Ruhig blieb er an der schiefen Tafel sitzen, die gerade mal durch das gute Gewicht der Braut in Stellung gehalten wurde, und sah, wie dieselbe ihr Tuch lüpfte und grinsend ihm zusagte: Na, Schmied, gefällt dir das? Der Schmied lachte mit mächtiger Brust. Und während alle geflohen waren, half er Rosel vom Tisch herab.

Keiner war zum Gefecht getreten. Harald, der Ritter von Gohsewitz, der schnell noch das Bruststück seiner Rüstung angelegt hatte, stand nun, von allen Gästen verlassen, an der schiefen Tafel seiner Hochzeit. Blaß war er vor Wut. Auch die letzten, der Vater und Rosel, waren gegangen. Wieder allein also. Getraut und verlassen. Von einem schier unzüchtbaren Weib. Wie sollte er, die Sitte wahrend, sie niederhalten? Und dabei besaß sie ein Gesicht, das ihr alles verbot – der Aussatz hatte sich in ihr Inneres gefressen, sie störte auf, wo immer sie konnte, und vertrieb, was das Seine war.

Endlich war die Tafel den Hügel heruntergestürzt.

Die Reste des Mahls lagen zwischen Scherben Geschirr. Es war die erste Niederlage für den jungen Ritter, und seine Burg stand so verlassen, daß er beschloß, so schnell es geht: fahrend zu werden.

In der Schmiede ging das Feuer. Dorthin waren sie gelaufen, Rosel und Diether. Waren heiter gelaufen und haben gelacht, die Beine verkreuzt gesetzt, sind gesprungen wie Kinder. Was für ein Fest! Nun ist sie, die frische Rittersbraut, eingetreten in des Mannes Recht. Aber erst mal, sagte Rosel, trat ich hier ein, guter Schmied, denn du hasts sicher. Sie setzte sich in die Nähe des Feuers. Der Schmied stand hinter ihr und sah in ihr Haar. In der rechten Ecke der Schmiede lagen Teile des Harnischs. Sie funkelten und verlangten eilig nach Fertigstellung. Aber der Schmied stand hinter der Braut seines Sohnes und hielt sie warm. Von draußen kam etwas heran. Es klirrte und schleppte sich. Diether gebot Rosel, sich zu verstecken. Vor des Schmiedes Tür blieb das Fremde liegen, als hoffe es, ohne Meldung hereingebeten zu werden. Diether schaute durch den Türspalt. Es war ein Ritter, der vor seiner Tür lag: die Rüstung verbogen und verdreckt, der Schild gebrochen, der Helm abgeschlagen. He, Schmied! rief etwas, das noch war in der Rüstung, eine geschlagene Stimme. Diether öffnete vorsichtig die Tür: Was wollt Ihr?

Befrei mich, Schmied, lös mir das Eisen von Armen und Brust. Ich bin voll Blut.

Blut, von wem?

Von mir, schwör ich. Sieh nur, red nicht lang.

Mein Ofen ist kalt, Herr.

Du wagst dir … Schmied … Georg von Mockau bin ich, Heerführer nach Polen hin …

Und ich bin Schmied.

Ich will nicht sterben, heiliger Jesus!

Nur Schmied bin ich.

Ungläubiger, daß du …

Da starb der Ritter Georg von Mockau, ohne daß er seinen Fluch aussprechen konnte; doch es war eine Zeit, da starben die Männer nicht vor den Augen des Volkes, sondern blieben mit einem Male vermißt, was ihnen nachtrug: der Herr hat sie genommen, o tapfere Christenheit! Georg aber starb vor den Augen des Schmiedes, und Rosel sah es aus ihrem Versteck heraus, wie etwas braun zwischen den Eisenteilen hervorquoll, gerann oder in der Erde versickerte. Der Schmied zog den Toten ins Dorf. Schwer hatte er zu tun, die Rüstung wog das verlorene Blut auf. Er lagerte den Toten auf dem Hauptweg ab, legte ihn einfach quer darauf und ging wieder zurück. Der erste, der beritten oder zu Fuß den Weg kreuzte, konnte sehen, was da lag, so daß er, brüllend vor Schrecken, vergaß, die Augen zu schließen.

Wenn er mir so ankommt, sagte Rosel in der Schmiede über ihren jungen Ritter, wenn er mir so ankommt, will ich es selbst sein, die, mit allem gerüstet, gegen ihn zieht.

Versündige dich nicht, sprach der Schmied dumpf und machte, daß es warm blieb an dem Ort.

Es ist heut meine Hochzeitsnacht.

So komm.

Und als draußen abermals etwas heranschlurrte, leichten Schrittes und schöner Stimme, verschloß der Schmied fest die Tür. Es war Brautnacht, und ein weißer Engel oder war es Parzival, der Sänger, ließ sich an der Stufe nieder, um kundzutun:

Es ist, als flög der Himmel auf
so blau wie Blut, so blau wie Blut
Mein Liebstes wartet unterm Stein
und was es tut, und was es tut
heißt hoppaldei heißt Fröhlichsein.

Es ist der blaue Himmel mein
und was er tut, und was er tut,
legt sich auf mich mit hoppaldei
und unterm Blut, und unterm Blut
da wartet dir ein Stein.

Während Diether und die Braut in der Schmiede Zuflucht gefunden hatten, kam auch Harald auf den Weg, über dem der tote Ritter lag. Verschreckte Frauen und Männer standen herum, auch Gäste des Hochzeitsmahles waren darunter. Als diese Harald bemerkten, fingen sie abermals höllisch zu kreischen an: er, der schamlos Besessene, habe diesen, den Toten herbeigeschafft! Harald sprach mit heller Kinderstimme dagegen an. Der erneute Schrecken lähmte ihn. Was war das, was da lag! Wer waren die, die da standen. Schon wieder Fragen, heimtückisch, unmännlich! Was ihm der Fürst ausgeprügelt hatte, wollte wiederkommen! Schwach wird, wer nit übt. So richtete Ritter Harald seine Augen auf den Leichnam, ohne zu zucken, und zählte, wie lange er das aushielt, als ihn plötzlich ein Arm wegzog und er ein leises rhythmisches Trommeln vernahm.

Und es wichen alle vom Hauptweg auf die naheliegende Wiese. Tamta-tam tam-ta-tam machte die Trommel. Parzival fiel mit der Flöte ein. Um die Köpfe der Musikanten hingen Lappen und Federn. Sie traten in buntem komischem Gewand auf und zogen die Leute zurück. Tam-ta-tam. Denen, die eben an Haralds Hochzeitstafel geschmaust hatten und gesungen, wollte schon wieder die Lust kommen. Sie waren die ersten, die ihre Beine im Tanz warfen und mit den Armen weit ausholten. Tam-ta-tam und zwischendurch die Flöte – Ridewanz und hoppaldei! Die anderen kamen nun hinzu, kamen über die Leiche gestiegen, schoben sie beiseite, machten sie fern und unwirklich. Seltsames hatten sie sich angetan: vermummt mit Ziegenfellen, Hörnern und klimperndem Schmuck, traten sie in den Rhythmus. Mit Rötel waren Wangen bemalt, mit braunem Schlamm Stirnen bestrichen. Tam-ta-tam. Die Musikanten spielten schneller. Hoppaldei und Ridewanz! Es war den Tänzern, als wollten sich die Beine von ihnen lösen. Der erste fiel: Ulrich, der sich nicht halten kann. Tam-ta-tam. Sie tanzten über ihn hinweg. Wie es zuckte und ausfuhr! Die Musik ging, Blitze durch ihre Körper. Kreischen und Lachen. Da erhob sich jemand, der eben noch auf dem Weg gelegen hatte. Und nahm den Tanz auf. Tam-ta-tam. Ließ sich nicht fortschieben. War als Ritter verkleidet mit einer Rüstung, die alle Ehre machte. Tamta! Er stampfte und rüttelte aus Metall. Tam! Tam! Tanzte nun mit dem Ritter Harald, der ein Schafsfell überm Buckel trug und ein rotes Band am Kopf. Tam! Harald! rief die Gestalt, und schaudernd riß Harald dem Herbeigeeilten das Visier hoch. Was er sah, ließ ihn neben Ulrich stürzen, doch dann faßte er sich und lachte: *Du bists!* Und die Maske tanzte wieder. Tam-ta-tam. Und immer eine Flöte dazwischen. Eben lag es noch auf dem Hauptweg, eben war es weggestoßen, jetzt unter ihnen – und brachte Lachen. Die Masken machten vergessen. Tam! Tam! Regina lüpfte einem vorbeiwalzenden Rehbock das Gesicht und lachte: *Du bists!* So auch die anderen. Es war ein Spaß, den Nebenmännern die Verkleidung herunterzureißen und lauthals *Du bists!* zu rufen, um sich dann kreischend auf dem Boden zu wälzen – tam-ta-tam –, um sich rasend zu halten bei ihrem irren Erkennen: *Du bists!* Bis sie, Beine nässend, wälzten und schließlich zuckend für die kommenden Stunden verendeten. Nur Georg von Mockau verließ das Fest. In weiter Ferne legte er sich dann hin zum Sterben, irgendwo abseits von der Libzer Ebene.

Als die Tanzwütigen wieder lebendig wurden und

verlorene Schuh und Kopfschmuck aufsammelten, konnte die Fastnacht ihren Fortgang nehmen. Jeder brachte, was er hatte, Wein und Bier wurde aufgefahren, Geselchtes und Gepökeltes, Äpfel und Backpflaumen. Man aß und trank. Langsam wurde es wieder lustig. Der verrückte Tanz, dem sich keiner entziehen konnte, saß noch in den Gliedern und hinterließ Schrecken. Parzival war aufgefahren in seine Unterkunft, den Himmel. An nichts mehr wollte man sich erinnern. Also trank man, bis die ersten Worte wiederkamen. Jedoch die ersten Worte waren Reginas Frage:

Wo ist der Diether, mein Mann?

Und Harald war es darauf, der feststellte: Meine Braut ist nicht mit. – Laßt sie! riefen die anderen und spuckten Pflaumenkerne, heut ist die Welt gedreht, laßt sie, es wird sich alles finden, vielleicht sind sie unter uns und ihr wißt es nicht, laßt sie also, sucht nicht blöd, prost auf dich, du Ritter!

Jetzt war Lanzenbrechen angesagt. Verkleidete Ritter machten Turnier. Auf schwerblütigen Pferden ritten sie gegeneinander, die Lanze gestreckt, um sie, im Laufen, einander zu brechen. Für schöne Damen und für schöne Gunst. Für die Fastnacht heute. Wer am meisten, ist König der Lanzen. Die Ritter taten ihr Bestes. Es brach das Holz wie Zunder. Bis ein anderer auf das Feld trat. Hinter der Wiese kam Diether, der Schmied, heran, gefolgt von Rosel, die ihr Gesicht verhüllt trug. Da waren sie also. Diether trat auf den nächsten Ritter zu, zog ihn vom Pferd, nahm dessen Lanze und brach sie mitten durch. Erbost riefen die Schaulustigen. Das stand gegen die Regel! Zu Fuß und ohne eigene Waffe! Diether nahm einen nächsten. Nahm die Lanze einfach dem sprachlosen Ritter aus der Hand und zerbrach sie – krach! Noch eine und noch eine. Er brach sie, nicht für eine schöne Frau, nicht für Gunst und Ehr, sondern um ihrer selbst. Noch eine und noch eine. Es war kein standhaftes Turnier, sondern nur ein Brechen, eine nach der anderen. Bis keine Lanze mehr zu finden war. Da hielten es die Menschen für einen Witz, denn es war die Zeit des Witzes über den Tod.

Und doch gab es noch eine Lanze. Sie steckte in der Brust des Fürsten Botho von Stötteritz. Der Fürst schleppte sich um das Fest herum. In weitem Bogen strich er über die Wiese, lief mühsam von Baum zu Baum, um – dahinter stehend – nicht gesehen zu werden. Die Lanze wog schwer und steckte fest. Vorsichtig, um nicht anzustoßen (denn das schmerzte unsäglich), näherte sich Botho dem Treiben. Lange hatte er nicht mehr solch ausgelassenes Volk gesehen, und es stimmte ihn ängstlich. Doch war er gleichermaßen angezogen von den tanzenden albernden Jungen, die so schuldlos taten. Schwer atmend verfolgte der Fürst ihre Bewegungen, ihre kleinen Demaskierungen und bübischen Anstalten. Wenn nur diese Lanze nicht wäre! Oder wenn sie doch – so dachte der Fürst bisweilen – getötet hätte! So war das kein Leben. Nur von der Ferne konnte er all diese Lust und Freude sehen – blamabel war dieser Durchstich, zumal er von einem Weibe und nicht von der Hand eines Ritters rührte. Botho schleppte sich um das Fest herum und suchte etwas, das er verloren hatte. Noch bevor die Nacht hereinbrach, sollte er es gefunden haben.

In den Kreis sprang der Wolf. Mit großen Sätzen ging er diesen und jenen an, so daß die Mädchen kreischend zurückwichen und die Knaben tapfer ihre dürren Arme gegen ihn hielten. Der Wolf war stark und hatte eine gelbe Mähne. Er war von irgendwoher gekommen, herausgekrochen aus einem Versteck, und bereitete Aufruhr.

Christen! rief er mit dröhnender Stimme, so daß Harald, der gerade neben ihm stand, ein neidvoller Schauder überlief. Christen, hört zu! Ihr seid keine Christen mehr!

Da begannen die ersten zu pfeifen. Was war das für ein Spiel. Runter die Maske, eh!

Ihr seid keine Christen mehr! Soll ich euch sagen, was ihr seid? Gläubige, aber keine Christen! Christen nämlich …

Ein Stein traf den Wolf am Kopf. Der dröhnte weiter: Christen nämlich sind welche, die ehren und achten Gott und tun nicht Schwert noch Lanze erheben gegen …

Wieder hagelte es Geschosse.

Besinnt euch, Bauern! rief der gelbe Wolf und wehrte die Steine ab. Macht die Augen auf, seht, wer neben euch steht, seht die, nach denen ihr euch verkleidet – Harnisch und Helm, mit denen ihr spielt, ohne von Spiel zu wissen! Seht, wie sie, vor Monden, von dannen gezogen sind und noch nicht wieder heimgekehrt, wie sie, tötend und schon selber tot, dem *Wahn* eine Lanze nur brechen, seht –

Da wurde der Wolf gefangen. Mit festen Stricken zogen die Bauern den Sündigen aus ihrer Mitte. War es zwar Spiel, so mußt dies doch der Herrgott nicht wissen, und längst wußte so mancher nicht mehr, was er an sich trug, wozu er geladen und was er seit dieser Nacht war.

Den Wolf ließen sie verschwinden. Als sie ihm die Maske vom Gesicht gerissen hatten, lief jemand davon, gehetzt und voller bissigem Haß. Ein Fremder oder was oder wer.

Botho glaubte ihn zu kennen, denn auch er begann mit einem Male zu laufen. Mit der Lanze im Rücken lief der Adelsmann immer dem Wolf hinterher: Bleib stehen, du! Bleib stehen – ! Das Fest drehte sich weiter. Ridewanz und hoppaldei. Parzival erschien abermals als Engel, und – wild geworden – riß man ihm das weiße Linnen vom Leib. Darunter trug er ein gelbes Fell, ein satanisches Schwefelgewand. Maske über Maske. So begann er zu singen. Von Furcht und Lachlust befallen, stampften die Feiernden den Kehrreim:

Krank ist die Minkemaus,
hängt aus dem Maul ihr raus
ein Schwänzelein!
Tot ist die Minkemaus,
schafft es nicht mehr, o Graus:
das Kätzelein!

Da nahm der Ritter Harald seine Rosel. Er trieb sie von des Schmiedes Seite, hinein in den allgemeinen Frohsinn, der sich auf jeden gelegt hatte. Harald schob seinem Weib das Haar zur Seite und küßte es. Das rote Band um seinen Kopf berührte ihre Haut, vor der es ihn eben noch geekelt hatte. Geschmückt war Rosel mit einer ewigen Maske, dem einzigen wirklichen Gesicht dieser Gesellschaft. Als sie die Zunge des Ritters in ihrem Mund spürte, als Parzival so tönend sang, glaubte sie für Augenblicke, nicht an diesem Ort zu sein. Das war das Glück. Dann sah sie Haralds Augen flirrend nach oben gekehrt und wußte, daß dies der Wein war und die Krankheit der Lachwütigen, welche ihn zu ihr führte. Holla! rief Harald unverändert kindlich, ist das ein ritterliches Fest!

Bist aber noch immer bei uns! klang es aus dem Kreis.

Was sagt ihr mir von Bauren
eh'r ließ ich mich vermauren!

spottete Parzival, und die anderen fielen ein. Rosel löste sich von ihrem Angetrauten. Jetzt wollte sie dabeisein. Ihrem Sinn nachgeben: ihm, dem Geliebten, den Ritter austreiben. Heut wurde sie nicht beguckt und gefürchtet. Heut war sie gelitten mit ihrem Gesicht, denn alle hatten ähnlich Abscheuliches an sich. Als sich Harald nach Rosel umdrehte, war sie verschwunden.

Eine andere kam. Als gehörte sie nicht zu diesem Fest. Die arme Barbara mit offener Brust. Sie hatte eine grünbraune Kröte daraufgelegt und hielt sie mit den Händen fest. Schreiend rannte sie über die Wiese. Ihr Gesicht war frei. Sie war ganz sie selbst und rief: Ich werde dir! Ich werde dir! Hexisch wehte ihr Haar. Rundherum lief sie, um die eben noch lachende Gruppe, die Kröte fest an sich gepreßt. Ouwe! rief sie außer Atem, ouwe, das Grab meines Vaters ist leer! Über Nacht, Schwestern und Brüder! Mein Vater ist auferstanden. Wirklich, ich hab es gesehen. Er fuhr gen Himmel, mit einem silbernen Schweif hintenan. Als ich herab in das Grab sah, war es offen und darin nur noch das arme Tier. Ouwe, seht ihr? – Sie nahm die Kröte von der Brust und hielt sie hoch.

Raunen und Widerwillen ging durch die Menge. Das war kein Mummenschanz mehr, das war der reine Nichtchrist, der da tobte. Wollt göttlich heißen jedermann. *Uuuuuh!* tönte der Chor und kreiste die Verrückte ein. Aber Barbara tat es selbst. Sie trieb sich voran, sie trieb sich die Hexe aus. Schweißnaß und mit blutiggelaufenen Füßen sprang sie behende mitten in das auf der Wiese flammende Feuer, das zuvor zum Schmoren von Äpfeln und Speck gedient hatte.

Ich hab die Seele! Ich hab sie, Herrgott! – rief Barbara, als ihr Kleid Feuer fing und weithin lohte. Mit einem Schrei, einem Aufatmen, sah die Menge zu. Nur Diether sprang vor. Er schlug mit starken Armen einem Faß Wein den Boden aus, hob es und kippte es über der Brennenden aus. Der Rauch zog bis in den Himmel. So mit Gottes Blut gelöscht, entstieg Barbara der nassen Asche. Jetzt war sie heilig. Schon fiel ihr Ulrich, der Mann, vor die Füße und betete voller Verzweiflung.

Schon wichen die anderen zurück. Wer dem Scheitertod, und sei er selbst erwählt, entronnen war, dem saß ein Engel im Leib – und nunmehr war Barbara dafür erkoren. Gelöscht und ernüchtert sah sie ihren Mann knien und sah die raunende Menge Vermummter. Etwas legte sich auf ihre Augen, eine dunkle Seligkeit. So nahm sie ihren neuen Stand an, faltete verzückt die Hände und ging hinüber in ein anderes Leben.

Als der letzte schwelende Holzscheit erkaltet war, machten sich die Bauern und Ritter auf den Heimweg. Die Fackeln waren niedergebrannt und die Lust zu Lachen vergangen. Zu viel war ihnen erschienen, als daß sie das reine Gefühl der Freude mit aufs Schlaflager nahmen. Noch wirkte in den Köpfen der Wein, aber bald verging auch dieser, und es konnte sein, daß so mancher den Hauptweg im Dorf mied.

Auch Harald begab sich auf seinen Gohsehügel. Fluchend stieg er über die herausgerissenen Latten und Pfeiler, um in sein strohbedecktes Hüttchen kriechen zu können, die Burg, wie er es nannte. Vor seinem Lager die Rüstteile mahnten ihn an den kommenden Morgen. Bevor er einschlief, öffnete sich noch einmal die Tür.

Es war ein Ritter. In einer guten, vertrauten Rüstung. Mit heruntergelassenem Visier. Es war Ritter Rosel. Doch das sah der Gohsewitzer nicht. Verharnischt war sie auf Heischegang. Wenigstens wollte sie die Fastnacht zu einem guten Ende führen. Erbitten etwas, erheischen, was ihr fehlte – weil: Sitte wars, das Erbetene zu geben.

Nu, Muhme, was willst du noch? Oder sag ich Ritter?

Das ist dasselbe, Herr!

Harald war müde vom Fest, und ihm drehte im Kopf Nebel. Was jetzt auch erschien vor ihm, er konnte es nicht mehr begreifen. Gib mir dein Weib, edler Herr! – bat Ritter Rosel mit tiefgestellter Stimme, so daß Harald noch einmal verwundert seine schlafschweren Augen aufriß:

Mein Weib?

Dasselbe, Ritter, erwünsch ich.

Es ist gerad nicht da, ist ausgegangen ... Harald drohte, auf der Stelle umzufallen, so kam der Schlaf übermächtig.

Gibst du mirs?

Nimm und geh, bei Gott, ich schenk es dir!

Während der junge Ritter sich niederhockte und sofort einschlief, stahl sich Ritter Rosel davon. In fester Rüstung ging sie auf das Dorf zu. So wurde sie sich selbst geschenkt. In der Schmiede fand sie Unterschlupf, wo sie Lattich und Stroh von sich warf und der Schmied für seinen Sohn tat, was er tun sollte.

Ritter Harald von Gohsewitz schlief. Ihm träumte ein Gefecht. Ein Kreuzzug hehren Ausmaßes. Endlich. Endlich träumte ihm, der vom Spielplatz noch kinderstimmig geflohen war, vom wirklichen Zug. Bis in den Ostermorgen hinein sah er sich, schwertschlagend, die Hohestraße via regia entlangziehen. Bis hin nach Polen, Breslau, Bautzen und Rußland. Er, der Ritter Harald, angeschlossen einem christenrünstigen Heer tapferster Kämpfer, träumte von seinem ersten Gefecht: Er ritt neben Botho, seinem Lehrer und Landsfürsten. Sehr helles Licht weitete das Bild, und er sah eine Schar tücherschwenkender Mädchen sich angeschlossen. Die Ritter ließen sie anfangs neben sich herziehen, beachteten sie wenig und riefen allenfalls spöttische Reden zu. Nur Botho wies die Mädchen mürrisch von sich, indem er ab und an die Lanze gegen sie stieß. Jedoch kamen sie immer wieder. Ganz ohne Gesicht waren sie und ohne Haar, ganz ohne Kopf am Ende des Bildes. Erschrocken wollte Harald von ihnen wegreiten, der Gaul setzte nur schwer seine Beine. *Deng-de-deng* klang der Hufschlag, aber Harald kam nicht voran. Dabei drängte es ihn zum Gefecht. Das Ritterheer war weitergezogen, es ließ ihn zurück. Das Pferd trabte lahmfüßig. Nur Botho ritt noch neben ihm. Aber sein Pferd wurde zu einem kopflosen Mädchen. Ich hab ihn abgeschlagen, schau, Ritter Harald, sie kann Galopp! – Da ritt Botho davon, er preschte an Harald vorbei auf dem leichtfüßigen Weib. Aber du sollst nicht töten! hörte Harald sich rufen. Immer langsamer wurde sein Gaul, immer weiter entfernte sich Botho, und immer mehr Dirnen umkreisten ihn. *Du sollst nicht fragen!* rief eine Stimme. Das war Botho von weit her, und die Weiber waren plötzlich lauter Heiden. Sie umgarnten den jungen Ritter, dem endlich einmal träumte, er zöge zum Gefecht. Es war nur Verteidigung, als Harald das erste Weib niederstieß. Sein Schwert ging durch die Gestalt wie durch Luft. Das Weib löste sich auf, fuhr vor seinen Augen gen Himmel, und Jesus sprach von oben herab: Siehst du nicht, daß sie keinen Kopf haben? – Seelenlos waren sie und somit untötbar. Harald schlug drein bis hin nach Polen, Breslau, Bautzen und Rußland. Ihm träumte sein erstes Gefecht, als er in den Tag hineinschlief, an dem der Erlöser geboren sein wollte.

Als Rosel sich selbst geschenkt wurde, ging Fastnacht zu Ende. Als Barbara die Gabe der Heiligkeit erhielt, ging Fastnacht zu Ende. Als Regina, die Frau des Schmiedes, begann, ihren Mann zu loben wegen fleißiger Nachtarbeit, ging Ostern seinem Ende zu. Und als der Gerber Ulrich aus Plagwitz seiner Frau Barbara Abbitte tat, schien sich der Himmel etwas zu dunkeln. Und als Parzival am Ostersonntag sein Instrument zerschellet an einem Stein fand, sah Barbara bereits selig schwarz.

Was war es, das sich just an jenem Abend nach dem

Feuer ihr auf die Augen gelegt hatte. Die Kröte könnte es gebracht haben, die faulige Seele des lebendig begrabenen Niklas von Plagwitz. Sie legte sich einfach auf die Augen der vordem Geschändeten und machte, daß sie nicht mehr durchsah. Nur schwarz noch. Nun kniete Ulrich vor ihr, betete, fluchte, flehte um Gnade. Sein Weib war heilig. Daß ihm das widerfuhr! Barbara ließ ihn knien. Mit erhobenem Kopf, von dem das gesengte Haar herablockte, schritt sie über ihren Mann hinweg. Aus dem Schrank holte sie ein graues, besticktes Tuch, band ihr Haar ein und ging davon. Ohne ein Wort, blind und glückselig. Sie war befreit worden von allem irdischen Schmerz. Er war ihr ausgetrieben worden – die *Hexe* bestand, was geblieben war, war das *Heilige.* Ulrich schaute ihr nach, und es füllte ihn Härte bis obenhin aus.

Herr Tilman von Taucha nahm sich das Weib. Er fand es vor seiner Burg liegen, welche sie nicht erkannt hatte. Er nahm es zu sich, verschloß es im Turm und reichte ihm am nächsten Morgen Brühe vom Huhn und Trokkenbrot. Barbara kam zu sich, als der Burgherr sie vollends probierte. Doch kalt war sie, wie nunmehr selbst ohne Seele.

Tilman sperrte den Riegel wieder vor. Er wollte sehen, was seinem Fund noch entwuchs, denn ein edles Weibsbild schien trotz allem in ihr zu sein. Ein halbes Dutzend Tage lang lag Barbara im Turm der Tauchaer Burg. Die Hühnerbrühe hielt sie am Leben, nach dem dritten Tag tastete sie sich im Turmrund an den Wänden entlang. Doch sie war nicht verstoßen, sie war selig! Taub und groß war das Gefühl. Was Tilman ihr nächstens tat, hielt sie für ein göttliches Zeichen. Nach sechs Tagen beschloß Tilman, das untätige Weib hart zu strafen. Er ließ es nicht mehr wie bisher in ihrem umnachteten Frieden im Turm, sondern zur anbrechenden Nacht in den Burghof. Dort beobachtete er, wie sie durch diese neue Freiheit zu wandeln begann. Die Weite des Himmels ängstigte Barbara. Hilflos lief sie ein paar Schritte im Kreis, die Arme nach vorn gestreckt, als fürchte sie, gegen etwas zu stoßen.

O weh mir viel armem Weibe! rief sie mit greller Stimme. Das war, was Tilman wollte: wissen, wer ihm da zugekommen ist. Denn Tilman war im Grunde ein sanfter Landsherr, der gern ins Weibervolk sah, doch selbst sich noch nicht für die rechte entscheiden mochte. Auch hing ihm der Ruf an, die Bauern nicht allzusehr zu fronen – immer machten seine Boten kehrt vor den Häusern der Schwangeren, und wo die Kinder zu viel an der Zahl waren, maß er Korn und Wein gering zur Abgabe. Nun hatte er die Blödgewordene auf seiner Burg – *blöd* war das, was Tilman glauben konnte. Sonst war sein Glauben so gut nicht, als daß er vom Weibe forderte: Sieh mich an, Fremde, werd wieder zu dir! – Barbara jammerte unter offenem Himmel. Ouwe, ouwe! Wo sie sich befand, wußte sie nicht. Wer sie umgab, kannte sie nicht. Wohin nur hatte sich ihre krötige Seele verflüchtigt? Was hatte sie da ausgescharrt gehabt und gestohlen? Ihr Ureigenes, das sprang von Verzückung zu Verzückung, von Glauben zu Glauben. Schwarz war nun alles, ohne Ausweg – auf ihren Augen flirrte die himmlische Liebe. Nichts war ihr vertraut an diesem Ort. Die Stimmen, die an ihr Ohr klangen, empfand sie als höllisch, die Luft angefüllt wie mit Bittersalz. Herrn Tilman erkannte sie nicht. Er ließ ihren Turm offen, trieb sie jedoch nicht weg. Auch ging er nicht mehr zu ihr, denn sie verschloß nun auch jenen Teil, der ihm Einlaß gewährt hatte. Voller Wehmut stand Tilman oft an die Tür des Pferdestalles gelehnt und beobachtete, wie Barbara nächtens zu den Zinnen ging. Dort erhoffte sie, ihre Seele zu erhaschen. Etwas war herausgerissen aus ihr, das Irdischste, jene Fähigkeit zu empfinden, die erfüllbare Liebe. Sie stieg auf die hochaufragenden Zinnen der Tauchaer Burg und wartete darauf. Unter dem offenen Himmel aber fuhren Stimmen fremd und wie Lanzen in sie.

Inzwischen aber war Ritter Harald erwacht. Getrieben von dem, was ihm träumte, legte er seine Rüstung an. Fein mit Fehlern versehen, hatte der Schmied sie endlich fertiggestellt. Diese nun an sich, begab sich Harald in Richtung Libz. Die Gohseburg ließ er hinter sich. Seinen Vater, seine Mutter, den Ulmenteich, den Spielplatz. Ihm träumte der Ritter. Und dem Ritter träumte eine Herrin. Das war der nächste Zug. Das nullte Gefecht: ihre Eroberung. Wen aber? Sitte wars: nicht das eigene Weib, sondern *fremd* sei die Herrin. Ritter Harald lief. Die Rüstung drückte schwer auf seinen Schultern und rieb sie wund. Er schleppte sich, seine Herrin zu finden. Gegen Nacht kam er an die Tauchaer Burg. Es war Zeit, Rast zu machen und um Einlaß zu bitten. Die Burg lag im Dunkeln, über dem Wassergraben schwirrten Unmassen Mücken. Still war es über der gezahnten Mauer.

Hejo! rief Harald, und seine knabenhelle Stimme pfiff durch die Dunkelheit. *Hejo!* ist da keiner? Doch da war etwas. Auf den Zinnen stand es, finsterer als alles andere, schweigsamer noch. Es stand eine Frau auf den Zinnen und beugte sich herab. *Hejo,* öffne mir! – Die Barbara trat zurück. *Das war es!* Das glaubte sie. Das leibhaftige Jesuskind war zu hören. Die erste und einzige vertraute Stimme. Mit einem leisen, glücklichen Schrei lief Barbara nach unten. Alles Schwarz fiel ihr von den Augen. Das Jesuskind! Es war gekommen, sie zu holen. Vor dem Burggraben die Wachen wollten sie noch zurückziehen. Da sprang sie. Mit einem Satz über den Graben, der so breit war, daß ihn noch nie ein Ritter bewältigt hatte. Barbara sprang, hinter ihr klatschten Frösche ins Wasser oder war es ihre Seele oder die namenlosen Seelen der letzten Gemetzelten in Sachsen. Wie alles ineinander überging! Ununterscheidbar war der Rausch geworden – glauben, brennen, springen ... Als Barbara auf der anderen Seite des Grabens gelandet war, schloß sie die knäbische Stimme in ihre Arme. *Herrin!* flüsterte der Ritter überwältigt, und sie sank auf sein Eisen bis zur schrecklichen Besinnung.

Der Ritter nahm sie mit nach Libz. Am nächsten Morgen erreichten sie die Stadt, in der blühend die Linden standen. Geschäftig waren Bauern und Händler unterwegs. Silber machte derzeit das Leben reich. Der Markt war gefüllt, Haus an Haus reihte sich, dazwischen die Gassen. Libz blühte. Die Reichsstraße und die Hohestraße brachten Händler und mit ihnen den Wohlstand. Harald in voller Rüstung und Barbara, die erwachte Herrin, gesellten sich zwischen das Markttreiben. Hier sollte sie im Auftrag des Mannes bleiben und sich aufstellen und sagen: Ich bin eure Herrin. Der edle Ritter, noch neben mir, bald zieht er davon. Was ihm träumte, wird sein. – Da lachten die Bauern und Händler schon und beschossen die eiserne Gestalt mit Äpfeln und Nüssen. Ins Eisen geschmiedet, Harald, schluckte am Haß. Daß es ihm nicht vergönnt war, *jetzt* davonzuziehen! Entlang die lange Straße, davon, auf nach Jerusalem oder wie hieß doch der Ort oder der Wahn von der heidnischen Pest, oder die Pest des Wahns oder – Harald schluckte und bekam es nicht herunter. Neben ihm die Herrin war erwacht, weil er nicht Jesus war.

Plötzlich liefen die Leute auf dem Markt zusammen. Erst waren es einzelne, die an jenen Mann herantraten, der sich auf eine Kiepe stellte und reden wollte. Dann kamen sie zu Scharen: lebend und gläubig. Da stand der große Abt, Volksprediger Albert von Zschocher, gehüllt in einen schwarzen Mantel, und sprach. Er war gekommen in jener Frühe, als Barbara, heiliggesprochen und wieder verteufelt, zum *letzten Mal* suchte: ihren Sinn, dazusein auf dieser Welt. Und als er begann zu sprechen, war er ihr bereits ein Adler, der in die Sonne schaute, steifen Auges und frei aller Blendung. Dieser Auswuchs ihrer Sinne mußte die Rettung sein! Der Trug, Gott leibhaftig um sich zu wissen, mußte vergehen. Harald, Ritter von Gohsewitz, in kompletter Rüstung, starrte ebenfalls nach oben. Das Volk raunte nach den ersten Worten des großen Abt, und der schwarze Mantel spreitete sich über seiner Rede, die Libz einnahm wie ein Sturm. So sprach der Prediger vom großen irdisch-himmlischen Abenteuer. So hörte es Barbara. Fetzen von Nachrichten aus dem Fluß der Rede. Die ihr vertraut war. Die sie immer und immer vernahm wie aus sich selbst. Dann sank sie. Das Volk machte ihrem Fall Platz, wich auseinander. Abermals war die Leidende erfaßt vom Klang wie von den Griffen eines himmlischen Bräutigams. Da war es wieder! Auch der junge Ritter, dem in diesem Moment jegliche Stimme versagte, hatte es noch einmal gehört – und jener große Abt war sein großer Freund, der ihn einlud –, *Gott will es!* Harald bahnte sich seinen Weg durch die Menge. Die ihn vordem so verharnischt begafft und mit hohlen Nüssen beworfen hatten, gingen zur Seite. War er der Erwählte? Der, den der große Abt meinte? Der, den Gott will? So gut, so neu war der Harnisch, daß die Leute auseinanderliefen und ihn freigaben aus ihrer Mitte. Libz blühte. Die Linden standen in vollem Saft. Harald wußte den Weg, der ihm geträumt hatte. Das Visier fiel herunter. Dahinein war ein Fehler geschmiedet gewesen: das Scharnier lose und gebrochen. Dunkel wurde es und hell – gleichermaßen. Harald war erleuchtet. Es konnte beginnen. Das erste Gefecht, und das Visier ließ sich nicht heben! Aber der

Weg war klar, weil ohne Frage. Er war ausgesprochen außerhalb allen Spiels.

Als der Abt von der Kiepe stieg, öffnete auch ihm sich die Menge. Schwarzwallend ging er durch sie hindurch. In der Mitte lag Barbara, so tief gesunken, daß er mühelos über sie hinwegstieg. Nur, als sein schwarzer Mantel ihren Körper berührte, war es, als gingen jene Flügel in sie über, vollends. Es war ausgesprochen, als Tilman, der Herr von Taucha, seinem geflohenen Findling gefolgt war. Angekommen auf dem Markt von Libz, sah er sie liegen, ganz schwarz, verbrannt und unkenntlich. Das war sie gewesen. *Barbara!* rief der Adelsmann ins gaffende Volk, *aber seht doch, das ist doch nur Barbara!*

Rosel fuhr mit der Kirche ums Dorf. Schwer hatte sie ihren Karren beladen. Er ruckte und knirschte über den Weg, der von Plagwitz nach Stötteritz führte.

Seit der Schmied die Rüstung für seinen Sohn abgeschlossen hatte, sechzehnteilig und hochglänzend, ging ihm die Kraft aus. Gerade konnte er noch das letzte, das Halsteil, in Tuch schlagen und zur Seite legen, dann legte er sich selbst nieder. Das Schmiedefeuer prasselte. Die es schürte, war Rosel, des Sohnes Braut. Lattich verbrannte sie und Stroh. Sie war sich selbst gegeben, und was einmal geschenkt, kam nicht zum Besitzer zurück. So sah das Rosel. Doch der Schmied, bei dem sie sich wärmte, lag geschwächt. Er mochte sich nicht erheben. Sein Auftrag war erfüllt. In der Küche buk Regina, die Frau, dick mit Honig unterrührten Kuchen. Als sie diesen in die Schmiede trug, gab sie ihn als Lohn für die Rüstung. Dem Schmied blieb er auf den Zähnen liegen. Er konnte nicht mehr. Alle Süße war dahin. Denn wenn er die Augen schloß, zerriß es ihm den Sohn. Und der hatte doch noch eine so helle Stimme, so eine kinderleichte Stimme … Die dem Vater den Kuchen von den

Zähnen nahm, war Rosel, die Pferdegesichtige. Komm hoch, Schmied. Du hast zu tun! Die Karren brauchen Reifen, die Gäule Kandaren, die Kürschner Kämme, die Weiber kupferne Becken. Komm hoch! Der Schmied kam nicht. Immer wieder mußte er die Augen schließen, und was dahinter geschah, lähmte ihn. So verlosch das Feuer. Regina flößte ihm den Kuchen ein. Sie stopfte, riß ihm mit ihren kräftigen Fingern die Zähne auseinander. Aber nichts schluckte er mehr. Kein Hammer wird je wieder in seinen Händen liegen, kein Auftrag je sein Haus erreichen. Ausgehen werden Ehre und Geld. Am Abend gab es Regina auf. Wütig schmiß sie das Gebakkene in die Glut. Soll er! Der eingerührte Honig schwelte. In der kleinen Schmiede begann es zu stinken. Regina ging hinaus, und sie sah nicht, daß Rosel bleiben wollte für immer. Da waren keine Aufträge mehr. Da ging der Kuchen zu Ende. Und das Trockenbrot und die Milch. Und Diether, der Schmied. Aber Rosel versprach ihm: *Du nicht.* Ich kann den Hammer nicht mehr halten. Das Feuer auch nicht.

Ich werd sehen.

Plag dich nicht, Rosel. Mir ist, als war jeder Schlag auf den Harnisch einer auf mein Herz gewesen. Sag, bin ich noch Schmied?

Ich werd sehen, was für unser Leben zu holen ist.

Das ist die Sache des Mannes.

Der ich genug geworden bin.

So stahl sich Rosel noch vor Mitternacht aus der Schmiede, griff sich einen leichten Wagen und ging nach Plagwitz. Im eigenen Ort würde sie auffallen. Die Idee, die ihr kam, mußte die schänderischste der Zeit sein. Austreiben wollte sie aus den Menschen den teuflischen Christen, und teuflisch ging sie zu Werke, und das Werk, an welchem sie begann, war christlich erbaut. Rosel stellte den Karren vor das Portal der Plagwitzer Kirche. Die wollte sie. Hieran würde sich echter Glauben beweisen! Sie brach den ersten Stein von der Hintertreppe, lud ihn ein. Dann schlug sie vom Seitenanbau etliche Brocken los. Schnell füllte sich der Wagen. Die poröse Seitenwand gab einiges frei, und als der Karren bis obenhin sich mit Steinen türmte, schlug Rosel den Eckstein los. Mit leichter Hand hob sie ihn, den Gewichtigen, auf die Spitze des Haufens. Sie lud sich die Kirche auf. Hoppaldei und Widewanz. Der Karren schockelte los, ums Dorf herum nach Libz.

Und in Libz blühten die Linden. Während man eine schwarze Frau tot begrub, blühten gelb die Linden. Während ein Volk offenbart war und schaudernd vor Gläubigkeit Fetzen Tuch zerriß, um mit diesem Gefühl wenigstens *etwas* für seine Errettung zu tun – da standen die Linden in Blüte. Während ein großer Abt aus der Luft nach unten stieß, gingen die Linden auf und eine Frau, die hatte ein Gesicht aus Grauen, brachte einen Karren herbei auf den Markt.

Kirchsteine! Heilige Kirchsteine! rief sie. Noch besessen von der verklungenen Rede des Predigers, kam das Volk heran. Kirschsteine! Heilige Kirschsteine! verstand es – denn Kirschsteine waren es, die die Eigenschaft besessen haben sollen, zu heilen. Heiß aufgelegt, versprachen sie Linderung bei Bauchschmerzen und Krämpfen. Zerstoßen und mit Rindsblut vermischt, vertrieben sie Fieber und Übelkeit.

Kirchsteine! Heilige Kirchsteine! Rosel rief sie aus und pries an: Von bester Sorte! Von bester Heiligkeit! – Wieder dieses Wort! Wieder dieses Raunen in der Menge. Ein ganzer Karren voller Kirchsteine. Die Verkäuferin zeigte ihr Gesicht, und Furcht befiel die Umstehenden. Furcht und heißes Verlangen nach jenen gewaltigen Kirschsteinen. Welche Größe sie doch bekamen durch ihre Ausruferin! Heilige Kirschsteine! Und da kauften sie die ersten. Stückweise für bares Gold. Die ersten schleppten Wackersteine nach Haus, legten sie ins Feuer, um Schmerzen zu lindern oder zu vertreiben. Ein Bauer, der gerade Ochsenblut verkaufte, fand großen Absatz. An Ort und Stelle goß man Bottiche Blut über die erworbenen Kirchenbrocken und hoffte auf Besserung des Fiebers. Denn alle waren davon befallen, heiß und selig. Das Blut floß dick über die Steine. Man drängte sich darum. Ein jeder wollte davon haben. Ein jeder genesen. Heilige Kirchsteine! rief Rosel und wieherte in sich hinein. So trieb sie das Volk aus. Erst am Abend erwachte es. Besudelt mit Blut, doch besetzt von rasenden Schmerzen. Es sah um sich und erkannte, was es getan hatte. Die Linden blühten betäubend über allem. Rosel war auf und davon. Vom eingenommenen Geld kaufte sie Brot, Wein und frischen Käse. Und noch etwas erwarb sie – etwas, das sie in Tuch schlug und auf dem leeren Karren davonzog. Als sie in die Schmiede nach Stötteritz gelangt war, kam auch der Schmied wieder zu sich. Hungrig machte er sich über den Käse her. Köstlich schmeckte der herbe Wein. Seit Rosel wieder bei ihm war, mochte er die Augen nicht mehr schließen, den Sohn nicht mehr sehen. Mächtig, wie er war, gab sich Diether hin. Und er war ihr *wirklich*, das erste Mal und immer.

Schmied, wir wollen mit unserer Arbeit beginnen.

Ich bin froh ohne.

Es muß sein, ich bin noch nicht am Ende.

Was hast du vor, Rosel.

Alles, Schmied.

Da holte sie aus. *Deng!* machte der Hammer. Was sie sich für den heiligen Schwindel erworben hatte, formte sie um. *Deng! Deng!* Durch die kleine Schmiede stoben Funken. Kraft hatte die Rosel wie zehn Pferde. Was sie tat, tat sie fehlerlos. *Deng!* Der Schmied begriff es und wußte doch nichts mehr. Hastig rappelte er sich auf. Was wurde hier gespielt! *Deng! Deng!* Das waren doch die Schläge, die ihn zerrissen! Und wieder ist es ein Weib! Diether lief zum zweiten Male aus seiner eigenen Schmiede davon, stolperte, stürzte entsetzt über Steine und Wurzeln. Verlassen von allen und allem, begann er durch das Land zu ziehen. War nicht Ritter, war nicht Schmied, hatte verloren jedwedes Spiel.

1. Bauer: Einhundert Dutzend, sagt man.
2. Bauer: Was?
3. Bauer: Zurückgeschlagen!
1. Bauer: Durchgeschlagen mit Schwert und Lanze.
2. Bauer: Was?
3. Bauer: Ich habs gesehen.
2. Bauer: Was?
1. Bauer: Ich auch. Du, Mann, es stinkt.
3. Bauer: Einhundert Dutzend, sagst du, sagt man?
1. Bauer: Von einem.
2. Bauer: Was?
1. Bauer: Nu, bist du blöd?
2. Bauer: Ich seh nichts.
3. Bauer: Siehst nichts.
1. Bauer: Du bist noch dran, schon morgen, Bauer.
3. Bauer: Ich wars schon. Seht, ich sterbe.
1. Bauer: Sieh, er stirbt.
2. Bauer: Ach, geht mir.
1. Bauer: Komm. Leichnam.

Das Heer zog in Richtung Pommern. Von Sachsen aus ging es zwischen Elbe und Oder her. Tausende zogen auf schweren Pferden. Ritter, Gestalten von hehrer Größe, daß sie die Bäume überragten. So sah man es aus der Ferne. Und wenn sie heran waren, wollten die, die es sahen, erblinden. Häuser wurden angezündet, Dörfer in Asche gelegt. Tausende zogen. Gegen die slawischen Stämme ging es, immer von Sachsen aus nach Pommern. So zog der Christenglauben ein. Von Tausenden gebracht, mit Lanz' und Schwert.

Einer war unter ihnen, der hatte die Stimme verloren. Ein Knabe war es, mit haarloser Brust. Er hatte etwas über sich gelegt, in das kleine Fehler geschmiedet waren. Aber das wußte er nicht. Denn das Visier war nach unten geklappt, für alle Zeit. Einer zog also mit, dem hatte es geträumt. Der wollte kein Spiel mehr. Der hatte den Lattich geköpft. Die Pferde trabten eisern beschwert. Ein Knabe zog mit ohne Stimme. Er zog nur mit und tat nicht mehr. Neben ihm metzelten die Ritter, hinter ihm fielen Bauern und Frauen. Das Visier blieb unten. Die Lanze vom Handschuh umschlossen. Stoß zu, sagte der Knabe sich und blieb auf seinem Pferd und stieß nicht. Doch noch vieles zog mit dem Heer: Dirnen, Hunderte Dirnen folgten den Rittern. Wie sie ihm geträumt hatten, waren sie: zerlumpt, in grauem Stoff. Sie liefen nebenher, schmissen sich an Pferd und Reiter. Sie wollten, und es war keine Zeit dazu. Es waren ihre Männer nicht, und doch waren es die ihren. *Hinfort ihr!* Die Schwerter schlugen kurz über ihren Köpfen in die Luft. Die Dirnen folgten. Sie wollten ja etwas. Sie hatten ja sonst nichts. *Kommt ihr!* Doch es war die Zeit nicht. Die Ritter versuchten, sie zu verjagen. Das Dirnenheer blieb langsam zurück. Die schwachen Weiber hoben die Arme und schrien sich ihre Liebe aus dem Leibe. Harald von Gohsewitz hörte es durch seinen heruntergelassenen Gesichtsschutz. Ohne, daß er nur einen Fußbreit Weg vor sich sah, saß er sicher auf seinem Pferd. Wenngleich er am Ende des Kreuzfahrerheeres ritt, so war er mitten unter ihnen. Das Gemetzel brauste. Gerne würde er jetzt zustoßen, einen Feind rammen, aber die Lanze fuhr durch Luft. Der Gaul setzte sich plötzlich ab. Die letzten Dirnen liefen ihm zu. Da konnte Harald dreinschlagen. Schon hob er die Lanze, um sie links in das Gekreisch zu stoßen, da brachte ein Ritter zu Fuß Pferd und Reiter zum Stehen: Kehr um, Harald, rief dieser.

Harald erblaßte unter seiner Rüstung: Das war seine Braut! Ritter Rosel, das Weib im Harnisch. Laß uns zurückbleiben, Geliebter, bat Rosel, da fuhr ihr schon ein Geschoß nah am Schädel vorbei, so daß es ihr den Helm abriß. Auch Harald traf ein Stein, der das Visier brach. So sahen sie sich wieder, auf dem Schlachtfeld, das sie nicht bestellt hatten. Das keinem Spielplatz glich, das sie verletzte. Es zog Harald vom Pferd. Ein Bauer, der hinter dem nahen Felsen hervorkam, stach mit dem Messer zu. Das ungeschützte Gesicht des Ritters wurde rot vom Blut. Halt ein, Bauer! rief Rosel und schmiß sich auf den Wütigen. Dieser, als er das Weib sah, floh vor Schrekken. So kehrten Ritter Rosel und Ritter Harald um. Während metzelnd das Heer über die Elbe zog, liefen sie ins Sächsische zurück. Drei Hiebe hatte Harald im Gesicht, und es troff rotquellend. Ohne ein Wort sagen zu können, ließ er sich von Rosel treiben. Heimwärts in seine Burg, die ein lachender Sänger namens Parzival bewacht hatte.

Während der Wendenkreuzzug grausam dem Ende zuging, saß in der Burg zu Stötteritz Herr Botho mit der Lanze in seiner Brust. Die Einstoßstellen waren bereits vernarbt und sonderten statt Blut nur noch spärlich dünnes Sekret ab. Die Waffe steckte fest und ragte zu beiden Enden aus Brust und Rücken. Leise schlichen die Boten und Knechte um ihren Herrn herum, flüsterten und drucksten, und die Jüngsten und Schönsten unter ihnen fielen manchmal in leichtes Gekicher, denn nur zaghaft noch öffnete der Herr vor ihren Augen sein Wams. Die Lanze spießte und war im Wege. Und keiner wollte nach ihrer Herkunft fragen, denn fürchterlich konnte die Strafe des Mitwissens sein.

Als Botho von Stötteritz Kunde bekam, daß der junge Ritter Harald vom Kreuzzuge heimgekehrt war, befahl er ihn zu sich auf die Burg. Lange nicht hatte er einen Gast bestellt. Den Unterhaltungen, denen er sonst mit einigem Genuß frönte, hatte der Lanzenstich ein jähes Ende bereitet. Rot vor Scham und Wut hatte Botho tagelang im Palas gehockt, ohne einen einzigen Menschen begehrt zu haben. Nun aber lud er Harald abermals zu sich:

Mein Weib hast du genommen zur ersten Nacht, Harald, nun weis dich erkenntlich aus.

Wie noch, Fürst, von diesem Feuer in meinem Gesicht hattet Ihr mir nichts gesagt.

Da hatte der Ritter seine Stimme wieder! Sie kam aus den Wunden hervor, unrein und quarkig. Botho aber lief erregt im Kreis, gab das Tempo vor, forderte Harald auf. Harald blieb sitzen. Er tupfte ab und an mit einem leinenen Streifen Blut von Gesicht und Stirn. Botho lief mit der Lanze in der Brust:

Fühl das, Harald. Ritter bist du. Das war dein Gefecht.

Aber ich habe nicht gefochten.

Fühl es, indem du nichts fühlst.

Ihr sprecht Rätsel, Herr. Mir sengts den Kopf!

Schweig. Und schließ die Augen jetzt. Du bist verwundet, schön. So bist du schön, bei Gott. Spürst dus nicht, Ritter?

Harald spürte es. Ja. Saß er doch wieder im Palas des Landsherren. War er doch abermals geladen worden. Held Kämpfer Erretter. Schon ging das Feuern im Gesicht über in taubes Ziehen. Wenn Harald die Augen schloß, erhob es ihn. Ja. Das war es. Was er gewollt hatte: den Ritterschlag ins Gesicht. Den Vortod im nullten Gefecht. Die Ehre, die andere nicht mehr erlebten.

Jetzt spürte er nichts mehr. Das Blut troff auf sein Wams. Von der Seite kam Botho, und so, daß die Lanze nicht anstieß, zog er den jungen Ritter zu sich:

Folge mir, Harald. So bist du recht. Seit mein Fronbote hinweg ist über alle Berge – Fluch ihm! –, sollst du bei mir sein. Es sprach Botho mit weicher Stimme und sah Großes vor sich. Es war, als riß der junge Ritter ihm die Lanze aus der Brust, denn er fühlte nichts mehr von der gewesenen Schande – und auch Harald vergaß sein zerschlagenes Gesicht.

An diesem Tag kehrte Ritter Harald von Gohsewitz nicht zurück zu seiner Braut. Während Rosel die gefallene Hochzeitstafel den Gohsehügel heraufschleppte, um sie für immer zu befestigen, lag Harald auf den hölzernen Bänken des Burgpalas und begann unter Bothos Anweisungen zu vergessen. Da ging in ihm das Tier um. Graupelzig zog es durch seine Adern und grummelte. Von den Füßen zog es hoch, die Beine entlang, durch Hoden und Bauch und Brust. Dann biß es zu – genau in die Kehle hinein. Biß und riß die knabenhelle Stimme heraus (die im Gefecht so vollends versagte). Das Tier schluckte sie, weitete mit dem eigenen Maul die Kehle, trieb die Gurgel auseinander und verließ den jungen Ritter. Nun kam, was er sagte, wolfstief aus ihm. Der verwundete Kopf vibrierte wohltuend, und Botho, erstaunt über die rasche Veränderung seines neuen Freundes, betete hastig zu Gott. So vergaß Harald. So erstand auch Botho neu. Der Feind war abgewehrt. Das Christentum lag erobert auf den Bänken im Palas von Stötteritz. Laß uns drauf dichten! rief Botho aufgeregt, denn es war ihm, als wäre des Gottesgesandte zu ihm getreten oder eine geheime Luftbotschaft des weltlichen Herren.

Dichte, Harald, ein Loblied auf unseren Kaiser in Rom!

Rom, was ist das, Herr?

Botho lachte, daß er mit der Lanze an die Wand stieß. So wolfstief klangen die kindlichen Fragen vernichtend. Noch immer also stellte Harald Fragen. Botho zog ihm eine über: mit siebenschwänziger Wortpeitsche: Dichten sollst du dichten sollst du dichten dichten dichten dichten dichten sollst du!

Here, keiser Rome! schrie Harald, aufs härteste getroffen. Schon hatte er begriffen. Die Zähmung der Gelüste *Fragen Leiden Lieben*, es ist Rittersgebot! Die Schule war gut, in der er lernte. Botho hatte ihm den Rhythmus eingegeben. Jetzt durfte er ewig sein, jetzt war er lernfähig geworden – Ritter Harald mit der Stimme, die Mauern erzittern ließ.

Seit diesem Vorfall legte Botho zu. Zwar war es ein neuer Bote, der ins Dorf eintreiben ging, aber er tat es ordentlich. Karrenweise brachte er die Fron in die Burg. Die Geräte, die er eintrieb, waren kostbarer denn je, die Nahrung üppiger. Im Vorratsraum häuften sich die Dinge und blieben. Es war des Ritters Gesetz, auch darin sich zu üben. Nur maßvoll griff Botho in die Berge von Eiern, Fleisch und Zuckerwerk. Das lehrte er auch Harald, der ihn zweimal wöchentlich aufsuchte. Mit einem Gesicht voller breiter Narben und einer Stimme, die abgrundtief tönte, zechte er regelmäßig mit dem Landsherren, um am Abend trunkig auf seinen Gohsehügel zu finden, in die Holzburg, die Rosel bewohnte.

Jedoch wenn Harald kam, die Holztür aufriß und schrie: *Weib!*, da tönte statt einer Antwort eine Laute. Dunkel war es im Raum und Harald betrunken. Die Laute klang und löschte das letzte Licht. Meistens war der Ritter so müd gezecht, daß er sofort einschlief. Er hatte noch das kindliche Bedürfnis nach solch tiefer Ruhe. Die Laute gehörte Parzival, der Rosel vom Himmel herab erschien und ihr gut war. Er sang den gelehrigen Ritter in Schlaf, zweimal in der Woche, und zeigte hernach Rosel sein Können. Sie spielten ihr Leben durch. Das wirkliche, das Rosel immer gesucht hatte. Und immer war es ihr davongelaufen. Parzival sang ihr, und einmal sagte Rosel, daß ihr angst wäre:

Vor dem da, vor mir.

Der kann nicht mehr. Das ist kein Ritter.

Er war mein erster.

Er wird immer der erste sein. Der stirbt, vor das Heer mählich verreckt.

Parzival, ich fürcht mich.

Und Parzival, der Sänger, wachte über sie bis zum Morgen, bis Harald nüchtern war. Dann verschwand er. Mit seinen Liedern kreiste er um das Dorf, in dem sich etwas tat. Harald erwachte mit vertrieften Augen und schaute um sich. Rosel hockte an der Feuerstelle und brühte Tee.

Weib! Wie hab ich ausgesehen, sag!

Wie immer, Harald, tapferen Schlags.

Du lügst.

Ich schwörs bei Gott.

Harald glaubte seinem Weib nicht. Sah er doch selbst an sich herunter, erkannte er nur schwer jene Eigenschaften, die er begehrte. Zwar hatte die Stimme sich gegeben, so war sein Körper jedoch geschrumpft: die Arme und Beine dürre, die Brust greisenhaft eingefallen und das Haar schütter. Er drückte die Arme im Kreuz gegen seinen Körper und jammerte: Bin ich ein Ritter, sag mir, Rosel, du hast doch einen Ritter zum Mann!

Rosel brühte Tee, schmeckte mit Honig und Salbei ab und schenkte ein. Zurückgeholt hatte sie ihn aus dem Gefecht, aber er war nicht angekommen bei ihr. Die Rüstung, die sie sich geschmiedet hatte, ließ den Schmerz durch.

An einem Freitag erschlug man den Fronboten. Eine

Bäuerin hielt die geforderten drei Hähnchen hin, dann schlugen von hinten zwei Bauern den Ziemer über den Schädel des Boten. Er ging sofort nieder und starb ohne einen Laut. So begann es. Stötteritz wurde laut. Die Scheunen der Bauern waren allesamt geleert. Die Hühnerhöfe hielten mehr Mist als Vieh, vom Roggen gab es nur Spreu, die Zahl der totgeborenen Kinder murmelte man hinter der Hand.

Als der neue Fronbote nicht zur Burg zurückkam, schickte Botho einen Knecht aus, ihn zu holen. Der Knecht wurde noch am selben Tag von den Stötteritzern in Stricke gelegt und zur Burg zurückgeführt. Bald erkannte Botho die Lage. Von den Zinnen aus sah er sein Volk den Knecht in Fesseln halten. Das war das Zeichen. Botho kniff seinen Hintern zusammen, die Angst wollte sich Platz machen, und die Bauern begannen, im Rhythmus zu stampfen. Ihr dumpfes wütendes Knurren zog über den Burggraben zum Herren, der, von der Lanze durchbohrt, lebendig in den Zinnen stand. Was wollt ihr! rief Botho von oben herab und versuchte sein Hinteres verschlossen zu halten.

Die Bauern stampften stärker und schneller. Der Knecht in den Fesseln schickte flehentliche Blicke herauf. Was ist euch! Botho lächelte in das Stampfen hinein. Bedrohlich rückte das Volk näher. Schon flogen die ersten Steine. Botho ergab sich. Er hob die Hände zum Zeichen, daß er sprechen wollte, und rief den Murrenden zu:

Hört, Bauern und Bäuerinnen, Mägde und Knechte! Morgen will ich feiern. Mein dreißigster Geburtstag ists – und ihr alle seid eingeladen von Herzen! Kommt, macht euch schön, denn schön ist auch unser Reich. Das ich regiere. Dreißig Jahre! An dem, was ihr errungen habt, sollt ihr euch morgen zum Danke erlaben. Feiert, seid fröhlich, eßt und trinkt. Ich weiß, daß ich ein fröhliches Volk hab. Nur deswegen, Bauern und Bäuerinnen, hab ich euch etwas bluten gemacht – euch selbst zum Wohle, kommt.

So sprach Fürst Botho von Stötteritz, und die Menge wich murmelnd von der Burg zurück. Dreißig Jahre! Es war die Zeit der rettenden Feste. Da gabs nichts zu stampfen. Der Fürst lud ein zum großen Labsal. Gesottenes, Brot und Wein für alle! Die Bauern und Bäuerinnen setzten allmählich ihre Füße normal. Nur vereinzelt kam noch jener heftige Drang, die Erde tönend zu treten, aber demjenigen legte man bald den Arm um: Laß uns noch einmal auf unseren Herren hören! Die Menge zog sich zurück. Zu Hause, angesichts der leeren Scheunen, mochte so mancher abermals aufgeschrien haben, aber das Fest war angesetzt – doch vielleicht, so hörte man Parzival, den Sänger, verlauten, gäbe es auf der Burg Gelegenheit, bei abermaligem Betrug dem Herren zu meutern. Jajaja! riefen ein paar Stimmen, und zwei Burschen stampftanzten schon wieder. Die Bäuerinnen nahmen bereits ihren Kopfputz aus dem Schapp, legten Feiertagsgebände um, und manche zeigten sogar noch etwas Armgold an sich. Das ganze Dorf war eingeladen.

Am Samstagabend war die Zugbrücke zur Burg heruntergelassen, und die Bauern und Weiber traten erst zaghaft, dann von wohligen Gerüchen getrieben, in den Burghof. Dort war aufgetragen worden. Unverrückbar stand eine große Tafel auf den Steinen fest. Wein, den die Bauern als ihren wiedererkannten, war für alle da, und der Herrscher selbst zeigte sich jung und ritterlich und hob den ersten Becher. Nur zu! Es ist alles für euch. Ich hab euch nicht wenig versprochen.

Das war wahr. Diejenigen, die Gedanken an Prügel und Rache mit in die Burg getragen hatten, beschlossen, vorerst vom Heurigen zu nehmen, um hernach bei Kräften zu sein. Andere, die, als man noch aufmöpfig stampfte, vom Stampfen zum selbigen sich nur getrieben sahen, stießen mit Botho an, daß das Zinn klirrte. Einige aber, vor allem Mädchen, leerten sich vor Angst in den Ecken der Burg aus. Dreißig Jahre Botho, Fürst von Stötteritz! Das war ein Fest. Keinem der Bauern war bisher die Anmut und Schönheit des Herrschers so aufgefallen wie an diesem Tag. In wackerem Leder, besetzt mit Kordel und Spangen, gab sich Botho. Seine Stiefel waren glänzend beschaffen, sein Kopfputz von den schönsten Federn fremder Vögel. Selbst die Lanze, welche aus Brust und Rücken ragte, deutete auf Edelmut hin und wurde bei fortschreitendem Abend immer bewundernder betrachtet. Die Mädchen umschlichen ihn, der Anblick der Lanze machte sie kichern, und sie hätten sich gern ihrer bedient. Ein Fest wars, das hatte man sich erarbeitet! Burgknechte brachten Nachschub an Früchten und Wein. Frisches Brot war gebacken worden, Hirsebrei gebuttert, randvoll standen irdene Schüsseln voll Honig. Dreißig Jahre! Unvergeßlich sollte es sein. Eingehen in die Geschichte als bedeutendes Ereignis. So kündete es Botho an und stieg dabei auf die Tafel. Das Volk, leicht trunken, stützte den adligen Gastgeber. Dieser gab nun eine Überraschung kund: *Seht her!*

Über die Zugbrücke kamen ein halbes Dutzend Männer. Sie trugen etwas in der Hand, das im Dunkeln einer riesigen Schlange glich. Langsam schritten sie damit ins Burginnere. Die Bauern und Bäuerinnen raunten auf – eine Blutwurst war es! Eine 80 Zoll lange und 5 Zoll dicke Blutwurst, die der Fürst eigens für diesen Tag hat anfertigen lassen. Frischgebrüht war sie und dampfte noch in Schwaden. Majoran und Speck rochen durch. Sie troff von Saft und Fett. Aaaah! Das gab es noch nie! Da wollte einer beginnen zu stampfen – ein junger blasser Bursche wars –, da schob ein anderer diesem die Spitze der Wurst in den Mund. Aaah! Der Bursche biß zu, stampfte und biß und biß. Grieben, Fleischwürfel und gewürztes Blut füllten köstlich seinen Mund. Die idiotisch stampfenden Füße stemmten sich nun fest gegen den Stein, und der Bursche schluckte. Ausgehungert seit Tagen, war die Wurst ein Labsal. Er schluckte und schlang. Ein Biß und noch einer, die Wurst war ja so schön lang, daß sie für alle alle reichen würde, und Botho, der Fürst, war dreißig Jahre alt und hatte sie extra machen lassen ... Plötzlich fühlte der Bursche Druck auf seinem Darm. Und noch, bevor er den nächsten Bissen Wurst geschluckt hatte, öffnete sich sein Anus und entließ das eben Gegessene durch die Hose. Der leinene Stoff riß an der Naht, und dem Burschen kam die Blutwurst wieder – noch immer warm und duftend, vollkommen unversehrt und unverdaut. Das machte Appetit. Während der Bursche von der Wurst nach hinten weiter aß, biß ein nächster in die aus ihm wiedererscheinende Spitze. Köstlich war sie geworden, gefüllt mit dem Feinsten und Fettesten. Und während der nächste aß, kam es auch ihm von hinten wieder. Jetzt waren die Weiber dran. Belustigt bissen sie zu. Sie stellten sich einfach hintereinander und ließen die Wurst durch sich hindurchziehen. Alle wurden satt. Es war nicht gelogen. Die Wurst maß 80 Zoll Länge. Man aß und aß und gab von sich für den nächsten, für den ganzen langen Abend lang.

Einer aber stand abseits. Ein junger Ritter wars mit häßlichem vernarbtem Gesicht, das in einem Gefecht zu Schaden gekommen sein mußte. Der Ritter war ein Ritter. Und er sah die geladenen Gäste und spürte etwas aus seinem Magen steigen. Jemand von denen da war seine eigene Mutter, die meisten kannte er, denn er war selbst bäurisch gewesen. Nun begriff er es – das Schreckliche: das Unmaß der Bauern, von denen er gekommen war! Diese Sucht, zu fressen, zu naschen und alles nochmals und nochmals zu wiederholen. Er, der Ritter, forderte Armut und Enthaltsamkeit. Sitte wars, geübt am Ulmenteich, eingebleut vom Fürsten. So blieb Harald am Rande des Festes. Er biß an einem Kanten Brot, jedoch seine Augen richteten sich voller Abscheu auf das Gelage.

Die Wurst nahm kein Ende. Dreißig Jahre und abermals dreißig Jahre. So schnell ging alles gut. Das Vergessen machte satt, denn die Wurst nahm einfach kein Ende. Wer stampfen wollte, wurde niedergestampft. Die Wurst ging ein und kam heraus. Und der Morgen war nicht abzusehen wie das Ende ...

Ritter Harald stand am Rand, und der Kanten Brot war aufgegessen. Der hatte ein Ende genommen, denn er war so klein und trocken gewesen, daß er nicht in die Zeit gepaßt hatte. Und der brachte den Hunger. Aber Harald war Ritter. Er wollte schon am Ulmenteich nichts anderes sein. Er war Ritter, hatte eine Dame gehabt, die vor Liebe schwarz geworden war, und eine Braut, der man ein Gesicht nachsagte, vor dem selbst der Wind davonlief. Voller Ekel sah der Junge, wie Regina, seine Mutter, sich gerade ein paar heruntergefallene Grieben von ihrem Rock las und sie danach lüstern in sich stopfte. Heißhungrig wie nie. Hinter ihren prallen Lippen verbarg sich ein Mahlwerk sonderster Güte. Was sie selbst aufgetischt hatte in ihrem Leben – dem Manne und dem Sohn – , kam im fetten Überfluß nun zu ihr zurück. Sie biß den Speck, daß es spritzte. Regina war die, die sich im Feste füllte bis an den äußersten Rand ihrer Haut. Und am Ende zog sie noch ihre Finger durch die Zähne, um das letzte mögliche zu erheischen. Es schmeckte ihr, geladen zu sein. Sie leckte kaute füllte sich auf. Sie rollte von der Bank, als ihre Haut nichts mehr einlassen wollte und riß.

Harald sah und sah, und sein Hunger wurde immer

größer. Aber er blieb Ritter. Irgendwann, und es wußte keiner die Zeit zu benennen, brach der Morgen über der Stötteritzer Burg an. Die Wurst war zur Hälfte vertilgt. Der Wein, der nicht getrunken wurde, breitete sich in Lachen auf dem Tisch aus. Die ersten Bauern begannen, auf den Bänken zu schlafen. Als die Sonne alles erhellte, war alles beendet. Man schlief am Tisch oder zusammengerollt im Hofinneren. Etlichen, die die Vereinigung der Klassen auf natürliche Art bestärken wollten und dieselbe unter sich betrieben hatten, war der Schlaf gekommen, vor sie sich voneinander lösen konnten. Wurstpelle und Obstgriebsche lagen zuhauf neben Haufen Kot und zerkrümelten Broten. Auf Regina, die sich totgefressen hatte, schien der Mond. Aber es schlief sich gut nach so einem Mahl. Selbst Fürst Botho lehnte mit geschlossenen Augen an einem Pfeiler, so daß die Lanze nicht drückte.

Einer stand noch immer abseits. Einer, der immer und ohne Ende Ritter sein wollte, enthaltsam und arm. Jetzt war sein Hunger so groß, daß er aus dem Kopf stieg. Harald ging vor. Hastig griff er zu. Den dicken Zipfel der Blutwurst, wenngleich kalt geworden und fest im Speck, begann er zu kauen. Sie schmeckte so wundervoll, daß ihm fast die Sinne vergingen. Gesättigt verließ er in der zehnten Stunde die Burg. Sein Weg führte ihn zum Ulmenteich, wo er jedoch Parzival, den Sänger, vorfand. Dieser schnitt gerade aus Weide eine Flöte und bemerkte den Ritter nicht. Eilig suchte Harald nach einer Stelle, wo er allein sein konnte. Eine der kleinen Einbuchtungen des Teiches, an der er als Knabe immer gespielt hatte, fand er ruhig. Aus den Augen lief ihm das Wasser. Er hatte gefressen! Er war kein Ritter. Wie kläglich sah das nun aus! Wer hatte ihm das mitgespielt. Harald riß ein Schilf ab und schlug sich damit. *Rtsch rtsch* sauste der Halm durch die Luft und hinterließ Striemen auf dem Körper des verzweifelten Schlägers. *Gott will es!*

kam da eine Stimme von hinten. Parzival war es, der offenbar vom Fest nicht gewußt hatte oder in seiner Überirdischkeit keinen Hunger je gekannt hatte. Möchtest du Ritter sein? Ich bin Knappe. – Harald drehte sich um und konnte nichts erkennen. Raus aus dem Spiel! Hinfort! Das war kein Leben so. Wer will ihn da zurückholen.

Jetzt war die Zeit, sich zu bezwingen. Die Zahlen beginnen wieder bei Null.

Er saß zu Pferde. Ein starker Rappe trug ihn aus dem Dorf Stötteritz in Richtung Libz. Schwer und edel lag die Rüstung auf ihm, geschmiedet vom eigenen Vater, befohlen von der Mutter, ersehnt, erspielt. Der Rappe trabte seitlich vom Weg hinter Büschen und Bäumen. Obenauf der Ritter, der sich bezwingen wollte. In Libz war Messe. Und es war die Zeit der großen Züge. Harald hielt sein Pferd an. Hinter einem hohen Gebüsch mit halbreifen Brombeeren wartete er. Dumpf ging im Ritter der Wolf um. Dumpf war die Verzweiflung. Er grummelte und wartete.

Ein Kaufmannszug kam die Via imperii entlang: zwei mit Seide und Tuch beladene Wagen und ein kleinerer, der Säcke mit Pfeffer, Lorbeer und Zimt barg. Der Zug ruckelte heran. Die Kutscher waren müde von der langen Reise und banden die Zügel am Gestänge fest. Da ging der Ritter vor. Scharf und gekonnt stieß er seine Lanze. Die Pferde scheuten und rissen die Wagen herum. Die Lanze aber blieb in einem Ballen Stoff stekken. Jetzt zeigte sich der Ritter. Bis zum Schädel geharnischt, stürmte er auf seinem Rappen. Die Kaufleute, aus dem Schlaf geschreckt, schrien zum Erbarmen. Schon saß Harald auf einem der Wagen. Er riß das Tuch zurück und warf den ersten Ballen der Ladung herunter. Wie gut seine Rüstung war! Beweglich die Teile und sicher gegen jeden Schlag. Der erste Wagen kippte, die

Pferde schrien und rissen sich los. Ritter Harald, der seine Lanze aus dem Ballen Stoff gezogen hatte, stieß weiter zu. Die Kaufleute schlugen zurück und immer auf ihn ein. Aber es traf nichts. Sie brachen an seinem Harnisch Peitschen und Stöcke, schon war der zweite Wagen geplündert. Ritter war er! Jetzt endlich durchdrang ihn das Gefühl der Verzauberung! Es war jenes Gefühl, was ihn berauscht machte – ein edler Rausch, der von den Füßen hochdrang bis in den Schädel, der nichts mehr zuließ an Fragen, an Erklärungen. Jetzt war er es! Sein erster erfolgreicher Raubzug! Nicht gegen das Heilige Grab ging er, nicht gegen die heidnischen Unterdrücker – er ging gegen die Austreibung des Ritters aus ihm selbst. Gegen das Teufelswerk seiner Frau. Gegen Ritter Rosel, die ihn zurückgeholt hatte. Als der zweite Wagen zerschellt auf der Straße lag und die Pferde in wirrem Galopp über die Wiesen preschten, riß Ritter Harald sein Visier herab. *Joooh!* rief er mit bloßem Kopf, ein Jubelschrei auf seinen Sieg. Der dritte, kleinere Wagen, würde in voller Sicht geraubt werden! Schon hob der Ritter mit der Lanze einen leichten Sack knisternden Lorbeers nach oben, schlitzte ihn und streute die duftenden Blätter in den Wind. *Joooh!* Wie das ging! Einer der Kaufleute warf ihm einen Sack zu. Harald fing ihn auf. Von hinten kam ein nächster Kaufmann und stieß ein Messer in den Sack. Fünf Pfund gemahlener schwarzer Pfeffer ergoß sich über Haralds ungeschütztes Teil, den Kopf. Auch der Rappe bekam seinen Teil. Gebrannt mit der überhöllischen Glut des teuren Gewürzes, stürzte der Raubritter davon. Noch als die Kaufleute am Abend ihre Habe leidlich aufgeladen hatten, hörte man in der Ferne das Brüllen des Besiegten.

Er saß nicht mehr zu Pferde. Seine vom Eisen wundgescheuerten Füße trugen ihn zurück in das Dorf Stötteritz. Die Rüstung zog er hinter sich her, geschmiedet vom Vater, befohlen von der Mutter, ersehnt und endgültig untauglich getragen. Das war kein Ritter mehr, der da lief. Das war der Knabe im Hemd, dem man eine Schüssel Brombeeren reichen müßte, daß er ein Mann werde! Das war ein Knabe, der hätte der Sohn von Diether, dem Schmied, und seiner Frau Regina sein können. Oder der erste wirkliche Mann einer mit äußerem Übel geschlagenen Frau. Da lief er, der zum Ritter Gedroschene, der Spielverderber, der unbegabteste Mörder vor dem Herren. Alle Kraft war ihm ausgebrannt. Steine lagen unterm Blut, und der Himmel war blau über ihm geworden, als blute auch er. Barfuß erreichte Ritter Harald den Gohsehügel. Die Holzhütte stand schief, der Tisch aber war befestigt. Als Harald die Tür öffnete, erwartete ihn sein Weib. Das schöne Haar nach hinten gelegt und betupft mit Rosenöl, stand sie mit offenen Armen. Ganz rot vor Freude war sie, daß er so wiederkam, so ohne Harnisch, ohne jenen Diechling, der ihm jeglichen Dienst an ihr versagt hatte! Sie nahm den Geliebten auf, schlang sich um ihn, küßte sein verklebtes Haar. Unser Ring wird uns binden, Harald. – Ja, sagte er und legte denselben um ihren Hals. Und er band ihn so fest und für alle Ewigkeit, daß Rosel keines Wortes mehr fähig war und zu Boden ging. Sie tat es in voller Liebe, und Harald sah es, nackend wie er war und nun wirklich in seinem Stand.

Da kam wieder der Rausch! Er zeugte einen Schmerz, der die Sinne mürbte. Ein Spiel ohne Ende. Ein Traum. Eine große, mit gestohlenem Honig gefüllte Wurst, die alles Leben erstickte. Harald floh entsetzt. Hastig packte er die Teile seiner Rüstung und verließ den Gohsehügel. Das Blau des Himmels verdunkelte sich. Was war das bloß für eine Angst. Wieder gelangte der Knabe zum Ulmenteich, warf seine Rüstung nieder und legte sich in sie hinein. Er begrub sich im Rücken- und Brustteil, steckte Arme und Beine in die metallenen Röhren, setzte Helm und Visier auf. Und er erhob sich wieder. Es begann zu regnen. Die zusammenrinnenden Tropfen bildeten auf dem Eisen der Rüstung kleine Rinnsale. Ritter Harald stellte sich in den Regen und ließ alles auf sich niederkommen. Er wollte nie etwas anderes sein. Der Regen drang durch die Rüstung und weichte sein Hemd. Auf dem Ulmenteich kräuselte sich das Wasser. Ein komischer Sänger, der sich in letzter Zeit hier herumtrieb, versuchte seine Flöte vor dem Wasser zu verbergen. Sie bringt keinen Ton mehr hervor, wenn sie naß ist, behauptete er.

Aber Harald wollte sie nicht hören, er stand nur.

Und als die Sonne wiederkam, stand er noch immer. Und als es Abend wurde, sah die Rüstung rot aus, rostig rot wie von unzähligen Hieben getroffen. Das alles nahm kein Ende, auch Haralds Standhaftigkeit nicht. Vier Tage und vier Nächte rostete er ein, und das Folgende konnte er schon nicht mehr vernehmen:

An einem Sonntag, es war Gottes freie Zeit, kam Parzival zum Ulmenteich herab. Er hatte kein Instrument bei sich und wollte offenbar ein Bad nehmen oder Ausschau halten nach Bleßhühnern und Fasanen. Was er fand, war das rostrote Standbild. Es ragte in den Himmel und barg etwas in sich. Parzival tat seine Hände vor das Gesicht und lief um den Ritter herum, immer nur herum herum, unter dem irren Himmel, der wie ein Grab blau heilig und fern war, der Sänger lief im Kreis, die Finger vors Gesicht geschlagen. Hoppaldei und Fröhlichsein, immer wieder rund um das Bild hoppaldei und Fröhlichsein immerfort ohne Ende rundherum und hoppaldei und Fröhlichsein und immer herum.

1986/87

Inhalt